ナカスイ！

海なし県の水産列車

村崎なぎこ
Murasaki Nagiko

祥伝社

ナカスイ！

海なし県の水産列車

もくじ

Twenty years from now, you will be more disappointed
by the things you didn't do than by the ones you did do.
So throw off the bowlines. Sail away from the safe harbor.
Catch the trade winds in your sails.
Explore. Dream. Discover.

Mark Twain

今から二十年後　君は
「やったこと」よりも「やらなかったこと」に後悔するだろう
舫《もやい》を解き放ち　安穏な港から旅立とう
航路への風を君の帆でつかんで
探し求め　夢を見て　そして見つけ出すのだ

マーク・トウェイン

装画　alma
装幀　bookwall

第一章
タコ焼きは夢を見る

お弁当に入っていた唐揚《からあ》げは、初めて出会う味だった。

淡泊な身と濃厚な甘酢あんが絶妙にマッチしている。ベンチに座って食べていた私は、調理した本人に訊《き》いてみようと右を向いた。明るい髪をツインテールにした背の高いギャルが、制服姿で厚焼き玉子を食べている。

「大和《やまと》かさね大先生、この唐揚げの魚はなんですか」

「フヌケ」

「ち、違うよ。メヌケだよ！」

左からすぐさま声が飛んでくる。ショートカットの似合う小柄な芳村《よしむら》小百合《さゆり》ちゃんだ。魚をこよなく愛する彼女からしたら、名前を間違えるなんて許せないはずだ。

「あーら、ごめん。メヌケか」

あははと笑いながら、かさねちゃんは頭を掻《か》いた。

「間違えちゃったわ。ずっとフヌケてるのが隣にいるからさ。『鈴木《すずき》フヌケさくら』って学名つけたくなっちゃうよね。フヌケ目フヌケ科フヌケ属」

一度ならず二度までも。断固として抗議せねば。

「ゆ、許せない！」

さすがに小百合ちゃんも同じ気持ちなんだろう。いつもの清楚《せいそ》な雰囲気から一転、頰《ほお》を赤魚みたいに染め、身を乗り出してかさねちゃんに鋭い視線を向けている。

「メヌケの学名はセバステス・イラキュンダス。顎口上綱硬骨魚綱条鰭亜綱新鰭区棘鰭上目《がくこうじょうこうこうこつぎょこうじょうきあこうしんきくきょくきじょうもく》スズキ系スズキ目カサゴ亜目メバル科メバル属だよ！　間違えないで！」

怒りの方向はそっちか。力が抜けた私は首《こうべ》を垂れ、空《から》になったお弁当箱を巾着《きんちゃく》に戻した。そういえば、残さず食べられたなんて久しぶりだ。ずっと食欲がなかったし。

「で、でもメヌケなんて珍しいね、どうしたの？」

小百合ちゃんが訊くと、ギャルは唐揚げを箸《はし》でつまんで掲《かか》げた。

「渡辺《わたなべ》の父ちゃんが海釣りしてきたんだって。おすそ分けにくれ……」

唐揚げが瞬時に消えた。もの凄《すご》い速さで滑降してきたトンビが、箸から奪っていったのだ。

「あははー！　バチが当たった」

ケラケラ笑いながらかさねちゃんを指さすと、鼻をフンと鳴らした。

「ちょっとは元気が出たみたいだね」

もしかして、私のために……。

フヌケになったのは九月十六日。それから一週間以上経《た》つというのに、私はまだ立ち直れていなかった。

お弁当はいつも、校舎の屋上でひとりで食べるのだけど、今日は「あたしがみんなの弁当作ったから、三人で食べよう！」とかさねちゃんに引きずられ、道路を挟んで校舎の向かいにある水産実習場のベンチで食べることになったのだ。目の前に養殖池が並び、右手には屋内養殖棟、背後には食品加工室や水産研究部の部室がある水産実習棟が建っていた。

ここは小百合ちゃんの指定席で、養殖池を眺めながらひとりで食べている光景を屋上からよく目にする。邪魔して申し訳ないなと思っていたら、かさねちゃんが調整済みだったらしく、小百合ちゃんも「ど、どうぞ！」と迎え入れてくれた。

お弁当を食べる場所が変わるだけなのに、そして三人一緒に食べるだけで、こんな新鮮な気持ちになるとは驚きだ。どこまでも高い青空と、学校をとりまく八溝《やみぞ》の山々から吹いてくる爽《さわ》やかな風も私に告げている。「元気を出して」と。

そうだ、いつまでもこんな状態じゃダメなんだ。フヌケから脱却しなくては、と頭ではわかっているのに、心がついてこられない。

「さ、実習着に着替えよう。本番は午後よ！」

かさねちゃんの言う通り、午後には大きな行事が待ち構えている。慌《あわ》てて校舎に戻った。

ここ、栃木県那須《なす》郡那珂川町《なかがわまち》にある県立那珂川水産高校——通称ナカスイ——は、その名の通り水産の専門高校で、「海なし県にある水産高校」として全国唯一の存在だ。その面白そうな響き（だけ）に惹《ひ》かれ、魚に興味のなかった私が入学して一年半が経過しようとしている。

自宅のある宇都宮《うつのみや》市からだと電車やバスを使っても一時間半近くかかってしまうため、学校の近くで民宿を営むかさねちゃん家《ち》で下宿生活を送っている。下宿仲間はもうひとりいて、東京都新宿区《しんじゅく》出身の小百合ちゃんだ。

一年の時は三人とも同じクラスだったけれど、二年になって別々になってしまった。養殖技術コースに進んだかさねちゃんは一組、河川環境コースを選択した小百合ちゃんが二組、そして食品加工コースの私は三組だ。ただし、内容によっては合同授業になるので、全くの離れ離れではない。たとえば、これから始まる特別実習がそうだった——。

「はい、みなさん。静かにー！」

水産実習場の脇を流れる武茂《むも》川の河原に、涼やかな声が響き渡った。ロングヘアを無造作にひとつに束《たば》ね、青い上下つなぎの実習着に身を包みながらも「那珂川に咲く百合《ゆり》」の異名を持つ神《じん》宮寺歩美《ぐうじあゆみ》先生が声の主だ。まもなく三十歳の誕生日らしい。

しかし、先生の注意なんて耳に入らないのが高校生だ。（私以外の）誰もが、これからの「冒険」に胸をときめかせ、大騒ぎしている。

「お前らー！　注意しているのは神宮寺先生だぞー！」

野太い声は、神宮寺先生の右隣に立つアマゾンこと天園光太郎《あまぞのこうたろう》先生だ。先日「ダブル二十歳《はたち》になった」と騒いでいたから、四十歳のはず。

「ほらほら、みなさん。神宮寺先生の話をよく聞きなさいね。でないと、採れるものも採れなくなってしまいますよ」

ふわふわした口調でサポートするのは、神宮寺先生の左隣に立つ私の担任、ふわりんこと不破《ふわ》倫子《のりこ》先生だ。ふわっとした口調と雰囲気が癒《いや》しの存在で、神宮寺先生と同い年らしいけど、ピンクのジャージがよく似合っている。

両サイドの先生からサポートを得て気合いが入ったのか、神宮寺先生は一段と大きい声を張り上げた。

「本校《ナカスイ》独自の地域授業である『那珂川学』。本日、あなたたち二年生は砂金《さきん》採りを行います！」

「金《きん》だー！」

「採るぞー！」

五十八人の生徒の弾ける声が、武茂川のせせらぎをかき消す。

神宮寺先生は、浮かれる生徒たちを引き締めるべく、手をパンパンと叩《たた》いた。

「そもそも、なぜ那珂川で砂金なのか！　知っている人はいますか」

「はい！」

どうせ答えるのは彼だろうとみんなが思っているから、誰も手を挙げない。予想通り進藤栄一《しんどうえいいち》君が一歩前に進み出た。イケメンで頭がキレて性格も良いという、ナカスイ開校以来の逸材だ。中学時代は県トップの成績だったのに、水産庁を目指すため魚の知識を身につけたいという理由で辺境の地にあるナカスイに進学し、宇都宮から遠距離通学をしているという未来のレジェンドだ。神童は爽やかな笑《え》みを浮かべ説明を始めた。

「このあたりはかつて、日本最古の産金地のひとつとして栄えていたからです。七四七年には那須地方から金が産出されていたことが朝廷に報告され、奈良の大仏建立《こんりゅう》にも使われたと『東大《とうだい》寺《じ》要録』にあります」

　まさに「立て板に水」。武茂川の流れのようにさらさら続く説明を聴きながら、神宮寺先生はうんうんと頷《うなず》いた。

「その通り。『那須のゆりがね』として和歌の歌枕《うたまくら》にもなっています。『ゆりがね』は砂金のことで、砂金の含まれた土砂を水洗いしながら、ゆり動かして砂金を採る方法から生まれた名称です。鎌倉時代には後嵯峨《ごさが》天皇の皇子である宗尊《むねたか》親王が和歌にも詠んでいますね。『あふ事は　那須のゆりがね　いつまでか　砕《くだ》けて恋に　沈み果つべき』と」

　歌を受け、ふわりん先生が乙女のようにうふふと照れ笑いする。

「これは恋歌ですよ。ゆり板の底に沈む砂金のように、この恋も沈んだままになるのだろうか……という意味です」

　ぐさり。胸に矢が刺さる音が聞こえた。なんて残酷なんだ、この歌は。今の私には耐えられない。立ち直りかけていたのに、またしても沈んでいきそう。

「ゆり板はこれだ！」

　アマゾン先生が高く掲げたのは、底がカーブしたまな板状のもので、パイプを縦半分にカットしたみたいな板だ。

「ひとり一枚用意してある。お前ら、大切に扱えよ！」

「まかせろ！」

小学校高学年のような小柄な男子が弾丸ダッシュして、河原に積んである「ゆり板」を取りに行った。河童《かっぱ》の異名を持つ渡辺丈《じょう》君だ。

半ば呆《あき》れた顔をしながら、アマゾン先生が鍬《くわ》を渡辺君に手渡した。

「まずは砂利《じゃり》を『ゆり板』に山盛りすくう！　そしたら川に入って板をゆらゆら揺らして洗うんだ。砂金があれば、板の底に残るはずだ」

目をきらきらと砂金のように輝かせ、渡辺君が怒濤《どとう》の勢いで河原の砂利をすくい始めた。

「俺、いっぱい採る！　高値で買い取ってもらって、りょんりょんのライブに行くんだ！」

りょんりょんとは、今をときめくアイドルグループ「Gピークス」のメンバーで渡辺君の「推《お》し」だ。以前は「薔薇《ばら》乙女軍団」のセンター「あかぴょん」こと小松原茜《こまつばらあかね》推しだったのだけれど、テレビ番組の取材でりょんりょんがナカスイに来たことをきっかけに、心変わりしてしまったらしい。

「あたしだって、我慢してたアニメグッズ買いまくるわよ」

アニメオタクのかさねちゃんも負けじと鍬を振るっている。彼女は常に「推しアニメ」が入れ替わっているので、私にはもう把握ができない。

ふたりの担任ゆえか、見守るアマゾン先生の視線には温かい愛を感じた。

「頑張れー。全員で一か月くらいやって一粒見つかればラッキーくらいの確率だがなぁ。現在は、昔の採りこぼしくらいしか残ってないという話だ」

「でも、本当に採れたらバズりますよね。あ、渡辺君、こっち向いて笑ってください。ゆり板を揺らしながら！」

　ボサボサ髪に黒縁眼鏡《めがね》の男子はユーチューバー見習いの島崎守《しまざきまもる》君だ。スマホを構えて、板を揺らしまくる渡辺君の動画を撮ることに熱中している。彼には砂金そのものよりも、砂金が採れた瞬間の動画を撮ることに価値があるのだろう。

　ほかの生徒たちも鍬を手にして大騒ぎしているのに、私はゆり板を取りに行く気力すらない。さっきの歌が、頭の中にずっと流れているのだ。

「砕けて恋に沈み果つべき……砕けて恋に沈み……砕けて……」

　心が砕け散った私は絶望の淵に沈んでいく。茫然《ぼうぜん》と立ちすくみ、渡辺君と競いあうように砂利をすくうかさねちゃんや、ゆり板を揺らしながら語り合う小百合ちゃんと進藤君、「いいよーいいよー」と撮影しながら足を滑《すべ》らせ川にハマる島崎君の姿を眺めていた。


「鈴木さん、来月の学校祭に何を出品するのか決めましたか？　ザリガニグリーンカレー？　それともモクズガニとザリガニのグリーンカレー？　学校祭で何を販売するかの申請は、今日の昼休みまででしたよ」

　翌日の放課後、ふわりん先生に呼び出され、そう訊かれた。

　食品加工コース二年の前期課題は「加工食品開発」だ。学校祭の一般公開日に各自の作品を販売することになっていて、それ目当てのお客さんも多いらしい。ただし、私が開発した「ザリガニグリーンカレー」と「モクズガニとザリガニのグリーンカレー」は八月にあった山神《やまがみ》百貨店の

「キャラ立ち水産加工食品フェア」に出品し、すでに完売していた。催事売り上げ一位を狙《ねら》ったこれらの品は二位に終わってしまったけど……。

私はペコリと頭を下げる。

「すみません……フェアで燃え尽きてしまいました。まだ回復できないので、売り子に徹します。ナカスイ定番の『鮎《あゆ》のオイル煮』を売らせてください。水産実習棟に在庫いっぱいありますよね」

声を絞《しぼ》り出して、素直に敗北宣言をした。

「……鈴木さんは夏休み返上して頑張ったものね。わかりましたよ」

ここで「何言ってるの、根性出して作りなさい！」なんて言われたらどうしようかと思ったけど、さすがふわりん先生だ。私の様子がおかしいことを察したのか、無理強いはしなかった。

でも、ふわりん先生もちょっと様子が変だ。もともと色白だけど、真《ま》っ青《さお》な顔色をしている。

「ふわりん先生、具合悪いんですか？」

慌てて笑顔を作ったふわりん先生は、手をパタパタ振った。

「違いますよ。砂金採りを頑張りすぎちゃったかもしれません」

「渡辺君やかさねちゃんも、昨日から落ち込んでますよ」

みんなで一時間も頑張ったのだけれど、結局、砂金は一粒も見つからなかったのだ。「見つけたー！」と渡辺君が騒いだものは、雲母《うんも》だったし。

みんな揃《そろ》って落ち込みモードだ。私もさっさと帰ろう。

「じゃあ、これで失礼します」

昇降口を出た私は、校庭を見回した。高台に建つ校舎から見えるのは空と山だけで、入学してからずっと同じだ。いや、学校ができた五十年前から変わっていないのだろう。でも、生徒たちは変わっていく。青春して、成長して、卒業して、それぞれの道を歩んで……。

「そうだよ、私も変わらなきゃダメじゃん」

それはわかっているんだけど、何をする気力も湧《わ》かないまま日々が過ぎていき、学校祭を迎えた。

今年は十月二十日から二日間の日程だ。初日の金曜日は内部公開日なので生徒だけが見学でき、展示よりもバンドやお笑いなどの生徒ステージがメインになる。翌日の土曜日が一般公開日で、ここでナカスイの真価が発揮される。

二年生の場合、かさねちゃんと渡辺君のいる養殖技術コースは各自が孵化《ふか》させ育てた魚を水槽展示する。小百合ちゃん、進藤君、島崎君のいる河川環境コースはそれぞれの研究成果のパネル紹介だ。正直、どれを見ても楽しいのかなと不思議なんだけれど、魚好きにはたまらないらしく、全国から見学者がやってくる。その中でもいちばんの人気は、私のいる食品加工コースの加工食品販売だ。

秋の心地よい晴天に恵まれ、校舎は朝から大盛況だった。地元新聞やＴＶのローカルニュースで報じられたこともあるのか、加工食品の販売会場となる二年三組の教室前には、開店前に行列ができている。

机を横長にセッティングし、そこに各自（または各グループ）が開発した加工食品を並べて手売りする。「徹頭徹尾《てっとうてつび》自分の手で」が食品加工コースのポリシーなのだ。

販売開始の十時まで、あと五分を切った。腕時計を何度も確認したり、「早く開始してもいいのよ」と言いたげに私たちを見つめるお客さんたちの「圧」がすごい。

「はい、十時になりました。それでは販売を開始いたします」

ふわりん先生の声と共に、学びの場である教室は戦場に転じた。待機列が崩れ、お客さんたちが目的の商品に殺到する。

でも、私のところには誰も来ない。ちょうどいいや。のんびり過ごそう。下を向いて暇つぶしに鮎のオイル煮缶を山にしたり崩《くず》したり、また山にしたりしていると、目の前に誰かが来た気配がした。

「鮎のオイル煮、おいしそうですね」

若い男性の声だ。この澄んだ深海のような響きは……私の脳内データベースにある。まさか、ナカスイに来るなんて。逃げるには遅すぎる、もうダメだ。

「鈴木さん、お久しぶりです」

諦めて視線を上げると、夏の海の化身のような爽やかな人が立っていた。船乗りである海技士を目指す、茨城県立那珂湊《なかみなと》海洋高校海洋技術科二年の関清斗《せききよと》君だ。百貨店のフェアで売り上げ一位を競った水産加工会社の社長の息子さんでもある。顔を見るのは九月十六日以来だけど、あの時と変わらず……いや、もっと逞《たくま》しくなった。一か月の航海に出ていたからか日に焼けたなあ。

長袖《ながそで》のシャツにジーンズ姿は初めて見る。どうしよう、記憶よりさらにカッコよくなってしまった。

私は必死に営業スマイルを浮かべた。

「お、お久しぶりです」

あまり笑う人ではないけれど、彼の顔は綻《ほころ》んでいた。

「航海実習から戻ったので、両親と那珂川町に遊びに来ました」

「そ、そ、そうなんですね。無事のご帰還おめでとうございます。な、な、那珂川町へは日帰りですか」

ここまで声が震えるなんて……みっともない。動揺しているのがバレバレだ。

「いえ、いつもの『民宿やまと』に泊まります」

かさねちゃん家じゃないか！　ということは、かさねちゃんは知っていたはず。なんで教えてくれなかったんだ。知っていたら、学校祭なんか休んで宇都宮の実家へ避難したのに。

その時、私は気付いてしまった。ドアの向こうで、かさねちゃんがこちらの様子を窺《うかが》っているのを。私の窮状《きゅうじょう》を楽しんでいるな……悔《くや》しい。

負けるもんか。私は平静を装い、ほかのブースを指さした。

「関君、せっかくですから定番よりも珍しい缶詰をいかがですか？」

「いえ、これが欲しいんです。五缶ください」

「か、かしこまりました。千七百五十円です」

手の震えを抑えながら紙袋に入れて渡し、深々とお辞儀をした。

「どうもありがとうございました。茶室では茶道部によるお抹茶、食堂では食品加工コース三年による鮎ラーメン、水産実習場では水産研究会実演の鮎の塩焼き等もございます。どうぞお楽しみください。ごきげんよ……」

言い切るのを待たず、関君が強めの口調で重ねてきた。

「鈴木さん。よかったら、中を案内してくれませんか。ナカスイに来るのは初めてだから、興味がありまして」

かさねちゃん責任取って！　代わりに案内してよ！　と思ってドアを見たら、姿が消えている。

関君は、自分がどれだけ酷なことを言ってるのか、わかってるんだろうか。自分が振った相手にそんなこと言うなんて。いや、違うか。私が逃げたんだ。

今年の春、那珂川町に遊びに来た彼に私は一目惚《ぼ》れした。夏にナカスイが那珂湊海洋高校で行う海洋実習で頑張ってお近づきになり、百貨店のフェア会場で勢い余って彼に告白したけど、その場では何も返事はもらえなかった。

だけど先月、関君が参加する航海実習に見送りに行ったとき、彼から「航海中に自分の心と向き合って、帰港したらちゃんと返事したいと思います」と（かさねちゃんが言うには）前向きな回答をもらえたけど、こんな普通で平凡な私が、こんなカッコよくて性格もいい人と実際つき合うことを考えたら怖くなり、「その必要はありません！」と逃げてしまったのだった。それからずっと落ち込んで……。

でも、出港した彼の船を見送りながら決意したんだっけ。強くなるって。自信をつけて、これからは誰かを好きになっても大丈夫なようにしようって。

立ち直るのは今だ。逃げずに関君への思いに区切りをつけよう。荒療治だけど、いつまでもウジウジしていられないもの。そして、新しい世界に歩んでいこう。かさねちゃんがアニメで言うところの「第二期スタート」だ。

「はい。不肖《ふしよう》ながら私が案内させていただきます。緑川《みどりかわ》君、ここの販売もお願いしていい？」

オイル煮缶の販売を隣のブースの男子に頼み、つけていたエプロンを外して、関君を先導して教室を出た。案内してほしいというなら、実務的に済ませよう。まずは廊下のいちばん奥にあるクラスからだ。

「ここは二年一組。養殖技術コースの水槽展示です」

二十卓ある机の上に、水槽がずらりと置いてある。魚が泳いでいたり流木や川石だけが入っていたりと、内容は様々だ。

「各自が育てた魚を展示していますが、残念ながらうまくいかなかった生徒はガサガサで獲《と》ってきた魚などを展示しています。ガサガサとはタモ網で水辺の生物を捕まえる遊びで……って関君に説明するなんて『河童に水練《すいれん》』ですね。失礼しました。那珂川の河童といえば渡辺君ですが、これが彼の作品です。タイトルは『用水路アニキ』」

教室に入ってすぐの水槽で、アメリカザリガニやウナギやドジョウが流木や水草と共にのんびりしている。私は添えてある説明文を読み上げた。

「えーと、『名前の理由は、そのへんを歩くアニキが、このへんの用水路を何気なく見た時の光景を再現したことによる』……なんだそりゃ」

「それは趣《おもむき》深いですね。ちょっと質問したいことが……」

私にはわからないけど、男心が共鳴するのだろうか。関君は「渡辺君はどこに？」と見回した。

「水産実習場にある水産研究部のブースで、炭火起こしをしています。鮎の塩焼きに命をかけているので、他の人にはまかせられないみたいです」

「はぁい、御曹司《おんぞうし》！」

甲高《かんだか》い声はかさねちゃんだ。ちょっと離れた席から私と関君に手を振っている。

「せっかくだし、あたしが育ててる二匹のホンモロコも見てって。名前は渋川《しぶかわ》レイナと檜山《ひやま》エミリだよ」

水槽をピロピロと泳ぐ、数センチもない小さな魚を眺めながら関君はつぶやいた。

「可愛《かわい》い子たちですね。名前をつけるなんて、見分けがつくんですか。さすがです」

「見分けなんてつくわけないじゃん。でも、最近名付けたの。二匹なら、絶対この名前がいいと思って」

「なんでですか？」

ふっふっふと笑いながら、かさねちゃんは腰に両手を当てた。

「あたしがハマった秋アニメ『悪役令嬢と追放聖女が女子高生に転生したので生徒会長と副会長になりました！』のダブルヒロインの名前なんだよ」

「はぁ……」

さすがに、こちらの方の心理は理解できないらしい。

「いつものことだよ。行きましょう、関君」

次に向かうのは隣の二組、河川環境コースだ。

机が片付けられ、パネルが貼られた衝立《ついたて》の前に生徒たちが立っている。来客者たちは研究内容に見入ったり生徒に質問したり、一組や三組とはうってかわって、アカデミックな雰囲気だ。

「あれー！　関君じゃないですか」

パネルの前に立つ進藤君が、嬉《うれ》しそうに会釈《えしゃく》した。共同研究者の小百合ちゃんも慌てて頭を下げる。

「航海実習からお戻りになり、観光にいらしたとのことで、ご案内をしています」

私はあくまでもビジネスライクに伝える。

「ほー。それはそれは」

進藤君だけじゃなく、小百合ちゃんまでもが意味深長な笑いをする（のを抑えようとしている）。なんという居心地の悪さ。私はパネルの前に早歩きで行って、指さした。

「し、進藤君と小百合ちゃんの研究、『堆積土除去工事後の武茂川の鮎漁場評価』は今月開催された全国水産系高等学校生徒研究発表大会の全国大会で優勝しました」

関君は「へえ！」と目を輝かせパネルに進み出ると、もの凄い勢いで文章に目を通した。

「やはり、巨石率と浮石率は重要なんですね」

「もちろん！」

神童スイッチが入ったのか、進藤君はここぞとばかりにまくしたてる。

「巨石が減少すると、径の小さな石が増加することで浮石率も低下しますからね」

私の袖を誰かが引っ張ったと思ったら、小百合ちゃんだ。そのまま私の耳元で囁《ささや》く。

「し、進藤君が無限説明モードに入っちゃったから、は、早めに連れ出した方がいいよ」

さすがは彼の相棒だ。しかし、変に誤解されてはたまらない。

「でも、関君は別に私と一緒にいたいから案内を頼んだのではなくて、ナカスイに興味があるから……」

「す、鈴木さんは出港式で、つ、『強くなる』って宣言したじゃない。な、なら、頑張らなきゃダメだよ」

ビシバシと両頰を引っぱたかれた気持ちがした。魚にしか興味のない小百合ちゃんがこんなことを言ってくれるなんて。そうだ、頑張れ自分。勇気を出すんだ。

「では次をご案内します！　進藤君、また後でゆっくり！」

私はシャツの上から関君の手首を握り、引っ張るようにして教室を出た。廊下は来場者と生徒でごった返している。慌てて手を離したら、関君は優しい笑みを浮かべた。

「次はどこですか？」

どうしよう。どこに行っても人がいっぱいだし、思いつくのは……。

「じゃあ、武茂川に」

校舎前の坂を降りて道路を渡れば水産実習場だ。中は鮎の塩焼き目当てのお客さんでいっぱいで、歓声と共に香ばしい煙が流れてくる。

先導する私は門に入らず脇の草道を進み、武茂川の河原に出た。

まだ草は青々と茂《しげ》っているけれど、そよめくススキが秋であることを伝えている。ピーという鳥の声に空を仰ぐと、青空では二羽のトンビが鳴きながら二重の丸を描いていた。

せせらぐ水音を聴きながら河原に関君と並んで立ち、ふたりの姿が映る水面を指さす。

「この武茂川の水が、そこの水産実習場で養殖に使われているんですよ。来年のカヌー実習に備えた練習もここでしてます」

「川と学校が一体化してるって羨《うらや》ましいです。鈴木さん、この河原でバッタリ会いましたね。もう半年も前か……桜が咲いてたから」

覚えていてくれた！　そう、神宮寺先生と花見をしようと河川敷を歩いていたら、散歩していた関君と出会ったのだ。記憶が蘇《よみがえ》った私は、思わず噴き出しそうになり口を押さえた。

「あの時、実は神宮寺先生が関君をイノシシと見間違えたんですよ」

「なるほど。だから木の枝を構えていたんですね」

あははと関君が笑い声を上げる。ひとしきりふたりで笑って、無言になった。お互いに川面を眺めたまま立ちすくむ。この静寂がつらい。

沈黙を破ったのは関君だった。水鏡に、私に向き直る姿が映る。

「鈴木さん……実はですね」

どうしよう。このままカヌーに乗って那珂川に漕《こ》いでいってしまいたい。いや、だからそれじゃダメだ、強くなれ！　私は歯を食いしばって仁王立ちになった。もう何でも来い、ドスコイだ。死ぬことはなかろう。

「出港した日の夜、大和さんから僕に電話があったんです」

「かさねちゃんから？」

想定外のことを言われ、思わず彼に目を向けた。深海のように澄んだ瞳《ひとみ》、夏の日差しのような肌。ああ、やっぱりカッコいい。

「スマホって海の上でもつながるんですか」

「それほど沖にいなければ大丈夫です。今はＷｉ‐Ｆｉもありますし」

「へぇ〜」

違う、もっと別のことが話したいのに……。

「なぜ、関君の番号をかさねちゃんは知ることができたのでしょう」

「民宿の宿帳には、宿泊者全員の携帯番号を書きますから」

「なるほど」

だから、そういうことを話したいのではない。どうやって軌道修正すればいいんだ。

たぶん関君もそう思っているんだろう。咳払いして、自分の顎《あご》に手を当てた。

「えーと、それで、大和さんが言うにはですね、『あの子は、返事は必要ないなんて言ったけど、本心は違うからね！　絶対待ってるんだから。実習から帰ってきたらすぐにこっちに来て返事してやって！　民宿は特別割引を適用してあげるから』と」

　全然知らなかった。かさねちゃんが関君にそんなことを言っていたなんて。なんで教えてくれなかったんだ。

「それで、僕も反省したんです。やはり、伝えることはきちんと伝えなければダメだと。で、一か月考えた僕の返事はこれです」

「え」

　真正面から、関君は私の目を見つめた。

「鈴木さん、好きです！　つき合ってください」

　まさかの直球ストレート一本勝負で来た。草が生い茂っているだけの武茂川が、一面の花畑に変わる。

「百貨店で鈴木さんはハッキリと告白してくれたのに、僕は何も言えずすみませんでした。しかも、見送りに来てくれた時もきちんと伝えられなかった。自分で自分が情けなくて。航海中、ずっと後悔してたんです」

「航海なだけに後悔を」

　自分のバカ、こんなことを言って逃げている場合じゃないだろうに。湊海洋の生徒たちいわく「朴念仁《ぼくねんじん》」の関君が、ここまでキッパリ自分の気持ちを投げてきてくれたんだ。私も見送り三振じゃなくて、全力で振り返さないと。

「あ、あ、あ、ありがとうございます。でも……」

ここで逃げてしまったのが出港式だ。だけど、陰でアシストしてくれたかさねちゃんや、私を送りだしてくれた小百合ちゃんのためにも、正面から向き合うんだ。行け、自分。

「わ、私は……顔も身長も名前も成績も普通で平凡で、中学時代は『歩く平均値』とまで担任の先生に言われたくらいです。こんな私がこんなすごい関君とつき合っても、すぐに飽きられちゃうんじゃないかと、不安で怖くて耐えられない」

「何か勘違いしてるみたいですけど、僕はそんなに大した人間では……」

「なので！」

私は両手を組んで握りしめ、彼の目を見つめた。

「強くなります！　関君の隣で自信を持って、胸を張って並んでいられるように。それまで待っていてくれますか」

「それまでというと、どのくらい？」

そう言われると、いつだろう。私は首をひねった。

「わかりません。一か月かもしれないし、一年かもしれない。でも、ナカスイを卒業するまでには絶対に。だからそれまで待っててもらえますか。もちろん、関君が違う人を好きになったら、私のことは忘れてくれて構いません……どうでしょうか」

関君は瞬《まばた》きもせず、表情も変えない。でも、武茂川の岩にとまっていたアオサギが勢いよく飛び上がったとき、白波が弾けるような爽やかな笑みを浮かべた。

「待ちます」

「あ、あ、ありがとうございます！　どうぞよろしくお願いします」

「いえいえ、こちらこそ」

私たちは向かい合い、ぺこぺこ頭を下げた。

関君が乗った実習船が港を出て行くときのことを思い出した。ブリッジ横に立っていた彼は、埠頭《ふとう》に立つ私に気付いて船尾まで走ってきてくれた。それで、私を見て……。

「あの……出港式で船が動き出したとき、関君は私に何か叫んだと思うんですが、実は汽笛にかき消されて聞こえなかったんです。何て言ってくれたんでしょう」

関君は目を丸くし、頬をかすかに染めた。

「ああ、あれか。どうしよう、言っていいのかな」

「お願いします！」

きっと良いことのはずだ。胸の鼓動が一段と高くなる。

「……鈴木さん、髪の毛がグシャグシャですよ！　って」

「え」

記憶をたどると、関君の前から逃げ出してきた私の頭を、かさねちゃんが「バカバカ」と言いながらグシャグシャにかき回していたような。

「そ……それは……失礼しました……あはは」

頬が燃えそうに熱い。私は何を勘違いしていたんだろう。幸せの余韻が台無しだ。

「あら」

この涼やかな声は。振り返ると、実習着姿の神宮寺先生が、口をポカンと開けて棒立ちになっている。私は慌てて両手を振った。

「じ、神宮寺先生！　違うんです、これは。あの、関君が航海実習から帰って来ましてですね、学校祭を見学するというので私がご案内を」

「あらあら。まあまあ。それはそれは」

神宮寺先生はニヤつくのをこらえているかのように、頬がぴくぴく動いている。

「どうぞごゆっくり。武茂川には何も展示してませんけどね。あら、無粋《ぶすい》なことを。ごめんあそばせ」

回れ右して去って行こうとする神宮寺先生に、関君が慌てて声をかけた。

「神宮寺先生！　進藤君と芳村さんが研究した『堆積土除去工事後の武茂川の鮎漁場評価』で気になることがあって、手が空いていた鈴木さんに川に連れてきてもらったんです。僕も那珂川町に来るたびに武茂川で鮎釣りしますから」

「なんですって？」

足を止め、神宮寺先生は振り返った。目の色が変わっている。

「あなた、海釣りだけじゃなくて鮎釣りもするの？」

「もちろんです！　那珂川での鮎釣りは、父との恒例行事ですから」

神宮寺先生の顔がパアッと明るくなる。さすが、前世は鮎、来世も鮎だろうと言われている生粋《きっすい》の鮎好き。鮎の話題になると、すべてが消し飛ぶのだ。

「それは素晴らしいわね！　私が案内しましょう。あの研究の指導をしたのは、ほかならぬ私ですから。何が気になったの？」

「巨石率と浮石率はどこで調べたのかと……」

「この近くだと、そこの堰《せき》よ！　行きましょう！」

目を輝かせ、神宮寺先生は下流を指さしてスタスタ歩いていく。関君は私にペコリと頭を下げると、後についていった。私の視界から消える前に、一瞬振り返って手を振ってくる。慌てて手を振り返した。

「鮎の塩焼き、できたぞー！」

水産実習場から渡辺君の声が響いてくる。「三本ちょうだい！」「十本！」とお客さんたちの叫び声も。

「渡辺君、串《くし》を持ってこっち向いてください！　塩焼きのコツを一言！」

この声は島崎君か。学校祭の様子を「ナカスイ公式ユーチューブチャンネル」で生配信するとか言ってたっけ。ああ……ムードも何もない。

「でも、ナカスイらしいや」

口元も目も綻んでしまう。そっと目の端を指で押さえた。

その日の夜、下宿の広間はタコ焼きの香りと私が放つハートマークで満ち満ちていた。

「それでねそれでね、関君が『僕は待ってます』って笑ってくれたんだよ」

タコ焼きを竹串でひっくり返しながら詳細な報告をすると、かさねちゃんの怒号が響き渡った。

「いい加減、しつっこいわね！　さっきから何度目よ。耳にタコよ！」

下宿に使う離れは築七十年超の古民家で、田の字型の間取りの四部屋を私と小百合ちゃんが一部屋ずつ使い、残りの二部屋はふたりで憩《いこ》う広間と納戸になっている。かさねちゃんは何かあるとすぐ遊びに来るので、広間はふたり用というより集会所状態だった。

それがなんでタコ焼きパーティになったかというと、泊まりに来た関君のお父さんが那珂湊市場の蒸しダコをお土産《みやげ》にたくさん持ってきたという、非常に単純な理由からだ。

私はふたりのお皿にタコ焼きを取り分けてあげた。普段はそんなことしないけど、今日は精一杯のお礼だ。

「ま、食べなよ、かさねちゃん。今日のタコ焼きは一味違うから。なんせ私の感謝と愛情がいっぱい詰まってるし」

「胸焼けしそうだわ」

文句をたれながらも、かさねちゃんはパクパク口に運ぶ。

「あら、ウマいわねタコ。あたしですら知らなかったわよ。那珂湊のある、ひたちなか市がタコで有名だって。明石《あかし》市が日本一かと思ってた」

「ひ、ひたちなか市のタコは、ぎょ、漁獲量じゃなくて加工量が日本一なんだよ。アフリカ産のタコだし。あ、明石市はマダコの漁獲量が日本一なの」

小百合ちゃんはタコ焼きにソースをかけず、明石焼きみたいにダシに浸《ひた》して食べている。

タコ焼きで頬を膨らませながら、かさねちゃんが母屋《おもや》の方を指さした。

「せっかく来てくれたんだから、御曹司をここに呼んでくりゃいいのに」

母屋の宴会場から薄ガラス越しに「おほほほ」「わははは」と歓声が漏れてくる。

「無理だよ、あれじゃ……」

武茂川での鮎話が盛り上がったらしく、なぜか神宮寺先生が関君一家と宴会をしているのだ。ついでに進藤君まで参加していて、今日は民宿に泊まるそうだ。

「小百合ちゃんなら、あのメンバーの濃い話についていけるよ。行ってくればいいのに」

「そ、そう？　……で、でも私はダメ。よく知らない人とご飯食べるなんて」

小百合ちゃんはブンブンと首を横に振った。

タコ焼きを竹串に何個も刺しながら、かさねちゃんは視線を投げてくる。

「それにしてもさ。あんた、強くなるって何すんの？　レスリング部に入るの？」

「そういう肉体的《フィジカル》な意味じゃないよ。精神的《メンタル》な意味で言ったの！」

私はタコ焼きを思い切り頬張り、熱さのあまり慌ててサイダーを口に含む。ちらりと見ると、小百合ちゃんが母屋の方にじっと視線を向けていた。

「小百合ちゃん。やっぱり行ってきて、私のために。そして関君の様子を教えてください」

「わ、わかった」

いそいそと出ていく小百合ちゃんを見送りながら、彼女こそが入学時に比べて遥《はる》かに強くなったと思う。私はどうすれば成長できるのか、考えなきゃ。苦手なことに取り組むとか、やったことがないことをやるとか。

そういえば！

「かさねちゃん。昼間、生徒会長がどうしたとか言ってなかった？」

「あたしがハマった秋アニメ『悪役令嬢と追放聖女が女子高生に転生したので生徒会長と副会長になりました！』のこと？」

そうだよ、生徒会長！

生徒たちの代表として先頭に立ち、副会長や書記のサポートのもと、数々の難題に取り組んでいく。

そして迎えた卒業式。後輩たちが「鈴木会長の強さに憧《あこが》れてました」と泣きながら送り出してくれるのだ。私は涙をこらえながら手を振り、校門を出て行く。その先で待っているのは関君。

今こそふたりは手を取り合い……。

これだ、私の進む道は。

「今度の生徒会長選挙っていつだっけ、かさねちゃん」

「十一月十日」

「すごいね、即答できるなんて」

かさねちゃんはタコ焼きにこってりマヨネーズをかけながら、あっさり答えた。

「だって、あたし生徒会長に立候補するから、チェック済みだもん」

「なんでー！」

思わず、座卓を両手で叩いてしまった。「生徒会長？　なんであたしがやんのよ。そんな面倒くさいの」というタイプかと思っていたのに。

かさねちゃんは「何が疑問なのよ」といった表情で、タコ焼きを頬張っている。

「言ったじゃん。生徒会アニメにハマったって」

そうだった、かさねちゃんはそういう人だったのを忘れていた。彼女はまじまじと私を眺める。

「なに、まさかあんた生徒会長に立候補するつもり？」

「そうだよ、言ったじゃん。強くなるんだって」

かさねちゃんは呆れるように首を横に振る。

「それがなんで生徒会長なのよ。安直ね！」

「安直はそっちもでしょ！　そうだ、かさねちゃんは副会長になればいいじゃん」

「ダメ。あたしの推しキャラ、悪役令嬢の渋川レイナは副会長じゃなくて生徒会長だもん。やだ、あんたも立候補したら選挙戦になっちゃうじゃん。撫子《なでしこ》お姉ちゃん情報だと、生徒会長希望者なんて毎年ひとりくらいしかいないから、ずっと信任投票だったのに」

選挙で私がかさねちゃんに勝てるはずがない。だって、親戚《しんせき》一同、姻戚に至るまで全員がナカスイ出身の「大和一族の姫」だもの。どうしよう。何か対策をとらなければ、それもすぐに。

「かさねちゃん、私たちの友情は一時休止だね」

私はタコ焼きセットを片付け始めた。

「そもそも友情なんて芽生えてないでしょ！」

眉を吊《つ》りあげたかさねちゃんが、「もう寝る！」と玄関のガラス戸を乱暴に閉めて出て行く音を聴きながら、私は拳《こぶし》を握りしめた。

——負けるもんか。私は強くなるんだから。そのためには、なんとしても生徒会長にならねば。

台所でタコ焼き器の焦《こ》げつきをタワシでこすりながら必勝作戦を考えると、脳裏に彼の顔が浮かんだ。

翌日の日曜日、朝七時の時報と共にスマホを手に取る。

「どうしたの、こんな早くから」

人生相談に乗ってもらおうと母屋に泊まっていた進藤君を電話で呼び出すと、離れの玄関に寝ぼけ眼《まなこ》でやってきた。大和のおじさんに「離れは男子禁制」と言われているので、残念ながら上がってはもらえない。私は彼にペットボトルのお茶を渡すと庭石を指さした。並んで座ると、進藤君は「ふわああ」と盛大なあくびを披露《ひろう》する。

「眠そうだね。何時まで鮎談議してたの」

「日付けが変わるくらいまで。結局、神宮寺先生も民宿に泊まっちゃったよ。きっと芳村さんも、まだ寝てるよね」

「うん、いつもならもう水産実習場の魚たちの世話に出かけるんだけど」

私がさっき電話してたときも、小百合ちゃんの部屋からは物音ひとつしなかった。きっとまだ爆睡中なんだろう。できるだけ声を抑えた。

「実は相談があるの。私、生徒会長に立候補しようと思ったら、かさねちゃんもなんだって。人望のない私が、あの子に勝つなんて絶対無理じゃん。神童の進藤君なら、なにか良い案があるんじゃないかと思って」

「へぇ、生徒会長。鈴木さんがねぇ」

進藤君はお茶を飲みながら、目を見開く。

「もしかして、進藤君も立候補予定だったりする?」

あははと爽やかに笑い、彼は手をパタパタと振った。

「ない。どうせ僕は来年、水産研究部の部長だろうし。生徒会長をやってる余力はないよ」

「そうだよね。受験勉強だって忙しいよね。なんせナカスイ開校以来の期待の星だし」

進藤君は一瞬真顔になると、すぐに清涼感溢《あふ》れる笑みを浮かべた。

「そうだ、いいこと思いついた。来週の『水産感謝祭』で優勝を目指したら? 優勝者は生徒会長よりも崇《あが》め奉《たてまつ》られるようだし、生徒会長選挙の直前だから効果はあると思うよ」

首をひねった。いくら記憶をたどっても、出てこない。

「水産感謝祭ってそんな重要イベントだった? 一年のときの記憶が全然ないんだけど」

「そりゃそうだろう。去年の感謝祭は、鈴木さんたちが出た『ご当地おいしい！甲子園』の決勝前日だったから。準備で忙しくて、祭に出てなかったじゃない」

そうだった。魚に興味がないのにナカスイに入った私は入学早々に挫折し、なんとかせねばとポスターで見かけたご当地食材の料理で勝負する、「ご当地おいしい！甲子園」に応募したんだ。かさねちゃんや小百合ちゃんとチームを組んで全国大会まで進んだけれど優勝はできず、特別審査員賞に終わった。でも、すべてをやりつくした私にとっては、気分は一等賞みたいなものだ。

「なるほどね。そりゃ出られないわ。でも、何を競うの？　感謝祭でしょ？」

進藤君はスマホをジーンズのポケットから出した。ナカスイのホームページにアクセスし、何かを探している。

「養殖池で鮎の水揚げが終わった後の恒例行事なんだけどね。ほら、これが去年の様子。水産実習場で鮎の収穫を祝い、まずは三年生が作ったカレーライスと鮎の塩焼きを在校生と教員で食べるんだよ」

確かに、実習着姿の生徒たちがピースサインをして鮎の塩焼きを食べている。ミカン箱で代用したテーブルの上には飯盒《はんごう》の蓋《ふた》に盛られたカレーライスが並び、今にも香りが漂《ただよ》ってきそうだ。

「あ、思い出した。調理室でかさねちゃんや小百合ちゃんと決勝の予行練習をしてたら、進藤君がカレーと鮎の塩焼きを持ってきてくれたんだ。テンパってて、味の記憶はないけど」

「だろ？　でも祭の本番は、食事が終わってから。三年生は出ないのが慣例で、一年生と二年生が競技に出場する。まずは第一試合で……」

「騎馬戦とか？」

「何を言うんだ、ナカスイなのに。キンギョすくいだよ」

「ええ！」

スマホには、養殖池のキンギョをすくいあげる生徒たちの姿が映し出されている。

「すくった数の多い上位二十人が、第二試合の十メートル競走に進むんだ」

「たった十メートル？」

「甘い！」

見せてくれた画像は、横一列に並んだ夏の体操服姿の生徒たちが一斉に養殖池に飛び込んでいる。水音まで聞こえてきそうだ。

「養殖池の横幅が十メートルだろ。水の中をいかに速く走れるかのタイムトライアルなんだよ。ただ足が速いだけじゃ勝てない。陸上じゃないからね」

「そんな……いくらナカスイだからって……こんなこと」

「そして上位八人が最終戦に進む。ナカスイの華、トーナメント式手押し相撲《ずもう》だよ」

「相撲？　ナカスイに土俵なんてあったっけ」

「ないよ。当日だけ作るんだよ。場所はここ」

彼が掲げたスマホには、衝撃の画像が表示されていた。水が張ってある円形池の中央にステージがあり、体操服にライフジャケットを着けヘルメットを被《かぶ》った男子同士が対峙《たいじ》し、ひとりが水に落ちる瞬間がとらえられている。

「こんな……こんなんじゃ、レスリング部員しか優勝できないじゃない」

「そんなことないよ」

あっさり言うと、進藤くんはニッコリと笑った。

「手押し相撲は、『運』要素がいちばん重要なんじゃないかな。現に、去年の優勝者は今の生徒会長である御子貝《みこがい》さんだよ。茶道部の現部長でもある」

私は必死に御子貝会長の顔を思い出した。私より体重が軽いんじゃないかと思うくらいの、細身だった気がする。

「だからキンギョすくいと十メートル競走を勝ち抜けば、鈴木さんでもワンチャンあると思う」

「問題は、そこまで勝ち抜けるかどうかということだよ」

うなだれる私に向けて、進藤君はガッツポーズをした。

「大丈夫、まだ時間はある。スパルタ訓練に耐え抜けるなら、コーチを推薦《すいせん》するよ」

「お願いします！」

スパルタなんて耐え抜いてみせる。だって私は強くならなくてはいけないんだから。彼の目をじっと見つめると、それはそれは爽やかな笑顔で頷いた。

でも、コーチって誰だろう。

「なんだよ、朝っぱらから」

すぐに自転車を漕いで渡辺君家《ち》に行くと、寝ぼけ眼の渡辺君が頭を掻きながら面倒くさそうに玄関に出てきた。さすがにパジャマ姿じゃなくて、ナカスイのジャージだったけど。

「お願い。水産感謝祭のキンギョすくいと水中十メートル走のコツを教えてください。進藤君が、渡辺君がベストコーチだと推薦してくれました」

「なんで俺なんだよ」

「去年は渡辺君がぶっちぎりトップだったんでしょ？　なぜか手押し相撲は一試合目で負けちゃったけど」

「手押し相撲は運試しみたいなもんだんべ。薔薇乙女軍団のライブチケットの抽選が近かったから、そこで運を使いたくなかったの。わざと負けたんだよ。ところで、なんで鈴木がそんなに熱心なんだよ」

「優勝すれば、生徒会長選に有利になるでしょ」

「生徒会長！　鈴木が？」

ありえない、という顔をして私を見つめている。

「だからお願い！　特訓して。お礼は……」

お礼？　何にしよう、思いつかない。そうだ、渡辺君の「推し」は今、りょんりょんだ！

「りょんりょんの直筆サイン入り『水産海洋基礎』の教科書でどう？　今年の春、番組でナカスイに取材に来たときにサインしてもらったんだよ。あのとき、渡辺君はまだりょんりょん推しじゃなかったから、もらってないでしょ」

渡辺君の目の色が、一瞬にして変わる。

「乗ったー！　よし、今からナカスイに行って特訓するぞ」

「早っ。あ、ちょっと待った。下宿に寄ってくるから」

関君に個人的な連絡先を訊いておかなくてはならない。私が強くなったら、すぐ連絡できるように。チェックアウト時間は間もなくだ。

民宿に通じる道を必死の思いで漕いでいると、白いワゴン車とすれ違った。水戸ナンバーで末尾が「３７（さかな）」……今のは、関君のお父さんの車だ！

「待ってー！」

慌てて自転車から下りて叫んだけれど、車はあっさりと視界から消えていってしまった。

力の限りにハンドルを握りしめ、私はつぶやく。

「関君、待ってて。私、渡辺君の特訓を受けて絶対に優勝するから。そして生徒会長になって、強く逞しく成長する。だから、それまでお願い、待っててね……」

八溝の山々からさわさわと吹く風が、エールのように私を包んだ。

第二章

鮎の塩焼きとカレーライス

抜けるような青空の下《もと》、水産感謝祭が行われる水産実習場は「食のパラダイス」と化していた。

屋外調理場では、二百近い飯盒《はんごう》がブクブクと白い泡を噴き出して、ご飯が炊ける甘い香りを放っている。

「よし、もういいぞー！　火から下ろして飯盒をひっくり返せ。底を薪《まき》で軽く叩《たた》くぞ！」

水産感謝祭での調理は三年生の役割だ。二十人いる飯盒係は、まるでドラムを叩くみたいにポコポコ音を立て始めた。

「今年の隠し味はインスタントコーヒーとチョコレートだぞー！　もう入れろー！」

味の正体がバレバレな大声を出しているのは、カレー担当のアマゾン先生だ。

「アマゾン先生、ちょっと待ってください。ルーを刻《きざ》むのが終わらないです」

「刻まなくたっていいだろ。どうせ溶けるんだし」

「何言ってるんですか！　このひと手間が味を変えるんですよ！」

カレー奉行《ぶぎょう》は学年に必ずひとりはいるらしい。三年生は水産研究部の浜田《はまだ》部長のようだ。部活でも見たことのない真剣な表情で、アマゾン先生と言い合っている。

「鮎《あゆ》の串打《くしう》ちはそうじゃねえんだよなー。清流にいるかのように体をくねらせるの！　俺に貸せー！」

「渡辺、お前は二年なんだから引っ込んでろよ」

炭をくべる鮎の塩焼きコーナーでは、渡辺君が三年生に煙たがられていた。

なるほど、「祭」。出来上がりを待つみんなは楽しそうだ。絶賛バトル中の私とかさねちゃんも、食事中だけは休戦協定を結んでいる。

「各種用意、整いましたー！」

待っていた生徒たちが、歓声を上げてそれぞれの飯盒を取りに行く。中蓋《なかぶた》にカレーをよそってもらい、鮎の塩焼きを受け取ったら準備完了だ。ブルーシートに設営されたみかん箱に戦利品を並べて、大崎《おおさき》校長先生の発声を待つ。

「はい、みなさん。今年も無事に水産感謝祭を迎えることができました」

校長先生の挨拶《あいさつ》が続いているけど、みんなの視線はただひたすら目の前の料理に注《そそ》がれていた。

「いただきます」の合図は生徒会長の役割だそうだ。ということは、来年の私。よく目に焼き付けておかなくては。

校長先生からマイクを受け取ったのは、茶道部長も務める河川環境コースの三年、御子貝賢太《けんた》先輩だ。時代劇のお公家《くげ》さんみたいに上品で優しそうな顔は、とても手押し相撲《ずもう》の勝者に見えない。やはり、進藤君と渡辺君の言う通り重要なのは「運」なのか。

御子貝会長は、紙コップに注いだオレンジジュースを手に取った。

「鮎の塩焼きとカレーライスは、ナカスイ開校以来続く水産感謝祭の代名詞的存在です。五十年続く伝統を今年も引き継げて胸がいっぱいです。授業でお世話になった魚たちに感謝を。それでは乾杯！」

「乾杯！」

ジュースを一口飲むやいなや、カレーライスに取り掛かった。

「おいしいー！」

ただのご飯とカレー。それだけなのに、なぜこんなにおいしいのか。ぴかぴかつやつやのご飯は、河川環境コースが農業実習で栽培し、収穫したばかりの新米だ。カレーにたっぷり入っている野菜も同じく彼らが育てたもの。環境学習のために、ナカスイには農場があるのだ。豚肉は、隣の市にある県立農業高校が愛情たっぷりに育てた豚だ（鮎と物々交換したらしい）。紙皿の上の塩焼き鮎は、もちろんナカスイの養殖池で生徒と神宮寺先生の熱烈な愛を受けて養殖された子たちだ。

おいしい以外の言葉が、出るわけない！　しかし……。私はひとつ疑問だった。

右隣を向き、怒濤《どとう》の勢いで食べるかさねちゃんに訊《き》いてみる。

「鮎の塩焼きとカレーを作るなら、鮎カレーを作った方が早くない？　一石二鳥で」

「なんてこと言うのよ！」

米粒を吹き飛ばす勢いで、かさねちゃんは血相を変えて叫ぶ。

「そんなこと公約にしたら、生徒会長なんてあっさり落選よ」

「そ、そんなに重要な……」

「あんたね、カレーライスと鮎の塩焼きを交互に食べてごらんなさい」

言われた通りにしてみた。まずはカレーライス。ご飯をスプーンですくい、中蓋のカレーに浸して食べる。野菜の甘さと豚肉のこってり加減がたまらない。そして鮎の塩焼きの串を持ち思いっきり頬張《ほおば》ると、しょっぱさと鮎の香りが口の中になだれ込んでくる。スパイスの余韻が口から消えたとき、たなびいているのは鮎の内臓のほろ苦さだ。

「……なんか不思議だね。ミスマッチなようでマッチする。対極のふたりが出会い、新たな世界が構築されていくような……」

「でしょー！」と叫びながら、かさねちゃんは頬を染めた。

しみじみと、ナカスイに入って良かったと思う。入学したてのころは、なんでこんな学校に来てしまったのかと後悔したけど、私は変わった。だからこそ、生徒会長にならなければいけない。それこそがナカスイにおける私の最高地点に違いないから。

「やるぞー！」

キンギョすくいに水中十メートル競走、そして手押し相撲。勝ち抜いていくためには体力が必要だ。私は必死にご飯をかっこんだ。ふと隣を見ると、同じようにかっこむかさねちゃんと目が合う。火花が散る。休戦タイムは終わったのだ。

ハンドマイクを通して、御子貝会長の声が響く。

「それでは、みなさんお待ちかねの勝ち抜き戦を始めます。まず第一試合はキンギョすくい。『ナカスイキンギョすくいルール』に則《のっと》って行います。ポイの持ち方や禁止事項など厳格に適用しますので、参加者は心して臨んでください」

一・二年生の歓声が沸《わ》きあがった。そうか、私の周りにいる約百二十人みんながライバルなんだ。かさねちゃんだけじゃない。キンギョをすくう「ポイ」に伸ばす手が、不安で震えてくる。

「人数が多いうえにキンギョの養殖池はひとつしかないので、短時間で回転させていきます。一回転につき一クラス半分ずつ、時間は三十秒。しかし、それより前にポイが破れたらそこで終了です。すくった数の多い上位二十人が第二試合に進みます」

第一陣が屋内養殖棟に入っていく。一年生から始まるということは、私はまだまだ先だ。渡辺君に叩きこまれたことを思い出しながら、ポイの素振りをする。

——ポイを水面に差し込む角度は四十度！　それじゃ九十度だろ！

——垂直に動かすなって言ってんだよ！　水中でポイは水平移動が基本だ！

まさか、人生でキンギョすくいの特訓をする日が来ると思わなかった。

ふと、進藤君が気になった。知性において並び立つ者は小百合ちゃんくらいだけど、キンギョすくいの実力はどうなんだろう。慌《あわ》てて姿を探すと背後にいた。

「進藤君はキンギョすくいって得意なの？」

いや〜と爽《さわ》やかな笑いを浮かべ、進藤君は「でんでん太鼓」みたいにポイを回した。

「ポイの入水《にゅうすい》角度だのキンギョの初速速度だの、真面目にやったらキリがなさそうだから、僕はみんなの観察をして楽しむよ。芳村さんもそうじゃないかな」

小百合ちゃんもか。よし、強力メンバーふたりが消えた。渡辺君は勝ち抜いても手押し相撲は棄権するって言ってたし（Gピークスのライブチケット抽選が近いんだそうな）、やはり実質のライバルはかさねちゃん、生粋《きっすい》のナカスイ女王だ。

「はい、次は二年三組ー！　出席番号一番から十三番までー！」

御子貝会長の声で我に返った。私は十番、もう行かなくちゃ。両頰を叩いて気合いを入れ、屋内養殖棟に入っていく。

温室のような、もあっとした空気がいつもより熱く感じる。みんなの熱気だ。きっと水温も上がっているに違いない。

「それでは、構えー！」

養殖池の前に立て膝《ひざ》をついて構える。膝が濡《ぬ》れるけど、ただしゃがむよりは力が入りやすい。

「始めー！」

まずポイを濡《ぬ》らせ！　と渡辺君は言っていたけど、周りの子はそんなの気にせずポイを突っ込んでいく。三十秒しかないからか。いや、焦《あせ》ってはダメだ。急がば回れ、というではないか。私は心を静めながらポイを濡らし、入水角度四十度を意識してポイを水面に差し込んだ。

……渡辺君と練習したときと、キンギョの様子が違う。そうか、一斉にキンギョすくいをやっているから、逃げまどってるんだ。練習のときは私ひとりだったから、みんな割とおとなしくしてくれていたのに。でも、想定外のことに動じている暇はない。既に何匹もすくいあげている子がいるのだから。

「残り十秒ー！」

時間がない。焦るあまり、渡辺君に教わったことが全部頭から飛んでいった。こうなったら気合いと根性でカバーするしかない。結局いつもの私になってしまった。

「そこまでー！」

みんながポイを引き揚げた。私のお椀《わん》には六匹しかいない。見回してみると、周囲には私より多くすくった子が結構いる。

——終わった。

よろめきながら外に出ると、清らかで涼しい風が吹き抜けていった。私をなぐさめてくれるのは風だけだ。水産実習場の隅《すみ》で膝を抱えていると、隣に渡辺君が来た。

「おい、鈴木。どうだ。突破できそうか」

「ダメ。あれこれ教えてもらったのに、全部パーにしちゃった。ごめん」

「諦めんのはまだ早いぞ。水産感謝祭のキンギョすくいは『ガチ』だかんな」

「え？」

続きを聞く前に、御子貝会長が屋内養殖棟から出てきてハンドマイクを手に取った。

「はい、全員終了しました。ここでビデオチェックを行いますので、十分ほどお時間をいただきます。ポイの持ち方に不正がある、腕を肘《ひじ》関節まで水につける、帽子を被《かぶ》っているなどの不正行為があった生徒は失格となります」

そこまで厳格に行うとは。思わず渡辺君を見た。

「ねえ、なんで肘関節を水につけたり帽子被るとダメなの」

なんでわからないんだよと言いたそうな呆《あき》れ顔をして、渡辺君は頭の後ろで腕を組んだ。

「肘関節まで水に入れると、腕でキンギョを集められっぺ。帽子を被ると水面に陰ができるから、キンギョが寄ってくる。だから不正行為とみなされて失格なの」

「なーる……」

感心していると、御子貝会長の安堵《あんど》した声が響いた。

「はい、ビデオチェック終了です。では、上位三十人を読み上げます。一位！　二年一組、渡辺丈。二十三匹！」

ものすごい歓声が起き、「本気出しすぎちまったな」と渋い顔をしながらも渡辺君が両手を振って応《こた》える。

「二位！　二年一組、大和かさね。二十二匹！」

こちらも同じくらいの喝采《かっさい》だ。かさねちゃんは腰に手を当て、ほーっほっほと悪役令嬢のように笑っている。

なんていう数字なんだ、望みが消えていく。

「三位！　一年一組、須藤祐樹《すどうゆうき》。十二匹」

がくんと下がる。上位ふたりが異次元だったのか。すると、私にもまだ可能性があるのかも。

緊張で鼓動が鳴り響きそうな私を後目《しりめ》に、サクサクと発表は続いていく。十位、十五位、十九位。そして……。

「二十位！　二年三組、鈴木さくら。六匹！」

「やったああ！」

周囲は歓声よりも笑い声の方が大きかったけれど、私はぴょんぴょん飛び上がった。渡辺君が私のジャージの袖《そで》を引っ張る。厳しい顔つきだ。

「おい、鈴木。今ここで体力使うんじゃねえ。問題は次だ」

そうだった。まだ競技はある。

御子貝会長は生徒たちを見回した。

「今、名前を読み上げた二十人は第二試合『水中十メートル競走』に進んでください。会場となる養殖池の水位は三十センチに調整してあります。泳いでも走っても構いません」

三十センチ……膝丈くらいだ。だったら走った方がいい。私は頭の中でシミュレーションしながら、養殖池のほとりに急いで移動した。

「レースは二組に分かれて十人ずつ行います！　それぞれ上位四人、合計八人が第三試合の手押し相撲に進みます」

良かった。私が出ない方のレースに速い子が集中していれば、私でも進出できるかもしれない。

御子貝会長は長方形の養殖池を指さしながら、手の先をチョイと曲げた。

「上陸した時ではなく、ゴール地点の壁にタッチしたタイムを競います」

とすると、手が長い方が有利。きっと私の手は平均的な長さだろうし（なんせ「歩く平均値」）、やっぱり一刻も早くゴールを目指すしかない。

「一次通過者は、ちょうど一年生十人、二年生が十人だったので、レースは学年ごとに行います！」

しまった、かさねちゃんと同じ組になる。彼女の姿を探したら、目が合ってニヤリと笑うではないか。落ち着け、なんせ私は渡辺君に特訓を受けたんだから大丈夫。ほら、思い出して。

――つま先や踵《かかと》で走ろうとしないで、足裏全体で水底をつかめ！

――飛び跳ねるように走れ！

「一年生、では用意！」

泳ぐことを選択した水着組が戻ってきたのを確認し、御子貝会長はアナウンスを続ける。

そうだ！　速い子のフォームを真似《まね》しよう。私は最前列に陣取って、全神経を養殖池に集中させた。プールサイドならぬ養殖池サイドに、一年生十人が並ぶ。全員男子で、水着姿はふたりいた。

「用意……スタート！」

御子貝会長の「ト」の発声と共に、歓声を上げて十人が飛び込む。最前列で観察していた私はもろに水しぶきを浴びた。

もしも泳ぐ方が速いなら覚悟を決めて水着になろうと思っていたけど、どう見ても走る方が速い。良かった、泳ぐのはやめよう。

「ゴール！」

歓声と共に次々にゴールしていく。結局のところ、水しぶきで足さばきは見えなかった。なんのために最前列に来たんだか。

「では、二年生。位置について！」

もう順番が来た。早い、早すぎる。

「渡辺ー！　今年は押し相撲サボるなよ」

「ぶっちぎれー！　大和！」

ギャラリーから声援が起きるけど、私には向けられない。やっぱり私って人望がないんだろうか。スタート前なのに涙が滲んでくる。

ふと、ギャラリーにいる小百合ちゃんと目が合った。私を見て、「頑張って」と口を動かし、ガッツポーズをしている。

私も同じポーズで返した。そうだよ、ここから始まるんだから。優勝すれば、人望だってできるはず。これから、これから。

養殖池のサイドに十人が並ぶ。私は深呼吸をして、真ん中に陣取った。右隣にはかさねちゃん、左隣には渡辺君がいる。このふたりについていけば、上位が狙《ねら》えるはずだ。ペースメーカーになってもらおう。

「用意……スタート！」

滲《にじ》

しまった。「ト」の発声から少し遅れてしまった。慌てて水に飛び込む。すでにかさねちゃんの背中が遠ざかっていた。

負けるもんか負けるもんか負けるもんか。私は前傾になり、跳ねるように走り始めた。

しかし、キンギョすくいと同じで、マンツーマンの練習と本番では全く違う。参加者が十人もいるからだ。水流が発生するし、他人の水しぶきも浴びる。非力な私は流れに足がとられ、水しぶきで前が見えない。

焦るな。四位でいいんだから。だけど私より前を走る子が四人いる。ゴールが近づいてきたのに、走っても走っても順位は上がらない。ダメだこりゃ。

諦めた瞬間、三位の子が転倒し、そこに四位の子が突っ込んで倒れた。これこそ漁夫の利。ダッシュしたら、焦り過ぎて足をとられて前のめりに……しかし、私はただでは起きない。いや、転ばなかったのだ！　必死に手を伸ばす。倒れてもいい。手が、手が壁に届きさえすれば——！

中指が壁に触れたのを感じながら、顔面から水に突っ込んだ。ゲホゲホと咳《せ》き込んで起き上がると、かさねちゃんと渡辺君が陸上でガッツポーズをしている。

興奮した御子貝会長の声が、青空に響き渡った。

「一位、渡辺丈。二位、大和かさね、三位は緑川龍二《りゅうじ》。そして四位は……鈴木さくら！」

すげえな、渡辺！　大和、さすがだよ！　……の声に混じって「鈴木、すげえ根性だな」という言葉も聞こえる。やった……。なんとか最終切符を手に入れた。

「それでは、最終決戦に突入します。水産感謝祭のトリを飾るのは……手押し相撲ー！」

うわあああああ、と生徒たちは大興奮だ。

「会場は鮎の養殖池です。上位八人、ヘルメットとライフジャケットを装着してください」

養殖池の脇にすでに用意してある装備を慌てて身に着けていると、生徒会の役員たちが手押し相撲の会場チェックをしている姿が目に入った。

戦いの場は、六千匹の鮎がいた円形池だ。一年生たちが先月水揚げをしたので、もう魚影はない。ゆえに、落ちても鮎を傷つけることはないから、神宮寺先生も安心だ。

「試合はトーナメント方式です。組み合わせは生徒会で決めさせていただきました。ルールは単純。ふたりで向かい合って立ち、お互い手のひらを見せ合います。両手で押し合ったり、相手の攻撃をかわしたりしながら戦い、先に水に落ちた方が負けです。手のひら以外を押してはいけません。蹴りなども反則です。なお、男女の組み合わせもありますが、ハンデはありませんのであしからず」

結構シビアだなと不安がよぎる私の脳裏に、渡辺君の言葉が浮かんだ。

――要はバランスだ。そして何より、運！

そうだ、チャンスはある。

「主審は神宮寺歩美先生！」

審判までつくんだ！　驚いていると、実習着姿の「那珂川に咲く百合《ゆり》」は生徒たちの声援を受けながら、木橋を渡って浮島の中央に歩いていった。

「副審はアマゾ……天園光太郎先生と、前田守《まえだまもる》先生です」

　前田先生は厳密に言うと「実習教員」で、担任のクラスは持っていない。ふわりん先生はどうしたんだろう、姿が見えない。きょろきょろしていると、神宮寺先生以外のふたりの先生は円形池を挟んで向かい合うように立った。審判それぞれの右手には赤旗、左手には白旗がある。

「それでは一回戦第一試合！　赤、渡辺丈　VS.　白、大和かさね」

「最初からトリみたいじゃねえかよー！」「もったいねー！」とギャラリーからブーイングだ。さすが那珂川ネイティブのふたりだ、絶大な人気を誇っている。

　神宮寺先生が両手の旗をふたりの間に下げた。

「それでは向かい合って！　はっけよーい……のこった！」

　旗が上がる！

「とりゃ！」

　かさねちゃんの一突きを、渡辺君はあっさりと躱《かわ》した。かさねちゃんはヘルメットを被るためにツインテールをほどいているから、動くごとに長い髪が宙を舞う。巴御前《ともえごぜん》と牛若丸《うしわかまる》の戦いみたいだ。

「ちょっと、渡辺！　あんたさっさと負けるんじゃなかったの！　話が違うわよ」

「お前を見たら、本気モードになっちまったの！」

「何それ、めっちゃ腹立つんだけど！」

　ふたりは、相撲の「突っ張り合い」のように両手をぺしぺしと高速でぶち当てる。ギャラリーの興奮も最高潮だ。初っ端《しょっぱな》からこんな大相撲、いや大勝負になるなんて。

「くらえー！」

かさねちゃんが右手を大きく張り出すと、渡辺君は激しい水音と共に水に落ちていった。

審判全員が白旗を上げる。

怒号のような叫びが沸き起こる中、かさねちゃんは悠々と木橋を歩いて去っていった。

「第二試合！　赤、鈴木さくら　VS.　白、日野翔馬《ひのしょうま》」

半泣きで立ち上がった。一年生の日野君はレスリング部で、この間の国体で入賞したレベルじゃないか！

絶望しながら木橋を渡って浮島にたどりつくと、日野君が既にいた。

「鈴木先輩、よろしくお願いしまっす！」

巨体の頂点にあるスポーツ刈《が》りの頭が、陽光に輝いている。勝てる気がしない。

中立の審判である神宮寺先生は、泣き出しそうな私なんて気にしない様子で進行する。

「それでは向かい合って！　はっけよーい……」

どうせ負けるなら、悔《く》いのない戦いをしよう。そして私の墓碑には「愛に殉《じゅん》ず――関君のために頑張りました――」と彫ってもらうんだ。私は両手を開いて身構えた。

「……のこったー！」

うおりゃー！　と、ものすごい勢いで日野君が両手を張り出してくる。反射的に避《よ》けたら、彼は水に落ちていった。王冠《クラウン》みたいな水しぶきがワンテンポ遅れて上がる。一瞬だった。

三人の審判が揚げた旗は……。

「勝者、赤！」

こんな「逃げ」の勝利でいいんだろうか。意外にもブーイングはなくて、むしろ笑い声が起きている。

首をひねりながら浮島から戻ると、全身ずぶぬれの渡辺君が「避けて落とすのも『決まり手』としてアリなんだよ！」と教えてくれた。

でも、一度使ったら警戒されてしまいそうだ。もう次は使えない。

第三、第四試合は二年生の緑川君と一年生の海老沼《えびぬま》君が勝利し、次なる戦いに進む四人が決まった。

「これから二回戦に入ります！　第一試合は赤、海老沼武《たけし》 VS. 白、大和かさね」

開始一秒。かさねちゃんは、下級生をあっさりと養殖池に突き落とした。余韻も何もない。第二試合に出る私は、慌てて立ち上がった。

対戦相手は私と同じ食品加工コースの緑川君だ。彼にはこの間の学校祭やその前の催事でも非常にお世話になったけど、仕方ない。勝負は非情なのだと割り切り、身構えた。

「はっけよーい……のこったー！」

「うわあぁ」

緑川君の踏み出した足が滑り、彼の手が私に届く前に水に落ちていってしまった。

しかし私、こんなまぐれ勝ちばかりでいいのだろうか。悩んでいると、天啓のようにひらめきが来た。

——これこそが「運」なのでは。

「ご当地！おいしい甲子園」では優勝できずに審査員特別賞に終わり、百貨店の「キャラ立ち水産加工食品フェア」も売り上げ二位に終わってしまった。

そうか、神様がこのために「運の繰《く》り越《こ》し」をしてくれていたのだ！

「ついに決勝です！　赤、鈴木さくら　VS.　白、大和かさね。この勝者が、今年の水産感謝祭の覇者となります」

御子貝会長がコールすると、耳をつんざくような歓声が沸き起こる。女子対決を喜んでいるのか、かさねちゃんへのエールなのか、それとも新たな英雄誕生への期待なのか。

「ついに、このときが来たわね」

浮島で対峙すると、かさねちゃんはボクシングみたいな構えをして私を見つめた。

「今、あたしは実感している。これがふたりの運命だったんだと。初めて出会ったときに予感がしていたわ。あたしたちはいつか、命をかけて戦うときが来るって」

絶対、なにかのアニメのセリフだ。タイトルを知りたい。でも、今は——。

私はぺこりと頭を下げた。

「ごめんね。かさねちゃんには本当に感謝してる。ナカスイで頑張ってこられたのも、ここに立っていられるのも……全部、かさねちゃんのおかげだと思う。でも、でも……」

顔を上げ両手を開き、心の限り叫んだ。

「今、勝たなければ運命の扉は開かない！　だから私は……かさねちゃんを倒す！」

「そうよ、それでいいの。行くわよ、エミリ！」

「誰だよ！」

神宮寺先生は両手の旗を揚げる。

「のこったー！」

爆発するような声援が巻き起こった。

手押し相撲だから、相手と手を組んではいけない。ひたすら手のひらで押し合うだけだ。最初から全力で押しに行くと、バランスを崩《くず》して水に落ちるリスクがある（これがさっきの緑川君だ）。ペシペシパシパシと手のひらで押し合うけど、どちらも足を踏ん張っている。我ながら割と健闘しているかもと油断したのがいけなかった。

「うりゃあ！」

私が渾身《こんしん》の力で繰り出した手を、かさねちゃんが避けた。私は前のめりになり、彼女の脇を倒れていく。しまった……！　と思いきや、かさねちゃんも避ける際に足を滑らせたらしい。ふたり揃《そろ》って、養殖池に落ちていった。

慌てて水面から顔を出すと、神宮寺先生が白旗を上げているのが目に入った。ああ……終わった。と思いきや、副審のふたりの先生は赤旗だ。

神宮寺先生は、両手で四角形を描いた。御子貝会長の興奮した声が響く。

「判定が分かれましたので、ビデオ判定を行います！」

生徒たちはすごい騒ぎだ。まさにハチの巣をつついたよう。

「これって、そんな厳密な判定するんだ」

養殖池に入ったまま隣のかさねちゃんを見たら、髪から水を絞《しぼ》り出している。

「そりゃ、ナカスイの手押し相撲っていったら、水産感謝祭の華だしね」

「誰が動画撮ってるの」

「島崎が頼まれてたらしいよ」

姿を探すと、三人の先生が彼のスマホを覗《のぞ》き込んでいる。何度もリプレイしてるんだろうか、先生方は首を横に振ったりひねったりしながら話し合っている。

「ほれ、とりあえず上がろう」

かさねちゃんが陸を指さす。そうだ、水に入りっぱなしじゃ風邪を引いてしまうではないか。私はくしゃみをして養殖池から這《は》い上がった。

先生方は島崎君のスマホを穴が開く勢いで覗いていたけど、やがて三人揃って頷《うなず》いた。神宮寺先生が御子貝会長からマイクを受け取る。

「ただいまビデオをチェックし、大和さんの髪の先が、鈴木さんの体より先に水面に触れていたことが確認できました。よって、鈴木さんの勝利とします！」

新たな英雄誕生に、水産実習場が爆発的な叫びで満ち溢《あふ》れた。私は両手の拳《こぶし》を天に突き上げ、歓喜に酔いしれる。

かさねちゃんはぺたりと座り込み、手を何度も何度も地面に叩きつけた。

「悔しい！　髪をヘルメットの中にしまっておけば……！」

御子貝会長が柔らかな笑《え》みを浮かべ、私のところへやってきた。

「みなさん！　今年度の優勝者である、鈴木さくらさんです！」

私の右手を取り高く掲げる。これが……勝者だけが味わえる栄光の瞬間なんだ。

喝采、口笛、声援。みんなが認めてくれた。生粋の那珂川っ子ではない私を。入学早々、泣いてやめると騒いだ私の存在を。

私はベソをかきながら、両手を振って応えた。その瞬間、風が吹いて――。足の先から震えが上ってきた。そうだ、もう十月下旬。日中は三十度近いこともあるとはいえ、秋だ。今日はずっと気が張ってたから、一段落ついた今、冷たい風が身にしみる。

水産実習場の隅から笑い声と水音が響いてきた。視線を向けると、十メートル競走や手押し相撲に参加した男子生徒たちが、お風呂に入っている。使っていない繊維強化プラスチック《FRP》水槽を持ってきて、お湯を入れて着衣のまま飛び込んだのだ。温かそうで羨《うらや》ましい。

かさねちゃんが、びしょ濡れの私の袖を引っ張った。

「あたしたちは中のお風呂に入ろう」

「そ、そうだね」

カヌー実習や養殖池の掃除でずぶ濡れになることを想定しているのか、水産実習棟には浴室があるのだ。浴槽はひとつしかないけど。

お湯に浸《つ》かると、冷えも疲れも溶けて流れていきそうだ。温かさのあまり、私は「ふへぇ」と間抜けな声を上げた。

「あーあ、負けちゃった。あの騒ぎじゃ、あんたが生徒会長に選ばれるの確定じゃん」

隣で、頭にタオルを巻いたかさねちゃんが私を睨《にら》みつけている。怒りなのか、お湯のせいか頬が赤い。

私は彼女の背中を、ぺちっと叩いた。

「選挙しなきゃわかんないよ。でも私が生徒会長になったら、かさねちゃんが副会長になってくれない？　生粋のナカスイ女王がサポートしてくれれば、私も安心なんだ」

「どうしようかね」

かさねちゃんは浴槽の縁《ふち》に顎《あご》を乗せた。

「昨日配信された『悪役令嬢と追放聖女が女子高生に転生したので生徒会長と副会長になりました！』の最新回で、副会長のエミリが大活躍だったのよ。危うく、推し変しそうになっちゃったからなぁ」

「推し変？」

「同じ作品で推しキャラが変わること。あまり良いことじゃないんだけどね。ま、副会長は考えとくわ。あたしも今日は疲れた」

肩をもみながら首をぐりぐり回すかさねちゃんを見て、ふと思い出した。

「ねえ、水産感謝祭にふわりん先生いなかったよね。どうしたのかな。最近変じゃない？」

かさねちゃんは表情を変えず、あっさり言った。

「つわりでしょう。ウチの撫子お姉ちゃんも今、あんな感じだし」

思考が止まった。

「え……ふわりん先生、結婚してたの？　てっきり独身かと」

「撫子お姉ちゃん情報だと、新卒でナカスイに配属になった年に結婚したらしいよ。あたしたちが三年生になるころに産休に入るんじゃね？　育休をどのくらい取るか知らないけど、一年にせよ最長の三年にせよ、あたしたちが在校中には戻ってこないだろうね」

「おめでたいけど……ちょっと寂しいな。あれ？　撫子さん、赤ちゃんできたの？」

「そう。真魚《まな》、氷魚《ひな》に続いて、性別に関係なく流魚《るな》と名付けるらしい。全員ナカスイに入れるって息巻いてる。ひとりくらい反旗を翻《ひるがえ》しそうだけどね。あたしの無念を晴らしてほしいよ」

「なんで？　かさねちゃんはまだ、ナカスイがイヤなの？　すっかりなじんでるように見えるけど」

「どこがだよ！」

目を吊《つ》り上げ、私を睨みつける。

「あたしの頭じゃ、ここ以外の選択肢なんてなかったもん。もっと違う青春を味わいたかったよ。もう遅いけど」

私は、去年の学校祭で語り合った夢を思い出した。

「でも、東京のおさかな養殖センターに就職するって夢がまだあるでしょ」

アニメオタクであるかさねちゃんの憧《あこが》れは、アニメの聖地・池袋《いけぶくろ》だ。そこで思い切り「アニ活」するために、都立のおさかな養殖センターに就職するんだ、そのためには資格をいっぱい取らなきゃ、と熱く語っていたのだ。

「ああ、あれ」

タオルをほどき、かさねちゃんは頭をぶるぶると振る。水滴が私の顔を直撃した。

「あたしも最近知ったんだけどさ。養殖センターは二か所あるんだけど、一か所は伊豆《いず》の離島、もう一か所は奥多摩《おくたま》で、ほとんど山梨なの。そりゃ、あたしだって都心部にあるとは思ってなかったわよ。でも、どっちも池袋に出るのに二時間はかかる。だったら、ここから新幹線使っていくのと大差ないんだよね」

その瞳には、学校祭のときの熱量はなかった。まるで「夢」が「今後の進路」に置き換わったかのように。

「じゃあ、東京の学校に進学するとか？」

「ないない。あたしは勉強が大っ嫌いだし。すると就職しかないんだけどさ。結局、あたしが生きていけるスキルって、淡水魚しかないじゃん？　じゃあやっぱり、ここで生きていくしかないんだなあって。もう夢なんて……」

かさねちゃんは鼻までお湯に浸かった。ぶくぶくと泡が立つ。

「そうだ！」

潜水艦みたいにいきなり浮上した。私を見る目が、爛々《らんらん》と輝きを放っている。

「やっぱりあれだよ！」

「あれ？」

「御曹司を見送りに行った出港式で、あたし言ったじゃん。海技士を目指す青春アニメがあったら絶対流行《はや》るよって。あれを実現させるんだ。まずはアニメ化を想定し、隆君《たかし》を説得して小説投稿サイトにアップしてもらおう」

隆君というのは撫子お姉さんの同級生で、かさねちゃんの幼馴染《おさななじみ》でもある。ナカスイ出身で、町の商店街にある和洋菓子店の息子さんだ。仕事の傍《かたわ》ら、ライトノベル作家を目指して日々小説を投稿している……と、元カノである水産研究部の安藤《あんどう》元部長が言っていた。

興奮しているのか、かさねちゃんは頰を真《ま》っ赤《か》に染めながら指を組んだ。

「まずは海技士のネタを仕入れなきゃ。専門モノはガチな知識が重要だもん。ちょっとあんた、御曹司に電話して、湊海洋で何を勉強してるのか訊いてよ」

「電話番号知らないよ！　かさねちゃんが自分で言ったんじゃない、コンプライアンスがどうのこうので、宿泊者の個人情報は漏らせないって」

「あ、そうか。仕方ない。あたしが御曹司に電話して、あんたの電話番号伝えておくわよ。よろしくね！　あたしは隆君家《ち》に行ってくる」

ものすごい勢いで、ギャルは浴室から走り出て行った。

ひとりで浴槽に浸かりながら、私も現実というものをひしひしと考えてしまう。ナカスイの生活も、もう半分が終わってしまったんだ。残る半分でこれからの人生を決めなくてはならない。

私は何になりたいかというと、水産庁の船舶に乗り組んで調理を担当する司厨《しちゅう》部員だ。変わっていて面白そうだからという、ナカスイを志したときと同じ理由だ。それには、「船舶料理士」

の資格があると有利らしい。調べてみたら、民間のタンカーやフェリーにも司厨部員がいる。船の種類も色々だし、船舶料理士の資格があるだけで世界は広がりそうだ。その第一歩として、調理師の免許が取れる学校に行こうと思っていたんだけど……。まだそこまでしか考えていない。調ナカスイの毎日が、下宿での日々があまりにも楽しくて、先のことなんて全然考えてなかった。

でも、いつまでもここに留まったままではいられない。……目の前がくらくらしてきた。いけない、のぼせてしまう。早く出ないと。

外に出ると、もう後片付けは済んで誰もいなくて、文字通り「祭のあと」だった。

結局のところ、生徒会長に立候補したのは私しかいなかった。それでも在校生全員の信任投票で過半数の支持を得なければならなくて、演説をする必要があった。鉄は熱いうちに打て。みんなの記憶が鮮明なうちに、私は手押し相撲を引き合いに出し、いかに生徒会長への情熱があるかを熱く語った――。

生徒会長選挙が終わった週の土曜日、両親の絶叫が実家のリビングに響き渡った。

「さくらが生徒会長だって！　ちょっと、パパ、信じられる？」

「信じられないねぇ、ママ！」

結果報告をした私は、豚肉すきやきを食べていた箸《はし》を置き、胸を張った。

「ふふふ。すごいでしょ。立候補したのが私だけだったとはいえ、信任投票があったし、そこでちゃんと八割以上の支持を得たもんね」

ママは、「嬉《うれ》しい」と「信じられない」の両方の表情を代わる代わる浮かべながら、まじまじと私を見た。

「いやー、成長したもんだわ。でも、どうして生徒会長になろうと思ったの？」

「だって私は決めたんだもん。強くなるって」

「なんで？」とママが首を傾《かし》げる。

「そりゃー、関……」

「せき？」

慌てて口を押さえた。この先はよろしくない。なんせママは高校生が恋愛するなんて絶対反対派だ。前に、彼氏ができたら下宿はやめさせるとか言ってたし。

「せ……堰《せき》は、川の流れを制御して洪水を防いだり農業用水を安定して確保したりできるんだよ。私も心に堰を作り、感情の制御をできるように強くなろうと思って」

ぷふっ。と噴き出す音に隣を見ると、小百合ちゃんが口を押さえて笑っていた。

「小百合ちゃん、おかわりは？」

ママが空になったお茶碗を指すと、小百合ちゃんはおずおずと差し出した。

「あ、ありがとう……ございます」

「お友達が泊まりにきてくれるなんて嬉しい！　かさねちゃんにも会いたかったなぁ」

ご飯をお茶碗に山盛りにしながら、ママは残念そうな顔をしている。

「仕方ないよ。かさねちゃんは今、ラノベのプロデュースで忙しいもん」

「なによ、ラノベって」

「漫画的なイラストがいっぱいの、エンタメ小説だよ。本屋に行けばすぐわかる」

ママは首をひねりながら、お茶碗を小百合ちゃんに戻す。

「おばさんにはわからない世界だわ。そういや、駅東のＬＲＴ電停近くに一軒、本屋がある。今度行ってみよう。明日、みんなでＬＲＴに乗るんでしょ？　さくらは初めてだけど、小百合ちゃんも？」

「は、はい……」

昨日、宇都宮駅――芳賀《はが》・高根沢《たかねざわ》工業団地間に今年の夏開通したＬＲＴ（次世代型路面電車システム）の話題で水産研究部が盛り上がって、小百合ちゃんが乗ってみたいと、私の実家に泊まって乗りに行くことになったのだ。進藤君と島崎君も参加するのだけど（さいたま市から遠距離通学している島崎君は進藤君の家に泊まるんだそうな）、渡辺君は秋の産卵前に川を下る「落ち鮎」釣りが忙しくてそれどころじゃないらしい。

ママは、興奮した様子で身を乗り出した。

「乗る前は『別に大したことないよね』なんて思ってたんだけど、いざ乗ると盛り上がるのよ、これがー！　でもすぐ慣れちゃった」

「ママ、もう、夢がなくなるから黙っててよ！」

小百合ちゃんはくすくす笑いながら、豚肉をおいしそうに頬張った。

「夢がないって言えばさ」

真顔になったママが、私をじっと見つめた。

「さくらが、鮎の塩焼きとカレーライスが合うんだよ！　ってＬＩＮＥ送ってきたから、スーパーの総菜売り場で鮎の塩焼きを買って、レトルトカレーをチンして食べたの。普通に、鮎の塩焼きとカレーの味が交互にしただけだったよ」

「なんでー！　ママ、どういう舌してるの」

あははとパパが笑い声を上げる。

「やっぱり、気分の問題じゃないのかな。さくらたちが育てた鮎を、仲間が作ったカレーと一緒に、みんなで食べるからおいしいんだろう、きっと」

「鮎を育てたのは私じゃないよ。毎日世話したのは神宮寺先生と小百合ちゃんだもん」

むくれる私をほっといて、ママは小百合ちゃんに笑顔を向けた。

「小百合ちゃんは卒業したらどうするの？　鮎とはさよならして実家に戻るの？」

ママが訊くと、こくりと頷いた。

「ほ、本当は……那珂川町から通いたいんですけど……す、水産の大学は……じ、実習とかいっぱいあって、か、帰りが遅いみたいで……無理なんです」

「実家がいちばんよ。ご両親もホッとするでしょ。年頃の娘が親元にいないって、すんごい心配だもん。さくらも戻ってくるから安心だわ」

なんでいきなりそんな話に。私は慌てて箸を置いた。

「待ってよ、ママ。私、戻るなんて一言も言ってないよ」

「なんで？　こないだ、調理師になる勉強をしたいって言ってたでしょ？　調理師専門学校は宇都宮にいくつもあるじゃない」

「宇都宮って決めたわけじゃないよ。船舶料理士の資格を取りたいんだから、海あり県の調理師専門学校に行った方がいいと思うんだよ。司厨部員になることを考えたらさ」

　ママは箸を置きながら首を傾げた。

「なに、船舶料理士だの司厨部員だのって」

　そうか、そこまでは言ってなかった。

「要は、船で料理する人だよ」

「屋形船《やかたぶね》みたいな？」

「違う。職業としては司厨部員とか司厨員っていうんだけど、水産庁の取締船《とりしまりせん》とか、フェリーとかタンカーに乗って船員さんにご飯を作るの」

　ママの顔色が瞬時に変わった。

「沖に出るの？　冗談じゃないわよ、そんなの許さない。危なすぎる」

「最初からダメって言わないでよ！」

「ダメなものはダメ！」

「ママ、小百合ちゃんもいるんだから。やめなさい」

　パパがオロオロしながら私たちを見る。

　行く手に暗雲が立ちこめてきた。学生恋愛反対はまだわかるけど（従うかどうかはおいといて）、将来の夢を反対されるなんて、思ってもみなかった――。

その夜、小百合ちゃんは客間じゃなくて二階にある私の部屋に泊まった。ママが昼間干しておいてくれたフカフカの布団《ふとん》をフローリングに敷きながら、思わず口走ってしまう。

「私の家に小百合ちゃんがいるって、すごい不思議な感じ」

「げ、下宿でいつも一緒なのに」

ふたりの頬がゆるむ。場所が変わるだけでこんな新鮮な気持ちになるんだ。

「す、鈴木さん。スマホに着信きてるよ」

小百合ちゃんの枕にカバーをかけていると、彼女がベッドの上のスマホを指さした。家ではマナーモードにしているから気付かなかった。手に取ると、知らない携帯番号だ。どうしよう。

「もしもしぃ」

冷たい口調で受けた。相手が変な人だったら困るし、自衛手段だ。

「夜分申し訳ありません、鈴木さくらさんの携帯でしょうか」

息を呑んだ。まさか、ありえないけどこの声は――。

「関です。さっき大和さんから連絡がありまして、とりあえず鈴木さんに僕の電話番号をお伝えしようと……」

なんてタイミングが悪い。二階には小百合ちゃん、一階には両親。のんびり話すのは無理だ。急いでスマホを持って廊下に出て、囁きレベルに声量を落とした。

「し、失礼な応対で申し訳ありません。知らない番号だったので……。そうです、鈴木さくらです。以後、この番号をお見知りおきください」

関君がクスクス笑う声が聞こえる。

「大和さんが、湊海洋の授業について知りたいって聞きました」

「はい、なんでもアニメ化を目指して海技士を主人公にした青春物語の小説を書くんだとか。あ、書くのはかさねちゃんじゃなくてコンビを組む相手がですけど。かさねちゃんは口出すだけで」

「海技士の高校が舞台の小説って珍しいですね。どうなるのか楽しみです」

そういえば、関君の夢って船乗りだったっけ。

「あの、関君は湊海洋を卒業したら、航海を勉強する学校に進みたいって前に言ってましたよね？　すみません、船員の学校ってよく知らないんですが」

「いろいろありますよ。航海学科のある大学や、海技大学校なんかもあります。まだはっきりと決めてはいないですが、国立の東京水産船舶大学に行ければいいなと」

小百合ちゃんと同じ大学に進学希望なんだ。いつまでも話していたいのはやまやまだけど、今この場では無理なので、泣きたいくらい辛《つら》いけど切ることにした。

「受験勉強、頑張ってくださいね。電話をいただき、ありがとうございます。いろいろなお話をまたさせてください。ではこれで失礼します」

「はい、お休みなさい」

お休みなさい、お休みなさい、お休みなさい……。関君の声が頭の中でぐるぐる回る。私は夢心地で部屋に戻った。

小百合ちゃんは頭まで布団を被っている。もしや、気を遣ってくれたのか。電気を消し、ベッドに潜《もぐ》り込んだ。カーテンから漏れる街灯の明かりが小百合ちゃんの布団をスポットライトのように照らし出す。

「小百合ちゃんは、夢に変更なし？　いつかナカスイに戻って実習教員になるっていう」

彼女は布団から顔を出すと、小さく「うん」とつぶやいた。

「絶対叶うよ。かさねちゃんはね、東京のおさかな養殖センターに就職する夢は諦めたんだって。なんか、池袋まで遠いことが判明したとか言って」

「じゃ、じゃあ、どうするの？」

「わかんない。とりあえず、趣味に生きるらしいけど……。あんなに対人スキルが高いかさねちゃんなら、どこで何をやっても楽しく生きていけそうだよね」

「す、鈴木さんも大丈夫だよ……きっと」

小百合ちゃんに言われると、そんな気がしてきた。さらに、関君と電話した高揚感がママとケンカしたイライラを見事に吹っ飛ばし、すっと寝入ってしまった。

九時に宇都宮駅に集合した水産研究部のメンバーは、駅東口にあるＬＲＴ発着場を目指した。まだＬＲＴは到着してなくて、みんなでおしゃべりしながら並んで待っている間にもテンションが上がっていく。慣れ親しんだ場所で初めての体験をするって、こんなにわくわくするんだと我ながら驚いてしまった。数分も待たないうちに、闇空《やみぞら》を貫く稲妻を連想させる黄色と黒の車体が静かにやってきた。ＬＲＴだ！　しゅっとしたデザインが近未来みたい。

何度も乗ったことがある進藤君がスッと二両目に乗り込んでいくので、後に続く。彼と島崎君はＳｕｉｃａがあるのでタッチすればいいけど、私と小百合ちゃんは持っていないので、乗車前に紙の整理券を取っておき、下車時に現金で支払うことになる。

平日は終点の工業団地に向かう通勤客で、土日は途中のショッピングセンターに向かうお客さんで混雑するらしいけど、朝早いからか四人掛けボックス席はまだ空《あ》いていた。島崎君が、お上りさんみたいに中を見回している。

「こんなに静かに走るんだ。芳村さん、運転席を見に行きましょう！」

「う、うん」

島崎君に引っ張られるように小百合ちゃんは先頭車両に行ってしまった。進藤君はもう何度も乗っているんだろう。余裕の顔つきだ。

「芳村さんが鉄道好きとは知らなかったな。卒業後は宇都宮駅近くに住んだらいいのにね。東京水産船舶大学なら品川《しながわ》だから、新幹線通学できるし」

そういえば、彼は卒業後どうするんだろう。

「ねぇ、進藤君はどこの大学に行くの？　ナカスイ初の東大？　京大？」

進藤君は、ははは と乾いた笑い声を上げた。

「どっちもマンモス校だからねぇ」

そうか、進藤君は人混みが苦手だったっけ。彼はふと思いだしたように、運転席の方向を指さした。

「そういえば、昨日の夜話したんだけど、島崎君は入学当初の夢は断念したそうだよ」

「え！　自然系ユーチューバーを？　なんで、すごい向いてるじゃん」

「ネットの収益サービスってシステムがコロコロ変わるだろ？　まずはきっちり基礎から学んで、プロフェッショナルな職場で働いてしっかりとした技術を身につけることにしたらしい。映像クリエイター専門学校に入って、みんなの放送協会《MHK》の映像カメラマンを目指すんだってさ。なんでも、『潜水班』という潜水撮影の専門チームがあるんだとか」

「そりゃまたマニアックな」

島崎君と小百合ちゃんの姿を探すと、ふたりは楽しそうに前方の景色に見入っていた。

そうか、みんな具体的に考え始めているんだ。「夢」じゃなくて「進路」を。

ＬＲＴは宇都宮駅からひたすら東に、見慣れた道を走っていく。商業ビルやショッピングモールの並ぶ街中を抜けると大きな橋を越え、目の前に田んぼが広がる。最新の乗り物が田園風景を走っていくって、不思議な感じだ。やがて鬼怒《きぬ》川を越えると、車窓からの風景は工業団地に変化していく。すると、近未来的なＬＲＴがマッチして感じるのだ。乗っていて面白い！

終点は「芳賀・高根沢工業団地」なんだけれど、進藤君いわく「そこで降りても特に遊ぶところはないよ」ということで、ひとつ前の「かしの森公園前」で下車した。芳賀町屈指の桜の名所らしいけど、十一月に咲いているわけがない。私たちはブルーシートを敷いて芝生に座り、コンビニで買ったお菓子を広げた。エア花見だ。

島崎君は興奮した様子で、かっぱえびせんをポイポイ口に運んでいる。

「いやー、楽しかったですねー！　新しい車両に新しい路線。やはり興奮しますよ」

うまい棒の袋を開けながら、私も頷いた。

「宇都宮に生まれ育った私もびっくりだよ。ここまでの道はパパやママの車で何度も通ったことがあるのに、新しい交通手段というだけで、こんなに新鮮なんだね」

「…………」

怒濤の解説を始めるかと思った進藤君が、参加してこない。不思議に思って視線を向けると、スマホに見入っている。渋い顔だ。

「ど、どうしたの」

小百合ちゃんも気付いたのか、柿ピーを片手に彼のスマホを見た。

「これ……」

私たちに示した画面は、ユーチューブだった。スーツ姿の知らないおじさんが、なにかまくしたてている。それにしても、スーツの柄が目に痛いくらい派手だ。極楽鳥《ごくらくちょう》みたい。

「あれー、極楽《ごくらく》タケシじゃないですか」

進藤君の背後から画面を覗き込んだ島崎君が、頭をぽりぽり掻《か》いてる。

「島崎君の知り合いなの？」

「知り合いっていうか……ユーチューバー界隈じゃ有名ですよ。ＳＮＳのフォロワー数五十万人超の政治系インフルエンサーです。毒舌で時事問題をビシバシ切りまくるんで、自分と意見があったときは痛快です。逆だと不愉快極まりないけど」

「今配信されたばかりのこれは、後者だね。僕も好きだから更新通知が来るとすぐ見てるんだけど、これはちょっと……」

　こんな困惑した表情の進藤君を見るのは初めてだ。嫌な予感がする。

「な、なに……？」

「地方の困窮《こんきゅう》を改善するなら、情実なんて捨て置いて、血の涙を流して無駄を切り捨てなければと言っていて……その例として、ナカスイを挙げている」

「うえっ！」

　私、小百合ちゃん、島崎君は我先に彼のスマホに見入った。派手なオジさんが偉そうにまくしたてている。

『海なし県の水産高校？　そんなの、海あり県にまかせておけって。水産高校は国で一か所教育施設を設けりゃいいんだよ。少子化時代なんだし、離島でも借り上げて……』

「な、な、なに、この人……。か、か、勝手すぎるよ」

　普段穏やかな小百合ちゃんですら、目に涙を湛《たた》え頬を怒りに染めている。

「小百合ちゃん、大丈夫だよ」

　強い女を目指す私は、努めて心を落ち着かせて小百合ちゃんの肩を叩いた。

「こないだ、決定したじゃない。ナカスイは当面存続だって」

「いやあ、どうかなぁ」

進藤君は首を大きく傾げた。

「極楽タケシの影響力はすごいよ。いつ県の世論がナカスイ廃止論に傾くか……。『当面』なんて、あやふやすぎる表現だって、僕はずっと気になってた」

「やめてよー！」

強い女の決意も吹っとび、私は進藤君の体をゆさゆさ揺すってしまった。

お気楽な表情をしながら、島崎君はポテトチップスの袋を開ける。

「まあまあ、あまりネガティブにならず。僕たちは僕たちのできることをしましょう。僕もナカスイ卒業までは、ユーチューブで魅力発信に努めます」

私たちもお相伴《しょうばん》にあずかりながらパリパリとポテチを食べるけど、リフレッシュどころか微妙な沈黙が広がるだけだ。

「そうだ！」

梅こんぶを口に含みながら、進藤君が私を見る。

「明日、鈴木さんと芳村さんはナカスイにどうやって行くの？」

以前だったらママが車で送ってくれたんだけど、私の下宿代を稼ぐためにフルタイムのパートを始めたので仕事優先だ。つまりは公共交通機関で行かなくてはならない。

「氏家《うじいえ》駅までＪＲ宇都宮線で、そこからバスだね」

「よければ、みんなでJR烏山《からすやま》線に乗っていかない？」

烏山線は、宇都宮に隣接する塩谷《しおや》郡高根沢町にある宝積《ほうしゃく》寺駅と、那珂川町の隣・那須烏山《なすからすやま》市の烏山駅を結ぶ約二十キロのローカル線だ。考えてみれば、私は今まで乗ったことがない。

「初めてだから乗ってみたいけど……烏山駅から学校まではどうするの？」

進藤君は、スマホでマップを検索した。

「十キロくらいあるけど、大丈夫。通学時間帯はコミュニティバスがナカスイまで走ってるんだよ。ナカスイでも使ってる生徒は割といるし」

「へぇ、知らなかった。でもなんで、烏山線に」

「ナカスイじゃないけど、ときどき廃止論が出てくるからさ。少しでも協力できればと思って」

翌日、四人で烏山線に乗ってみることにした。路線の起点としては宝積寺駅だけど、ほとんどが宇都宮線に乗り入れているので、宇都宮駅からの出発になる。二両仕立ての可愛い車両はシルバーの車体に緑の線が入り、これまたどこか近未来っぽい。

「烏山線は非電化区間だから、蓄電池電車の『ACCUM《アキュム》』が走るんだ。秋田県でも走行してるけど、EV－E301系はここだけなんだよ」

「へぇ！」

乗り込みながら進藤君が説明してくれる。小百合ちゃんと島崎君は目を輝かせているけど、私は空き具合に目を見開いてしまった。通勤通学時間帯なのに、ベンチ式しかないシートは半分埋まっているかどうかだ。

隣に座る私の驚きが伝わったのか、進藤君はゆったりと周囲を見回した。

「途中途中で小学生や高校生が乗ってくるから、混雑する区間もあるよ。一部だけど」

「ラッシュの混雑がないのはいいですけど、やっぱりある程度いないと寂しいですよね」

住宅街を縫うように進む車窓を眺めながら、島崎君はぽつりとつぶやいた。

「僕も通学で使用して少しでも存続に協力したいんですが……大宮《おおみや》駅から新幹線だと、烏山線の接続がうまくいかないんですよねぇ」

進藤君も渋い顔で頷いた。

「僕は、通学手段を烏山線に変えようかな。少しでも地域振興になればいいと思うし」

それはそれで別のメリットもありそうだ。思わずポロッと口にしてしまう。

「進藤君がいたら、乗客増えるかもしれないね。特に女子が」

住宅街を抜けるとひたすら田んぼと里山の緑ばかりで、まるでナカスイの周りを走っている気分になる。このままずっとあってほしいのに、大人の事情は許してくれない。ナカスイの存続危機と重なる切なさに包まれて、車窓から見えるのんびりした風景が滲んで見えた。

第三章　チョウザメをピッ！と

今日、三月一日に行われる卒業式は私にとっても記念日だ。なんせ、新・生徒会長として送辞を読むのだから。ナカスイの全生徒を率いる誇《ほこ》り高き立場として、公式デビューの場ともいえる。

出やすいように在校生が着席する列のいちばん端に座っていた私は、すでに暗記した送辞を頭の中で何度も読み返した。大丈夫、完璧だ。

「ご当地おいしい！甲子園」でのプレゼンは私の財産になっている。もはや人前で話すことに緊張はない。なんでも経験しておくものだ。

窓から見える木々は、天気予報通り朝から雨に揺れて――いない？　よく見れば、雨は止《や》んで陽光が差し込んでいるではないか！

「送辞。在校生代表、鈴木さくら」

「えっ！」

赤城《あかぎ》教頭先生の言葉に、頭の中が真っ白になる。ブラックフォーマルスーツにロマンスグレーが映《は》える教頭先生の視線を浴び、私はぎこちなく立ちあがった――。

「卒業おめでとうございます！」

水産実習棟にある水産研究部の部室に、チラシをちぎって作った花吹雪《はなふぶき》と部員たちの声が舞う。

さっき卒業式を終えたばかりの浜田部長と吉沢《よしざわ》副部長は花束《はなたば》を受け取り、目を真っ赤《まか》に——と思いきや、清々《すがすが》しいまでの笑《え》みを浮かべていた。

「いやー。俺、去年の安藤部長や桑原《くわはら》副部長みたいに泣いちゃうかと思ってたんだけどさぁ。鈴木さんのおかげで笑って出ていけるよ。ありがとう」

「す、すみません。部長」

私は頭を下げた。

「送辞を読むのにステージに上がったとき、ロボット歩きになっちゃったのは動揺してたからなんです。わざとじゃないんです。ごめんなさい、せっかくの卒業式に……」

ケラケラと笑うのはかさねちゃんだ。

「へえ、あれロボット歩きっていうんだ。右手と右足、左手と左足が一緒に出ちゃうの。こんな感じでさ」

真似をしてぎこちなく歩くギャルに腹が立って、ボレロの裾《すそ》を引いた。

「ちょっと、やめてよ！」

「送辞読むときも、すごい声が震えてたねぇ。大会に出たり、場数を踏んできた鈴木さんなら、楽勝かと思ってた」

　吉沢副部長の口調が柔らかいのは、イヤミではないからだろう。それもわかっているのだけど、申し訳なさで目の奥がツンとしてくる。

「す、す、すみません！　天気が良いときと悪いとき、二パターン用意してたんです。朝から雨だったから、すっかりパターンBのつもりでいたら、式が始まっていきなり晴れてきたんでパターンAにしなきゃと思ったんです。でも、持ってた送辞がBだったので、Aの内容を思い出そうとしたら、さらに焦《あせ》って何を言ってるんだか自分でもわからなくなっちゃって……。あああ、すみません！　せっかくの卒業式を台無しに……」

　半泣きになっていると、先輩ふたりは私に優しい眼差《まなざ》しを送ってくれた。

「大丈夫。一生懸命なのは伝わったし、いじらしかったよ。大切なのは気持ちだよ」

「部長の言う通りじゃね。卒業式の送辞なんて、誰も覚えてなかんべ」

　そう言って渡辺君とかさねちゃんが見つめ合って頷《うなず》いている。

「だよねぇ。あたしなんて卒業式どころか、自分の入学式ですらなんにも覚えてないもん」

「大和はコロナで出られなかったべな」

「あ、そうか。ちょっと、渡辺。やなこと思い出させないでよ！」

　小突きあうふたりを横目に、進藤君が「今年も鰭条《きじょう》の数が間違ってる」とブツブツ言いながら、私が黒板に描いた大きな真鯛《まだい》「めで鯛」を描き直していた。

「鈴木さん、今から完全版の送辞動画を撮りましょうか。ナカスイ公式ユーチューブチャンネルにアップすれば、卒業生のみなさんも記憶をすり替えてくれるかもしれませんよ」

島崎君がスマホを片手に話しかけてくるけれど、私は目を拭《ぬぐ》いながら首を横に振った。

「いい……。送辞のやり直しなんて聞いたことない。あの日あの時あの場所で読みあげるからこその送辞なんだよ。なのに、なのに私は……」

「大丈夫だよ！　私が来年の送辞で見事に決めて、さくらちゃんの分までカバーしてあげる」

誰に対してもタメ口のお気楽な声は、唯一の一年生部員である結菜《ゆいな》ちゃんだ。慌《あわ》てて振り返ると、アイドルを意識した大きな三つ編みというあざとい髪形が今日もまぶしい。

「結菜ちゃん、生徒会長目指すの？」

「うん。アイドル目指すなら、経歴も重要だし」

あっけらかんと答える彼女を、浜田部長は頼もしそうに眺めた。

「でも、本当に一年なんてあっという間だよ。去年、石塚《いしづか》先輩が『彼女がいないまま卒業なんて』とグチりながら出て行くのを見送ったのが、昨日のことみたいだもん」

浜田部長の表情が、しゃべるに従い曇っていく。

「まさか、同じ運命をたどるとは思わなかった」

ポン、と浜田部長の肩に吉沢副部長が手を置いた。

「浜田、俺たちは運命共同体だ。卒業してからデビューだよ」

漁具改良に三年間を捧げた浜田部長は地元の漁協に就職が、タニシ研究にあけくれた吉沢副部長は東北の私立大学生物学科に進学が決まっている。去年の卒業生もそうだけど、自分の「好き」をナカスイで限りなく突き詰めて、その先に続く道を歩み始めた背中は、限りなく頼もしい。そして羨《うらや》ましかった。

「じゃあ、元気でな！」

水産実習場の門を出ていく卒業生を窓から見送りながら、さっき浜田部長が言った「一年なんてあっという間だよ」という言葉が頭をよぎる。

来年のこの日までに、私はしなければならないことがたくさんある。進路を決めてママを説得し、カヌー実習を無事にやり遂《と》げ、どこかの調理師専門学校に合格して、生徒会長として卒業式で答辞を読んで……私は充分強くなりました、今こそつき合ってくださいと関君に連絡するまでにあと一年しかないんだ。

なのに、今日の醜態《しゅうたい》たるや。毎年何かは黒歴史を作ってきた気がするけど、また加わってしまった。

落ち込んでいる間に日々は過ぎ、あっという間に二年生最後の授業になってしまった。フィナーレは三クラス合同の実習だ。

屋外の養殖池のほとりに整列した約六十人の生徒を見回すと、神宮寺先生は「チョウザメの雌雄判別」と黒板に書いた。実習室から引っ張り出してきた、年季の入った黒板だ。誰かがマジックで漫画の絵を描いたのを、薬品で消した形跡がある。

「はい、若鮎《わかあゆ》さんたち！　今日は、わが校で養殖しているチョウザメの中から、三年魚の個体を養殖池から取り出してきましたよ」

「朝から疲れたぁ」

かさねちゃんがゲッソリしてるのは、養殖技術コースが「取り出す」作業をしたからだ。湯舟のようなFRP水槽が三つ並び、それぞれにチョウザメの魚影が見える。覗《のぞ》いてみると、七十〜八十センチくらいの三年魚が全部で二十匹くらいいそうだった。三年魚というのは、二歳の魚のこと。数え年なのだ。

「サメと名前につくのに、なぜナカスイで養殖しているのか。はい、鈴木さくらさん」

神宮寺先生は、いつも最初に私を指してくる。来ると思ってたから心の準備はできていた。私も成長したものだ。

「見た目が似ているから『サメ』と名前につきますが、そもそもチョウザメは淡水魚だからです」

「はい、ナカスイの生徒なら基本の『き』ですね。ただ、海に下る個体もいることは覚えておきましょう」

満足そうに頷くと、みんなを見回した。

「なぜ、雌雄判別の必要があるのかしら。チョウザメの雌から採れるのは何でしょう。はい、全員で唱和！」

「キャビア！」

「その通り」

神宮寺先生の隣に立つアマゾン先生が、満足そうに頷いた。

「高級食材の代名詞だな。キャビアを作るためには、雌のチョウザメを確保する必要があるが、チョウザメは外見で雌雄を判断するのが困難なため、腹部を切開する方法で確認するんだ。さて、養殖技術コースと河川環境コースだけでなく、なぜ食品加工コースも一緒なのか。大和、理由はわかるか」

かさねちゃんは、ツインテールをもてあそびながら、かったるそうに答えた。

「はーい。食品加工コースにはわが校のキャビア活用の命運が託されているからでーす。売れる商品を開発してもらわなきゃ困るからでーす。でもって、キャビアを採るまでがどんだけ大変か、骨身に染みてわからせてあげたいからでーす」

「三つめ以外は正解だ。高級食材がどのようにできるのか。扱うからには、育て方などの知識も必要だ。よって三組にも参加してもらう」

「なんか、野戦病院みたいですね」

周囲を見回した島崎君が、ポツリと言った。

大きな水槽をひっくり返したような簡易作業台が十か所用意してあり、その上のトレーにはそれぞれにメスや注射器、薬品瓶《びん》などが並んでいる。太陽光を反射したメスがきらりと光った。

食品加工コースとはいえ、私だって一年生のときからずっと魚に関する実習をしてきた。ヒメマスの採卵だってウナギの解剖だって、サケの捕獲だってやってきた。チョウザメの雌雄判別だって楽勝だと思いつつ、実習台にズラリと並ぶメスを見ると、腰がひけてくる。

器具類を見た生徒たちが一段と騒がしい。空気を切り裂くように、ピヒョーと甲高《かんだか》い音が響いた。神宮寺先生愛用の、鮎をかたどった銀製ホイッスルの音だ。

「さて、若鮎さんたちなら、黒板の文字が『チョウザメ』だけじゃ物足りないわね。書き足してちょうだい」

「はい！」と小百合ちゃんが手を挙げ、すたすた黒板に近づくと、チョウザメの前に「ベステル」と書いた。それで終わりかと思いきや、「もうちょっと書いていいですか？」と「雌のオオチョウザメ」をベステルの左上に、「雄のコチョウザメ」を右上に書き、「ベステルはこの子たちの交配種です」と言いながら遺伝関係を表す線を書いて、元の場所に戻った。

「その通り。ベステルチョウザメは、絶滅が危惧《きぐ》されている自然界のチョウザメを保護するために作り出された交配種で、自然界にはいない人工的存在ですね。では、始めましょう」

神宮寺先生とアイコンタクトを交わし、アマゾン先生が遮光瓶を手に取った。

「まずは、麻酔を溶かした水にチョウザメを泳がせ、麻酔が効いたのを見計らって引き揚げるぞ。今日使うのは食品添加物であるオイゲノールを主成分とした麻酔薬だ」

ひとつの実習台にチョウザメは一度に一匹、生徒は六人配置と指示されている。役割を交替しながら、各グループで合計三匹を処置して雌雄判別するのだ。一グループに三コースの生徒が揃《そろ》うように組み合わされ、私のグループは毎度おなじみ水産研究部の面々だった。

麻酔薬が溶け込んだ水に泳ぐチョウザメをみんなで囲んで眺めているけど、何がどうなれば麻酔がかかった状態なのかわからない。しかし、養殖技術コースには朝飯前のようだ。「はい、この子はもう大丈夫」とかさねちゃんが指さした個体は、全然動かなくなっている。

三、四キロありそうな体を渡辺君が持ちあげて実習台まで運ぶと、かさねちゃんは次々に指示を出した。
「この子が暴れないようにきっちりホールド。濡《ぬ》れタオルを使って進藤は尻尾《しっぽ》、島崎は頭を押さえて」

すごい、かさねちゃん。こんなにテキパキと適切な指示を。いやだいやだと騒いでも、やはり彼女のＤＮＡには「ナカスイ」が組み込まれているのだ。

「血算、血液型、頭部ＣＴ、頸椎《けいつい》側面オーダー。生理食塩水一リットル投与。除細動、危ないから下がって！」

「それって、救急救命室の会話じゃないの」

尻尾を押さえながら、進藤君が怪訝《けげん》な顔をした。

「わかるぅ？」

ぷぷぷと口を押さえて笑い、かさねちゃんはメスを持つポーズをした。

「あたし、冬アニメの『婚約破棄された悪役令嬢クリスティーヌは転生して救急医になり、庶民を救います！』にハマっちゃってさぁ。手術シーンがめっちゃカッコいいの。特に昨日の最終回なんて……」

「鈴木、先に切開やれ」

かさねちゃんに見切りをつけたのか、渡辺君が私に叫んだ。思わず即答してしまう。

「無理、できない」

「大事《だいじ》だよ、ホンの数センチ切ればいいだけだ。ピッ！と」

「私、医療ドラマの手術シーンとかチャンネル変えちゃうタイプだもん。怖くてダメ」

「食品加工の授業で鮎だのウナギだの捌《さば》いてるじゃん。今さら何言ってんのよ」

かさねちゃんが睨《にら》んでくるけど、死んでる小さな魚を捌くのと、生きてる――しかも大きな魚のお腹《なか》を開いて覗くのとは違う。首を振って後ずさる私に、小百合ちゃんが声を張り上げた。

「せ、生徒会長でしょ！」

そうだ！ナカスイの生徒会長たるもの、チョウザメの切開が怖いなんて言ってられない。私は歯を食いしばり、メスを手に取った。

「でも、なんで雌雄判別しなきゃなんないの。成長してお腹が大きくなれば、卵があるってわかるでしょ」

愚痴《ぐち》る私に厳しい視線を向け、小百合ちゃんはチョウザメのお腹を指さした。

「め、雌はキャビアのため、雄はおいしい身になるように、目的に合わせて効率的な飼育をするためだよ。だ、だから判別した個体は、雌雄別の水槽に分けるでしょ。この間、事前授業でやったじゃない」

送辞を失敗した後遺症で、授業なんてほとんど聴いていなかった。しかし、言われてみればなるほどだ。この子たちは自然界には存在しない生命体。だからこそ、その運命を全《まっと》うさせてあげなければならない。このメスを使って。

チョウザメはこちらにお腹を向けている。しかし……。

「どこにメス入れるのかわからない」

かさねちゃんは、お腹の下の方を指さす。

「ここだよ、ここ。真ん中より少し体側《たいそく》側。あんまり体側ギリギリを攻めると、硬い鱗《うろこ》に干渉して縫合《ほうごう》しづらくなるよ」

「何言ってるかわかんないよぉ」

愚痴りつつも、そこにメスを入れる。いざ、ピッ！と。

「は、入らない」

ピッ、どころじゃない。何度やってもメスが弾かれてしまう。サメ肌のように固い皮膚《ひふ》は鎧《よろい》みたいだ。

「チョウザメは皮下組織が肉厚だかんな。まあ、気合い入れて頑張れ」

渡辺君の気の無い応援を受け、「おりゃ」とヤケクソになったら刺さった。ぷすっと音を立てて。

「うわっ、入っちゃったよ！」

「じゃあ、開け。二センチから三センチくらいな」

「うわあああ」

手に伝わる感触が恐ろしい。ひぃひぃ言いながら開いていく。

「そ、そこまで！」

小百合ちゃんの厳しい声が響いた。

「そ、そしたら、中を覗き込んで生殖腺《せいしょくせん》を見分けるの。精巣か卵巣か」

「生殖腺ってどこにあるの」

「そ、そのヘラ使って腸を避《よ》ければ見えるよ。し、白っぽい臓器があるはず」

あっさりと小百合ちゃんは言うけど、腸を避けるってなかなかホラーだ。でも唇《くちびる》を噛《か》みしめて頑張った。だって強くなるんだから。

「あ、あった。でも、雄か雌かわかんない」

「し、白子《しらこ》っぽかったら雄で、白子っぽくなかったら雌だよ」

「その表現がそもそもわかんないよ」

「実は、鈴木さんの言う通りなのよね」

全生徒が神宮寺先生を見た。

「去年までは目視確認だったんだけど、実は間違いが結構あったの。なので、今年からはアルコールで判別します。今、不破先生が各グループにビーカーを配ってますから」

「何をどう、アルコールに入れるんですか」

神宮寺先生は私を見てピッ！と手を動かした。

「生殖腺を少し切り取るの。こう、ピッと。ピッ！」

「ひいい」

半泣きで「ピッ！」と切り取り、渡辺君がビーカーに注いだアルコールに入れてみる。神宮寺先生が彼の隣に移って、手首をフリフリ振る真似をした。

「振った時に、筋子《すじこ》からイクラが取れるように組織がバラけていったら雌です」

渡辺君の手元を見た私は、思わず歓声を上げた。

「わー！　雌だ。見てー、バラけてるよ」

喜んでいる私に、小百合ちゃんが厳しい口調で指示を出す。

「は、早く縫合を。魚に負担をかけないように、すぐに」

私はおずおずと小百合ちゃんに針と糸を差し出した。

「実は私、ボタンつけもできないんだ」

「だ、大丈夫だよ。傷口の上でひとつ大きな×《ばつ》を作るように縫《ぬ》えばいいだけだから」

まさか、人生で縫合手術をする日が来るとは思わなかった。針が皮膚を通る時の「ぷすっ」とした感触が恐ろしい。震えながら縫う私の手元を見る小百合ちゃんの目が「これじゃ成績は×だ」と言っているように見えた。

「大和、雌のタグつけろよ。そしたら雌のプールに入れるから」

「あいよ」

かさねちゃんは、渡辺君に言われた通りに動いた。片バサミで背びれの根元を刺し、穴をあけて雌の標識をつけた。すぐに進藤君が魚体を抱え雌用プールに持っていく。そのまま数分くらいみんなで眺めていたら、チョウザメは水の中で泳ぎ始めた。

「いいですねー！　生命のドラマだ」

スマホで動画を撮りながら、島崎君は頰《ほお》を染めている。

それぞれの水槽で泳ぐチョウザメたちを、小百合ちゃんは慈《いつく》しむように眺めた。

「あ、あれでくっついて元通りになるんだもん、不思議な生き物だよね」

神宮寺先生のホイッスルが鳴り響く。

「はい、一匹目の回復を見届けたら次の個体の切開をしてー！」

渡辺君は慌てて二匹目を取りに行き、台の上に置いた。

「さぁ、次はあたしよー！　渡辺、メス！」

ドラマの救急医みたいにかさねちゃんが差し出した手を、渡辺君は冷たい目で見る。

「俺は頭押さえてんの。自分で取れ」

チッと舌打ちするギャルを横目に、小百合ちゃんはチョウザメを指さして微笑《ほほえ》んだ。

「つ、つぎに切開するのは、冬だね。キャビアを採るちょっと前で、た、卵の成熟状況を見るときだよ」

冬か。そのころには、私の人生はどうなっているのだろうか。受験、親の説得。そして、生徒会長として何か成《な》し遂《と》げていられるだろうか。そして。強くなれているのだろうか。

さっきまでメスを持っていた右手を見た。青いプラスティックの手袋が、チョウザメの血で赤く染まっている。おそれてはいけない。これは、私の情熱の赤でもあるのだ。

「やるぞ！」

手を握り締め、青空を見上げる。私が放った情熱にあおられたように、近くに止まっていたシラサギが大きく羽ばたいて飛び去っていった。

翌日は、修業式だった。それは、ふわりん先生とお別れの日であることも意味している。クラスのみんなで相談した結果、サプライズの花束をあげようという話になり、式のあと私が代表で渡すことになった。

「ふわりん先生、お世話になりました。生まれたら、ナカスイに赤ちゃんと遊びにきてくださいね」

ナカスイの近所で摘《つ》んだ花で作った花束だけど、ふわりん先生は目を潤《うる》ませて受け取ってくれた。大きなお腹を教卓に引っ掛けそうになりながら、教え子たちを嬉《うれ》しそうに、少し寂しそうに見回す。

「みなさん、どうもありがとう。お伝えしていた通り、出産と育児のため、私は産育休に入ります。三年生になるみなさんとナカスイで共に過ごすことはできませんが、わが子が大きくなったら、お母さんは最高の生徒さんたちと過ごしながら、あなたを迎えたんだよと伝え……」

ますね。と、ふわりん先生が涙まじりに言い終わる前に、かさねちゃんの「きゃっほー！　終わった終わったあ！」という叫び声と廊下を走り抜ける足音、ドアがガラリと開いて「こら、大和ー！　俺の話はまだ終わってねえぞ！」とアマゾン先生が怒鳴《どな》る声が聞こえた。

かさねちゃんが自転車に乗って走り去って行く姿を窓から見下ろしながら、去年の修業式と叫ぶ言葉は同じでも、この一年でいろいろ変わってしまったと実感する。

下宿に戻っても小百合ちゃんはいない。広間の座卓には、ラップにくるまれたお昼ご飯のツナサンドが、ひとつポツリと置いてある。ひとりでつまみながら、静けさが身に染みた。

去年の修業式は、私たち女子三人はクラスは離れ離れになっても、下宿では一緒だしと思っていた。でも今は、小百合ちゃんはひとりで行う自主研究が忙しいらしくて、ほとんど水産実習場で過ごしている。下宿には寝るときに戻ってくるくらいだ。

ひとりでゴロゴロしていたら夜になり、お風呂から出ると広間のコタツに大福が置いてあった。かさねちゃんが那珂川町の街なかにある「和洋菓子の日村堂《ひむらどう》」に行ったのだろう。彼女は自分がプロデューサーとなって海技士ラノベを隆君に書かせるんだと、毎日のように日村堂に行っては打ち合わせをしている。帰るときに、その日売れ残ったお菓子をもらってきて、おすそ分けを下宿に置いていくのだ。最初は嬉しかったけど、すぐに飽きてしまった。

小百合ちゃんもかさねちゃんも、春休みも同じように過ごすらしい。つまりは、私の相手は誰もしてくれないのだ。

四月に入り、ひとりで暇すぎて下宿の掃除《そうじ》をしていたら、重要なことに気付いた。

「そうか、もう新年度なんだから、生徒会の仕事がいっぱいあるじゃん！」

掃除を途中で放り投げ、自転車を漕《こ》いで校舎まで行ってみた。

生徒会室は校舎の三階だ。まだ四月三日ということは春休み真っ最中で、当然ながら誰もいない。静かすぎて、御子貝前会長からの引き継ぎ書を眺めていたら、あっさり寝落ちしてしまった。差し込む夕陽のまぶしさで目が覚めた始末だ。

「下宿に帰って、掃除の続きでもするかな」

あくびをしながら階段を降り始めたら、思い切り踏み外した。まだ寝ぼけていたのか体勢が立て直せない。これはもう、落下コース以外の何物でもない。

「うぎゃあ！」

落下が止まった。転げ落ちる前に、上ってきた誰かが受け止めてくれたのだ。

「す、すみません！」

誰だろうと顔を上げると、ハリウッドスターがいた。

さらさらと流れる栗色の髪、陶器のような白い肌。端整な顔というのは、こういうのを言うのか。まだ二十代に見えるけど、私はあまり映画を観ないので誰だかわからない。ナカスイで映画のロケをしていたのだろうか。スーツ姿だから、先生役に違いない。

「ハロー、ハワユー。アイムファイン、サンキュー。アンドユー？」

とりあえず、知っている英単語を並べてみた。

「大事《だいじ》け？」

栃木弁大全開の返事が来た。イントネーションまで徹頭徹尾、栃木だ。その意味は「大丈夫ですか？」

「だ、大事です。ありがとうございます」

私は体勢を立て直し、慌てて離れた。こんなことになるとは心の準備ができていなかったから、ドキドキしてしまう。ハリウッドスターは第二声を発した。

「危なかんべな、ボーッとして階段降りてたらよぉ」

ダメだ、このバリバリの栃木弁とハリウッドスターの顔が全然マッチしない。洋画の日本語吹き替え版で、地元のお笑い芸人が声を当ててるような違和感だ。

「す、すみませんでした。アイムソーリー！」

逃げるように廊下を走り去り、自転車に飛び乗って下宿に帰った。これは、報告しなければ――かさねちゃんと、小百合ちゃんに。

『大事件発生！　帰ったら広間に来て！』とふたりにＬＩＮＥを送ると、その夜、久々に三人が揃った。

日村堂のおせんべいをバリバリかじりながら、かさねちゃんは衝撃的なことを口にする。

「ああ、その人なら四月に異動してきた先生だよ。アレクサンダー・健《ケン》・フィッシュマン」

「うそっ。あのビジュアルで？」

「なんでも、お父さんが釣りマニアの英国貴族だとかなんとか。知らんけど」

「さすが、情報早いね」

お茶でおせんべいを流し込むと、かさねちゃんは呆《あき》れたように笑う。

「大和一族の女性陣も大騒ぎで、みんなでナカスイまで見学ツアーに行ったよ。ひいおばあちゃんは『太陽がいっぱい』のアラン・ドロンがスクリーンから出てきた、おばあちゃんは『トップガン』第一作のトム・クルーズがタイムスリップしてきた、お母さんは『ロード・オブ・ザ・リング』のオーランド・ブルームが異世界転生してきたって好き勝手に騒いでるし」

「なんと！」

小百合ちゃんはおせんべいを割りながら、細かく頷いた。

「じ、神宮寺先生も驚いてた。な、なんでギリシャ彫刻が校舎の中に置いてあるのかなと思ったら、と、栃木弁を話したって」

「神宮寺先生も大騒ぎだよね。あんな超スペシャルイケメンがやってきたら」

首を傾《かし》げて、小百合ちゃんは眉間《みけん》に皺《しわ》を寄せる。

「べ、別に。じ、神宮寺先生の基準は『鮎か、鮎以外か』しかないから」

「ところでさ」

かさねちゃんが勢いよく両手をコタツの上に置く。私のオレンジジュースのペットボトルが倒れそうになり、慌てて押さえた。

「あんたさ、御曹司に電話して訊《き》いてくれない？　湊海洋の授業で知りたいことがあんのよ。ストーリー展開上の理由で」

「なんで私が……」

自分でやればと言いかけて飲み込んだ。もしや、かさねちゃんは私に気を遣《つか》ってくれてるのか。少しでも関君に接点を持たせようと。でも、強くなるまで連絡をしないと言ってあるし。だけど、どうしてもと言うなら仕方ないかも、うん。

「れ、例の海技士のラノベ？　まだ完成してなかったんだ」

「完成どころか、まだ小説投稿サイトに第一話すら上げてないわよ」

「書くって話になって、もう半年も経つのに？」

渋面《じゅうめん》を作り、かさねちゃんは頬杖をついた。

「隆君と基本コンセプトが折り合わなかったから。あたしは、海技士学校を舞台にした男子の成長ストーリーにしたいんだ。でもあの人は、海技士を目指す女子高生が異世界転生して、弱小海洋王国の女王になって世界制覇を目指す話を書きたいの」

「全然違うじゃん」

「でも、あたしが勝った。まずはあたしの案で先に書いてみるってさ」

「ふうん。で、関君に何を訊くの」

ニヤけそうになるのを必死に抑える私に、かさねちゃんはおせんべいの紙袋に何か書き、ちぎって寄越《よこ》した。

「ロープワーク別の心理？　なにこれ、意味わかんないんだけど」

「海技士の授業で、ロープの結び方をやるらしいのよ。もやい結び、巻き結び、二重つなぎ。それぞれの結び方をするとき、心理的にどう違うか訊いてよ」

「なんで」

「心理描写が読者受けには重要なの！　……って言ってた。隆君が」

眉を下げ、かさねちゃんはため息をつく。どこか疲れている様子だ。やはり、連日の議論の影響だろうか。

その日はもう遅かったので、関君への電話は翌日にした。

しかし、何時にかければいいのやら。私はスマホを前に、頭を抱えてしまう。

十九時では夕飯かもしれないし、二十一時だともう寝てるかもしれないしと、二十時にした。しかし、二十時ピッタリにかけると、いかにも時計を見てましたという感じなので、二十時二分にしてみた。

呼び出し音が長く感じる。三回、四回……十回コールして出なかったら諦めようと思ったら、九回目に出た。

「もしもし？」

息が乱れている。もしやスマホから離れたところにいて、走ってきてくれたんだろうか。

「あ、あ、あの、鈴木さくらです。どうもこんばんは。ご無沙汰しております」

「こんばんは。半年ぶりですね。強くなったんですか？」

関君、待っていてくれたんだ！　周りに誰もいないので、私は思いっきりニヤけた。しかし、口調はあくまでも真面目であるべく努めた。

「いえ。まだ頑張っている途中です。すみません。電話したのは別件でして……」

いきなり用件に入るのも無粋だし、なにか雑談してからにしよう、しかも真面目系で。なんせ相手は関君だし……そうだ。

「ナカスイの三年は、新学期が始まってすぐに個人面談があるんです。そのとき進路を明確にしなくちゃならなくて。関君は、もう決めました？」

「はい。東京水産船舶大学の航海科を第一志望にしました」

去年の夏、関君はお父さんが経営する水産会社の経営状態で悩んでいたはず。百貨店の水産加工食品フェアで売り上げ一位になったあかつきには商品がヒットするだろうから、大学も目指せるかもと言っていた。夢が叶うんだ！　私がフェアで二位に終わった甲斐《かい》がある。

「良かったですね！」

「でも、合格するかどうかはまた別の話です。鈴木さんはどうするんですか？」

「私は……司厨《しちゅう》部員になりたいので船舶料理士の資格を取りたいんです。なので、海あり県の調理師学校に行きたいなと」

「司厨部員？」

　いつも落ち着いた口調の関君が、すっとんきょうな声を上げた。こんなしゃべり方もするんだ。ドキドキしてしまう。

「そうです。楽しそうですよね！」

「……あの、鈴木さん。船に乗った経験はありますか？」

「はい、湊海洋での海洋実習で練習船に乗せていただき、学校前の護岸の中を一周しました。あと、関君が艇指揮《ていしき》をしたカッターボートにも……」

　着岸のときに海に落ちそうになり、彼に抱き止めてもらったことを思い出して、照れてしまった。もしかして関君も同じだったりして。しかし、彼の口調は急に重くなった。

「フェリーに乗ったことは？」

　つられて私も硬い声になってしまう。

「ございません」

関君はしばらく沈黙したあと、ポツリと言った。

「今からショートメールで動画のアドレスを送りますので、見てみてください」

「え……」

「あの、怒ってるわけじゃないんです。判断材料にしてほしいなと、そういうことです。じゃあ、いったん失礼します」

全然甘い雰囲気のない電話になってしまった。

切るとすぐに、ショートメールが来た。いくつか貼ってあるリンクのいちばん上をクリックすると、動画投稿サイトにつながった。タイトルは「嵐の船内　大混乱」とある。

再生すると……。豪華な客船が嵐に遭遇したときの動画だろうか、お客さんたちの悲鳴のなか食器が吹っ飛び、床が壁になったのかと思うくらいに船体が左右に大きく揺れる。見ているだけで酔いそうだ。ほかの動画も似たようなもので、なかでも大揺れの調理室で調理器具を押さえる人たちの泣き笑いの表情が印象的だった。もしやこの人たちは司厨部員……。こんな状況でも料理するんだ！　知らなかった。これが現実というものか。

関君からのショートメールがすぐにもう一通来た。

『司厨部員がいるような外洋に出る船は、このような厳しい場面に直面することもあります。驚かせて申し訳ありませんが、判断材料にしてください。お休みなさい。関』

……手から砂がこぼれていくように、夢が消えかかっていく。

「あ、ロープワーク別の心理を訊くのを忘れてた」

しかし現実を知ったショックから再び電話をする気力を無くし、寝てしまった。

進路をどうしようと悩み数日間を過ごすうちに、始業式を迎えた。ついに最終学年になってしまった寂しさが、最高学年になった喜びよりも先に立つ。

朝のＳＨＲ《ショートホームルーム》でフィッシュマン先生が入ってきても、私は予想がついていたし、すでに洗礼は受けていたのでおとなしく座っていられた。

初対面の同級生たちのどよめきはすごかったけど、こんな反応には慣れているのか、余裕の表情で自己紹介をする。

「アレクサンダー・健・フィッシュマンだ。父はイギリス人で、那珂川で鮎釣りをするために来日し、母と出会って結婚し、俺が生まれた。で、そのまま栃木県で育ったわけだ。なもんで、正直なところ英語より日本語の方が得意だ。いちばん得意なのは栃木弁だけどよ。ちなみに担当科目は国語だかんな」

語尾が上がるイントネーションは栃木の証だ。あまりの外見とのミスマッチに、みんな混乱をきたしている。しかし、私は既に免疫ができていたので「担当は国語」にしか驚かなかった。

その夜、かさねちゃんは塩大福をお土産《みやげ》に広間に来て、興味津々といった顔で私たちを見回した。

「今日進路調査票もらったよね？　あんたたちなんて書くの。もうすぐ個人面談でしょ。それでもう進路が決まるんだからね」

「そういうかさねちゃんは？」

彼女は「訊くまでもないでしょ」という顔をして、コーヒーカップに手を伸ばした。

「就職に決まってるでしょ。あたしは勉強が大嫌いなんだから」

「やっぱりね」

私は、はす向かいを見た。小柄女子がインスタントコーヒーの入ったカップにポットのお湯を注いでいる。

「小百合ちゃんは進学以外の何物でもないよねぇ。それも東京水産船舶大学でしょ」

「う、うん。推薦《すいせん》入試を目指すんだ」

小百合ちゃんは目をきらりと輝かせると、隣の自分の部屋に行って冊子を持ってきた。東京水産船舶大学のパンフレットだ。

「わー！　見せて見せて」

私はかじりつくようにパンフレットを眺めた。大学名をイメージしたように、水を連想させるブルーの表紙で、中身は海と魚と船の写真ばかりだ。

「なに、あんたもその大学に行くの」

かじりつくように眺める私に、かさねちゃんが意外そうな声で訊く。

「行けるわけないでしょ、私の成績で。関君の行く大学を知りたいだけだよ」

かさねちゃんは二個目の塩大福を頬張りながら、小百合ちゃんに視線を向ける。

「芳村さんは、魚関係の学科に行くんでしょ？　って、全部魚関係か。この大学じゃ」

「う、うん。海洋生物学科で、魚の研究をするの」

学科一覧を見ていた私は、とある文字列に興味を奪われた。

「食品加工学科？　もしかして食品加工について学ぶの？」

「そ、それだけじゃないよ。あ、安全な食品を生産するための理論と技術を学ぶから、化学的・微生物学的な視点からのアプローチを……」

小百合ちゃんの言葉は、もう私の耳に入ってこない。頭の中で、毎度のごとく妄想劇場が始まってしまったからだ。

栃木と茨城、離れて育った私たちが同じキャンパスで青春の四年間を過ごす。卒業後、関君は船員として長期航海へ。妻である私は彼の実家の会社で加工食品開発にいそしみ、国際的企業に発展させる。子どもたちは湊海洋とナカスイに進学し、ナカスイ組はかさねちゃんの家に下宿する。そして、帰省するたびわが子が言うのだ。

「ナカスイと下宿には、お母さんの思い出がしみこんでいるんだね！」

――これだ。決まった。

「あんた、今何考えてるか、すんごいわかる」

笑いを漏らしながらパンフレットを抱きしめる私に、かさねちゃんが向けてくる視線はそれはそれは冷たいものだった。

「ところで一学期の行事予定表見た？　あたし、さっき見て悲鳴上げたんだけど」

「まだ見てない。フィッシュマン先生の話聞いてたら、混乱しちゃって」

四月から七月までのスケジュールが書いてある行事予定表をポケットから取り出したかさねちゃんは、Ａ４サイズの紙をコタツの上に広げると、五月の下の方を指さした。

「カヌー実習よ！　二泊三日になってんの」

「ええ！」

私と小百合ちゃんは紙を覗き込んだ。確かに、五月二十二日（水）～五月二十四日（金）「三年生カヌー実習」と書いてある。

「冗談じゃないわよ、あたしは泳げないからカヌー実習が大っ嫌いなのに」

わなわなと震えるかさねちゃんの肩を、私は優しく叩《たた》いた。

「まだわかんないよ。一クラスずつ一日ずつやるって意味かもしんないし」

「そうかもしんないけど……あー、やだ。現実逃避しよう。見なかったことにする」

かさねちゃんは紙をくしゃくしゃと丸めると、ごみ箱に放り込んだ。


三年生は忙しい。始業式が終わったと思ったら第一回の進路希望調査票を提出し、翌週には進路指導が行われた。三年生は特別時間割となり、その日の授業は四十分に短縮され、放課後に各クラスで個別に進学や就職の指導を受けるのだ。

フィッシュマン先生は私の調査票を、眉間に皺を寄せて眺めている。

「なるほど。鈴木は東京水産船舶大学の食品加工学科志望。で、一年と二年の成績が……」

成績表を手に取った瞬間、眉間の皺が一層深くなった。

「鈴木は、一般入試が希望け？」

やはりこの顔で栃木弁を出されると、こっちの調子がおかしくなる。「はい」と「ええ」が混じって「へえ」なんて返事をしてしまった。

「正直なところ、このままだと厳しかんべな」

「あ、やっぱりだめですか」

今のところ、私の成績は下から数えた方が早い順位だ。そもそも、ナカスイは就職する生徒が六割から七割で、進学組の中でも国立大学に進めるのは年に数人くらい。今年は小百合ちゃんと進藤君という異次元な存在がふたりいるから、もう少し増えるだろうけど。

フィッシュマン先生は琥珀《こはく》色の瞳《ひとみ》で私を覗き込んだ。

「場合によっては、二年計画で頑張る気はあるんけ？」

「いえ、浪人は無理です。家庭の事情で許されません」

正直なところ、今の下宿生活ですらママがフルタイムのパートでなんとか支えてくれているのだ。ママは「国公立大学なら、なんとか行かせられると思う。私立だったら正直無理だわ。でも、一年の専門学校なら、ママがもうひと踏ん張りすればなんとか大丈夫よ。自宅通学ならね」と前に言ってたことがある。浪人の話をしたことはないけど、絶対無理だろう。

フィッシュマン先生は、机に置いてあった紙をペラペラとめくった。ちらりと見えたけれど、神宮寺先生とふわりん先生の意見書か何かだろうか。

「……鈴木は、外部での活動はスゴイんだなぁ。『ご当地！おいしい甲子園』とか山神百貨店の水産加工食品フェア参加とか」

「でも……甲子園は優勝できませんでしたし、フェアも売り上げは二位でした」

フィッシュマン先生は首を傾げる。

「推薦入試なら可能性はあるんじゃねえのかな。生徒会長にもなったし」

「本当ですか！　よかった。生徒会長になったのは人生の伏線だったんだー！」

喜びのあまり椅子《いす》に座ったまま足をばたつかせる私を見て、フィッシュマン先生は慌《あわ》てたように身を乗り出した。

「喜ぶのは早かんべよ！　生徒会長になって『何を』やったかが重要なんだかんな」

「何をやるんですか」

「それは自分で考えるんだんべな」

腕を組んで考えてみたけど、何も思いつかない。私は天を仰《あお》いだ。

「やっぱり私には無理です、国立大学なんて。やめときます。普通に専門学校を目指せば、入試も楽になるし」

フィッシュマン先生は紙を置き、テーブルの上で手を組んだ。

「Twenty years……」

英語だろうか。流麗に言葉を紡《つむ》いでいく。

「……Explore. Dream. Discover.」

「なんですか、今の」

端整な顔と言葉の響きが珍しく一致して、不覚にもドキドキしてしまった。

「アメリカの作家、マーク・トウェインの有名な言葉だんべよ」

「だんべよと言われても、そもそも知らない人ですし」

ありえないと言いたげな表情で一瞥《いちべつ》すると、人差し指を立てた。

「マーク・トウェイン以外の説もあるが、わかりやすく言うとこうだ。――二十年の後に何を悔《く》いる。『しなければよかった』ではなく『しておけばよかった』と。縛りを振り払い、安住の地から漕ぎ出して、いっぱいに風を受け帆を膨らませろ。夢にも思わなかった地を探せ。そして見つけ出せ」

フィッシュマン先生から放たれた矢が、胸に突き刺さった。一年生のとき、神宮寺先生が教えてくれたサムエル・ウルマンの「青春」の詩は、足元からじわじわ来るような感じだったけど、これは真正面からドカンと来てしまった。両頬を引っぱたかれたような感じだ。

去年行った茨城県の大洗《おおあらい》港を思い出す。航海実習に出る関君を、埠頭《ふとう》で泣きながら見送ったんだ。そうだ、見送るだけじゃダメ。私も出航するんだ。この弱い自分から抜け出して旅を続ければ……夢見た世界が待っている。

私は思い切り立ち上がった。

「ありがとうございます！　私、生徒会長として頑張って、推薦合格を目指します。ナカスイのレジェンド生徒会長として後世に名を遺《のこ》せるように、何かやり遂げます！」

「よし、頑張れよ！　先生も応援すっからな！」

もう、いてもいられない。「頑張るぞー！」と叫んで、教室から走り出した。

昇降口でうろうろしながら待ち伏せしていると、かさねちゃんがやってきた。迷いなく就職と決めているから、あっさり終了したのだろう。鼻歌まじりで機嫌がいい。私に気付くと「よっ」と手を挙げた。

「かさねちゃん！　こないだのロープ結びの話だけど」

「あら、やっと御曹司に訊いてくれたんだ。で、心理的にどう違うって？」

「違うよ。私、わかったの。ロープは結んじゃダメ。外して、出航しなくてはならないの。そしたら、二十年後に後悔しないで済むんだよ」

かさねちゃんは笑顔のまま、首を横に曲げた。

「あたしがおかしいのかな。全然意味がわかんないんだけど」

「す、鈴木さん。大和さん。め、面談終わったの？」

小百合ちゃんも「あっさり終了組」なんだろう。ホッとした顔で近づいてきたので、私はがっちり抱きしめた。

「小百合ちゃん！　私たち、卒業しても一緒だよ。共に帆を膨らませよう」

「え、え？」

「なんか壊れちゃったのよ、この子」

夕陽が差し込む昇降口で、私はかさねちゃんに引き剥《は》がされるまで、小百合ちゃんを抱きしめていた。

ナカスイ最後のゴールデンウィークは、私が那珂川町で過ごす最後の黄金週間だ。砂金のようにきらっきらの思い出を作ろうと思っていたのだけれど、かさねちゃんはラノベの打ち合わせ、小百合ちゃんは自主研究で相手にしてくれない。

仕方ない、受験勉強でも始めるかと共通テストの過去問を広げたら、あまりの難しさに目の前が真っ暗になり、暗黒週間で終わってしまった。

そして連休明けには、毎年恒例の水産研究部総会が行われた。

「こんなに書くのぉ！　めんどくさー」

新書記の結菜ちゃんはブッブツ文句をたれながらも、黒板に「五月八日開催　水産研究部総会」のタイトルと、総会結果の新役職、そして一言自己紹介を書いていった。

・部長　3年　進藤栄一　水産官僚（予定）
・副部長　3年　芳村小百合　水は友達、魚は仲間、生徒会は書記
・監事　3年　島崎守　ユーチューバーは断念。生徒会は会計
・書記　2年　松原《まつばら》結菜　やっぱりアイドル
・会計　3年　大和かさね　ラノベプロデューサー兼生徒会副会長
・一般部員　3年　渡辺丈　プロの釣りバカまであと一年
・一般部員　3年　鈴木さくら　生徒会長

夢なんだか目標なんだかわからない自己紹介の中で、私の「生徒会長」の文字が輝いている。去年までの「普通」からついに脱却したのだ。感慨に浸《ひた》っていると、結菜ちゃんが神宮寺先生に詰め寄った。

「神宮寺先生、これヤバくない？　一年生ゼロだよ。来年どうすんの」

タイトスカートから伸びる長い脚を組み替えた神宮寺先生は、ほほほと笑いながら腕を組み、椅子の背もたれに背中を預けた。

「大丈夫、来年の新入生は十人くらい入るわよ」

神宮寺先生のお気楽さが気に障《さわ》ったのか、結菜ちゃんはその場で地団太《じだんだ》を踏んだ。

「未来なんて暗いよ。定員割れは改善しないし、新一年生の数は去年より少ないじゃん。極楽サンバだか極楽ゴリラだか忘れちゃったけど、あの動画の影響でナカスイ廃止論がお偉いさんの間で再燃してるって聞いたよ」

神宮寺先生の眉がキリキリと上がっていく。

「だから、ナカスイの魅力アップに、教員と生徒が一丸となって取り組まなければならないと前から口を酸《す》っぱくして言ってるでしょう。どうしようと騒ぐ前に、自分もなんとかしようと思いなさい。極楽ゾンビだかなんだか知らないけど、そんな得体の知れないヤツに負けてられるもんですか」

「じゃあ、神宮寺先生は何すんの」

鮎でしょう、と全員が答える前に、神宮寺先生は立ち上がった。

「ナカスイの代名詞である三年生のカヌー実習がありますね。コロナ禍《か》でそれまでの一泊二日から半日に短縮していましたが、今年度から二泊三日にしましょうと提案して実現させました」

「原因は神宮寺先生かー！」

かさねちゃんの絶叫が部室にこだまする。

「冗談じゃないわよ、三日もカヌー漕いだら倒れちゃうじゃない！」

神宮寺先生も負けじと言い返す。

「若いのに、何をフヌケたことを言ってるんです！」

「そうだよそうだよ、メヌケの唐揚《からあ》げでも食べて心を入れ替えなよ！」

いつぞやの仕返しだと思い、神宮寺先生に加勢してそう叫ぶと、かさねちゃんは目を吊《つ》り上げた。

「じゃあ、行きたい人が行けばいいでしょ！　あたしはサボるからね」

「神宮寺先生、二泊三日ってどういうルートなんですか？」

カヌーが勉強ほど得意ではない進藤君は、翳《かげ》りのある表情で机に頬杖をついている。

神宮寺先生は窓の外を指さした。

「スタートは、そこよ」

白魚《しらうお》のような指の先にあるのは……私が関君に愛の告白をされた武茂川の河原！　とは言えなかったので「水産実習場の前ですか！」と叫んだ。

「そう。そこから約八十キロ下って那珂川の河口、海門橋《かいもんばし》を目指します！」

関君のいる那珂湊海洋高校から見える橋！　とは言えなかったので、「カッターボートを漕いだあの港から見える橋ですね！」と顔を綻《ほころ》ばせた。

「そうよ。ナカスイの三年生なら感慨深いコースでしょう」

「どこがー！」

かさねちゃんは頭を抱《かか》え、ツインテールを振り乱した。

「誰よ、こんな変態コース考えたの！」

「私です」

神宮寺先生は窓を背に仁王立ちになった。

「私たち担当教員が、このカヌー実習の実現にどれほど労力を注いだと思ってるの。計画書の作成、キャンプ場の下見、寒さを体験するためのテントでの宿泊、河川を実際に下って危険個所のチェック、各地消防署と警察署への連絡、漁協さんとの折衝《せっしょう》、キャンプ用品と食器の準備。数え上げたらきりがないのよ。私の今年のゴールデンウィークは、このために消えたの」

「あたし頼んでないしー！」

目を血走らせ、ギャルは神宮寺先生を睨みつける。

「しかもキャンプ？　せめてホテルにしてよ。民宿でもいいから！」

「そんな予算はありません」

しかし、私は夢見心地だった。去年の海洋実習で、私がつぶやいたことが現実になったのだ。

学校脇の武茂川から発した水は那珂川に合流し、海門橋をくぐり那珂湊海洋高校――関君の待つ港へとそそぐ。私の恋心ルートだ。

「私、頑張るー！」

両の拳《こぶし》を握りしめる私を、みんなが見つめた。「何を考えてるのかバレてるよ」と言わんばかりの生温かい視線だ。

「だって生徒会長だもの、私。みんなを無事に導かなくてはならないでしょ」

慌ててそう付け加えたけど、全員が視線をそらしてしまった。

第四章
星空のバーベキュー

陽光が眩《まぶ》しいナカスイの上空を、一羽の鳥が旋回していた。コンドルみたいに大きく、しかも極彩色だ。

校舎の屋上から見上げていた私は、「あんな鳥、那珂川にいたっけ」と考えこんでいた。いきなり鳥が急降下してきて、外壁をつつき始めた。築五十年超の老朽化した壁に、あっという間にヒビが入っていく。

ナカスイになんてことを！　と追い払おうとしたら、今度は私に襲いかかるではないか。悲鳴を上げ、頭を手でガードしながら逃げまどった。

「……って夢を見たんだよ。縁起悪いよねぇ。沈《ちん》したりして」

カヌー実習に出発する朝の寝起きは最悪だった。「沈する」とはカヌーが転覆することをいう。体が濡《ぬ》れることが苦手な私が遭遇したくないことのひとつだ。思わず愚痴《ぐち》ると、かさねちゃんはプンスカ怒りながら睨《にら》みつけてくる。

「夢見が悪いくらいなによ。あたしの現実は最悪なのに。なんで三日もカヌーを漕《こ》がなきゃならないのよ」

「そ、そんな夢見るなんて、ご、極楽タケシの影響だよね」

さすが小百合ちゃん。心配してくれるのは彼女くらいだ。私は吐息《といき》混じりに愚痴り続ける。

「そうだよ。すっかりトラウマになっちゃったし……」

「ほら、若鮎《わかあゆ》さんたち！　整列！」

ざわめきを切り裂くように、神宮寺先生の声が響いた。三人で慌《あわ》てて列に戻る。

出発地点となる武茂川の河原は、百人を超す人でごった返していた。私たちナカスイ三年生、校長先生を始めとした先生方、保護者。さらには卒業生やご近所さんの姿も見える。

そして、ローカルメディアだ。地元紙、地元テレビ局、地元ラジオ局、ＭＨＫの地元支局。とにかく「地元」とつくメディアは全部来ているらしい。もともと名物行事であることに加えて、極楽タケシに取り上げられ、良くも悪くも話題になっていることもあるのだろう。

だけど……。やっぱり、思ってしまう。全国レベルのメディアに「良い意味で」注目される何かがあって、日本中から志願者が来るくらいにしないと、先は厳しい。極楽タケシを「ぎゃふん」と言わせるくらいの何かが。

極楽タケシのスーツの柄ほどじゃないけど、河原はカラフルだった。理由はカヌー。色もデザインも様々な艇《てい》が並んでいるから、色とりどりで花畑みたい。この統一感の無さは、まとめて購入する予算がないからだと神宮寺先生が言っていた。そして不憫《ふびん》に思った卒業生や地元企業などが折々に寄贈してくれるので、統一感の無さが加速していくのだという。

好きなのを選んでいいと言われているので、今までの練習で乗りなれた桜色のカヌーに決めていた。ウェアもそれに合わせた……と言いたいところだけど、結局のところナカスイの夏用体操服だった。濡《ぬ》れてもいいように中は水着だ。

黄色のライフジャケットを身に着けてカヌー用のヘルメットを被《かぶ》ると、たちまち蒸し暑くなる。まだ五月下旬とはいえ、今年は暑い。最高気温は二十五度を超える予報になっていた。

空を見上げる。晴れ渡る青空を期待していたんだけど、どんよりしている。ただ、神宮寺先生によると「青空の下を漕ぐと、水に反射した日光で両面焼けになります」とのことで、このくらいの方がお肌には楽らしい。その当人はというとカヌーウェアに身を包み、整列した三年生の前に立つ校長先生の脇に控え、声を張り上げた。

「それでは、校長先生のお言葉です！」

メディアのカメラが一斉に校長先生を向く。

「三年生のみなさん、ついにこの日を迎えました。ナカスイの華、カヌー実習です！」

うわあああと生徒たちから歓声が上がった。しかし、鈍《にび》色の水面には私の不安そうな顔が映っている。

ダメだ、こんな顔じゃ運が逃げてしまう。だから、あんな夢なんか見てしまったんだ。決めたじゃないか、強くなるって。無理に笑顔を作りながら、私は思いついた。

願掛けをしよう。

――もしも、一度も沈しないでゴールできたら、ナカスイはこの先ずっと存続する。

「私」より「公」を優先するなんてさすが生徒会長、メディアがコメントを取りに来るかもと見回すと、女性記者たちはフィッシュマン先生を取り囲んでいた。

「アー・ユー・イングリッシュ・ティーチャー？」

「国語です」

男性記者はというと、カヌーを手に取るかさねちゃんにカメラを向けている。「髪をおろすと首が暑い」と、今日は耳の下あたりで「ふたつ結び」にしていた。

「そこの君、やる気のある一言をちょうだい！」

「やる気？」

振り返るかさねちゃんの目は、険《けわ》しかった。

「ないわよ、そんなの。いつリタイアしようかとしか考えてないわよ」

私に訊《き》いてくれないかな。横目でちらちらと記者を見る。さっき、瞬時に脳内リハーサルをしたのだ。

「生徒会長の鈴木さん、今回の目標は？」

「はいっ。トップでゴールすることです。私の三年生の目標は、強くなることですから。そして生徒会長であるからには、五十八人の先頭に立ちゴールしなくてはと思ってます」

「なるほど、さすが生徒会長ですね！」

記者さん、こっちだよー！　と心の中でアピールし続けたけど、神宮寺先生の声が遮断した。

「それでは、用意ー！」

みんなが慌てて、自分の装備の確認を始める。ライフジャケットの位置、スプレースカートの装着、ヘルメットの紐……。

「そんなに緊張すんな、大事だっぺよー！」

ジャージ姿のフィッシュマン先生の笑顔は爽《さわ》やかだ。この場にいる人々の九十九パーセントの視線は今、このハリウッドスターに注《そそ》がれているのではなかろうか。見送りに来た保護者も、自分の子ではなくフィッシュマン先生の写真をキャーキャー言いながら撮っている。しかし誰もが、フィッシュマン先生が口を開くと外見とのギャップに困惑の表情を浮かべていた。

「俺は陸上部隊だからみんなと漕げねえけど、軽トラで援護すっかんな！」

フィッシュマン先生のみならず、先生方は今回大変らしい。まず、引率で六人の先生（教頭先生、神宮寺先生、アマゾン先生など）が三年生と一緒に漕ぐ。フィッシュマン先生を含む四人の先生は「陸上部隊」として、軽トラに予備のカヌーや機材を載せて並走したり、保護者や卒業生たちと一緒に野営キャンプを設営したり食事の準備をするそうだ。

でも、私のパパとママは仕事で見送りには来られず、小百合ちゃん家《ち》も同じだった。

「かさね、頑張れよー！　父ちゃんがずっとついてるからな！」

「さくらちゃん、小百合ちゃんもね！　ふたりのご家族の分まで応援しているからねー！」

声の主はかさねちゃんのご両親だ。「がんばれ下宿組」の横断幕を持って手を振っている。

「やめてよ、恥ずかしい！」

頬《ほお》を染めて抗議するかさねちゃんは、頭を抱《かか》えた。

「ああ、サボりたかったのにサボれなかった」

「だろうねぇ、あの盛り上がりじゃ……」

ご両親だけじゃなく、大和一族が来ているのだろうか。「がんばれ大和かさね」のウチワを振る三十人くらいの集団がいた。さすが親戚《しんせき》全員ナカスイ出身だけある。

かさねちゃんは声援部隊を一瞥《いちべつ》すると、「仕方ない。出発するけど、とっととリタイアしよう」とつぶやき、川に向かってさっさと歩きだした。

小百合ちゃんの姿を探すと、カヌーのところに進藤君と一緒にいた。艇を選びながら、ふたりで仲良く話している。小百合ちゃんはオレンジ、進藤君は深いブルーを選んだようだ。

「チョウザメと並走できたらいいよね。現在の日本では無理だけど」

「め、明治時代ごろの北海道なら願いが叶ったよね。い、石狩川《いしかり》とかに遡上《そじょう》してたから」

「同じ北海道でも石狩川ではチョウザメは神と崇《あが》められたけど、天塩《てしお》川では食用だったというから、もしも出会っても川によっては逃げられちゃうかな」

世界が違う。話に参加するのは無理だと諦め、粛々《しゅくしゅく》と自分の準備を進めた。

淡いピンク色の艇を浅瀬に浮かべると、曇天に桜が開花したようだ。中に乗り込み、既に身に着けている浸水予防のスプレースカートを艇にセットする。このとき、タグのようなグラブループを必ず外に出しておくことが重要だ。でないと、沈したときにスプレースカートが外せず、場合によっては命にかかわることになってしまう——という体験を一年のカヌー実習でやってしまったのが私だ。

あの時助けてくれたのは渡辺君だったなぁと彼の姿を探すと、グリーンのカヌーに乗り込むところだった。小学校高学年のような外見なのに逞《たくま》しい……と思いきや、背が随分《ずいぶん》伸びたことに気付いた。中学二年くらいに見える。そうか、彼も成長したんだ。

理想的なコメントをくれそうだったのか、地元テレビ局の男性スタッフがカヌーの試し漕ぎをしている渡辺君に向かって、バシャバシャと水音を立てながら走っていった。

「君！　やる気のある一言をよろしく！」

渡辺君は、パドルを持っていない方の人差し指を勢いよく立てる。

「まかせろ！　目指せトップでゴール！」

「おお！　元気いっぱいだね！」

「一位でゴールしたら、りょんりょんのライブに行っていいぞって父ちゃんに言われてんだよ。りょんりょん、待っててねー！」

やっぱり、全然変わってないや。カメラに手を振る渡辺君を横目に、私はカヌーを漕いで神宮寺先生の後ろについた。

「それではみなさん、行ってらっしゃい！」

校長先生と保護者たちの声援を受け、ついに出発した。

気合いを入れて、パドルを水面に入れる。これから約八十キロの旅が始まるんだ。

最初は、練習で何度も漕いだ武茂川を下るのだけど、十分くらい漕いでも練習風景と全然変わらない。

「那珂川に合流して八溝大橋に入ると、雰囲気が変わるわよ」

私の不満を察したのか、先導する神宮寺先生が振り返った。そのヘルメットには、ナカスイ公式ユーチューブチャンネル生配信用のＷＥＢカメラが取り付けられている。在校生や、現地に来られない保護者や卒業生は、このネット配信を観て応援できるのだ。

自身はナカスイには全然関係なくても、毎年楽しみにしている人も多いらしく、割と視聴者がいるんだそうだ。

以前、島崎君がボサボサ髪を掻《か》き上げながら説明してくれたっけ。

「ノルウェーのテレビに『スローテレビ』って番組があるんです。焚火《たきび》が燃えているだけだったり、長距離列車の車窓をただ流しているだけなんですが、なんか人気なんですって。そんなカテゴリーなんじゃないですかね」

カヌーは那珂川に入った。川幅が広く、視界が一気に広がる。神宮寺先生の予告通りだ。やっとカヌー実習本番だという気持ちになれた。

曇っていても、山の緑が水に映って水彩画みたいだ。

考えてみれば、川面を眺めるのはいつも若鮎大橋から。水面に近い、こんな低い目線で那珂川の流れを見るのって初めてだ。

さらさらした瀬の音も気持ちよいけど、パドルを操《あやつ》ると水音が弾けて楽しい！

ちゃぷっ！　と何かが飛び上がった。

「鮎よー！　鮎だわー！　来週はもう鮎の解禁だものね！」

ほーほほほと神宮寺先生の歓声が水面を流れる。

「ほら、御覧なさい。真新しい鮎のはみあとよ」

神宮寺先生の視線の先は、水中の大きな石だった。

海から遡上してきた鮎は、川底の石に付着した藻類《そうるい》をこそげ落として食べる。この食痕《しょくこん》を「はみあと」と言うのだ……と説明できる自分になったんだとちょっと感動した。

視線を戻すと、開けた先に空がどこまでも続いている。左には八溝の山々、右は岩場が続き、水中を見れば小魚たち。と雑にまとめると小百合ちゃんが怒る。稚鮎《ちあゆ》、オイカワ、ヨシノボリなどだ。

あちこち見入っていたら、先頭からすっかり遅れてしまった。列の真ん中あたりだろうか。気付けば、隣でふたつ結びのギャルが漕いでいる。

「おーい！」

顔を上げると、高くて大きな橋があった。グレーの空を背景に橋の上から手を振っているのは、先回りした陸上部隊の先生や保護者たちだ。記者たちもカメラを構えている。

「やっほー！」

私たちも手を振り返す。

「かさねー！　頑張れー」

ウチワを振る集団を見て、かさねちゃんはボソッと言った。

「昨日、撫子お姉ちゃんが出産したんだから、そっちのお祝いに行けばいいのに。三人目ともなると、盛り上がりが薄いのかな」

「あ、生まれたんだね！　おめでとう」

「やっぱり姪《めい》っ子だったよ。そういや、ふわりん先生と同じ産院なんだけど、撫子お姉ちゃんが生んだ後にふわりん先生が分娩室《ぶんべんしつ》に入って、あちらは双子だってさ。男の子と女の子」

「うわあ！　ふわりん先生の赤ちゃんも無事に生まれたんだ。良かったぁ」

嬉《うれ》しくて、思わずパドルを高く掲《かか》げて万歳してしまう。

そして、声援をくれる人はほかにもいた。

「ナカスイのカヌー実習かー！　もうそんな時期なんだな」

「応援してるぞー！」

釣り糸を垂らす人たちが、通るたびに声をかけてくれる。そればかりか「下通って！」と、まるでアーチみたいに掲げてくれる釣り竿《ざお》の下を漕いでいくのだ。

「ありがとうございます！」

お礼を言いながら水面を滑り、通過していく——めっちゃ楽しい！

神宮寺先生が振り返った。

「若鮎さんたち、そろそろお昼よー！」

生徒たちの合間合間にいる伴走の先生方が「お昼だぞー」「お昼だって」「昼だ」と、伝言ゲームで後ろの方まで伝えていく。さすがに六十人を超える隊列だと、長さは三百メートルくらいになる。最後尾の先生に届くまで、一分くらいかかっただろうか。

神宮寺先生は右手前方の岸を指さした。その先を視線で追うと、民宿みたいな建物が見えている。昼食会場だ。

初日のお昼は、簗《やな》があるお食事処だった。

小百合ちゃんが「や、簗って栃木県の人はさらっと言うんだけど、け、県外の人には通じない場合があるよ」と以前言っていたけれど、簗とは川の瀬などで魚をとる仕掛けのこと。川に木や竹を組んで斜めに簀《す》を張り、そこに来る魚を捕《と》らえるのだ。

みんなが次々に上陸し、カヌーをひっくり返して水を抜く。

生徒会長であるからにはみんなの様子をチェックせねばと見回すと、既に「沈」したのか、全身びしょぬれで笑っている子もいた。

腕時計を見て、神宮寺先生は眉《まゆ》をひそめた。

「スピードが出過ぎたわね。お昼ご飯までちょっと時間があるので、お疲れでしょうから体を休めなさい」

「みんな、石投げしようぜー！　渡辺杯だ！」

渡辺君に続いて、三十人くらいの男子が歓声を上げて水辺に走っていく。

「渡辺！　体を休めろって言ってんだろ！」

アマゾン先生が怒鳴《どな》ると、石を持つ渡辺君が面倒くさそうに振り返った。

「だって、何して休むんだよ。暇じゃん」

「雑談でもしてろ！」

「若鮎さんたち！　お店の方が早めに昼食を用意してくださいました。会場へ移ってー！」

神宮寺先生の救いの声が響いた。

六月一日の鮎解禁前だから簗の仕掛けはまだ始まっていないけれど、テラスのような団体様スペースでカレーをいただいた。真っ黄色のルーに野菜がゴロゴロ入っている、いたって普通のカレーだったけど、真っ赤な福神漬けと相まって、とてもおいしい。

しかし、食べ終わって立ち上がろうとして気付いた。体が重い。食べ過ぎたわけじゃない。もう疲労を感じ始めているんだ。まだ初日の午前が終わったばかり。距離にして四分の一だ。ちょっと頑張り過ぎたんだろうか。

少し不安を感じながら、午後の部がスタートした。

「島崎が沈しましたー!」

誰かの叫びに振り返ると、五十メートルくらい向こうで濃紺のカヌーがひっくり返っていた。島崎君が両手を開いてTのポーズをとり、足先を流れの方向に向けて流されていく。あれは、「沈したときのポーズ」と言われ、さんざん練習させられたものだ。

伴走の教頭先生が島崎君をレスキューしに行き、アマゾン先生が彼のカヌーを岸まで引っ張りながら漕いでいった。

沈してしまうと、復活するのにエネルギーを使う。それに、下に水着を着ているとはいえ、全身がずぶ濡れになるから気が滅入《めい》ることこの上ない。だからこそ、願掛けは別にしても、できれば沈はしたくないのだ。

「疲れたぁ。腕が棒みたい」

「やっぱり、去年みたいに半日で充分な気がする」

「さっき、釣り人に『邪魔だー！』って石投げられちゃった」

周囲の生徒たちからも愚痴が聞こえてくるようになり、暗岩《あんがん》に乗り上げたり、テトラポットにカヌーの先端をとられたりする子も増えてきた。

そろそろ、体力と気力の限界なのかもしれない。

「若鮎さんたち、間もなく本日のゴールですよー！」

神宮寺先生の声が、歓喜と共に伝言ゲームされていった。

良かった、終わりだ。初日の夜はキャンプ場で、テント泊だっけ。寝袋なんて初めてだ。眠るだろうか。

「お疲れ様！」

「よく頑張ったね」

川岸では、フィッシュマン先生や保護者たちの陸上部隊が口々に讃《たた》えながら出迎えてくれた。驚くことに、テント設営とバーベキューの用意が終わっていて、焚火が勢いよく燃えている。

私たちはテントで一休みすると、食事場に集合した。

「カヌー実習が一泊二日だったころ、夜はバーベキューが伝統だったんだぞ！」

調理隊長であるかさねちゃんのお父さんが、煙と格闘しながら約七十人分のバーベキュー串《ぐし》をこまめにひっくり返している。トマト、パプリカ、ズッキーニ、ピーマン、そして牛肉で、配色と栄養バランスも素晴らしい。飯盒《はんごう》ご飯に具沢山のけんちん汁も完食すると、今日の疲れを癒《いや》して余りあるものがあった。

神宮寺先生はパンパンと手を叩《たた》く。

「若鮎さんたち！　一泊二日だったらこれから大盛り上がりでも許しますが、なんせ二泊三日の初日ですからね。すぐに寝なさいよ」

はーい、と生徒たちは渋々テントに戻っていく。でもきっと、これからそれぞれのテントで深夜までおしゃべりするんだろう。だって高校生だもの。

私はというと、小さくなった焚火を見ていると妄想がたぎることこの上ないので、もうちょっと眺めていくことにした。私のほかにもそんな気分の生徒がいるらしく、小百合ちゃんと進藤君も残っていた。自然と三人で固まる。

「お、おいしかったね！」

いつもはおとなしい小百合ちゃんが声高にしゃべっている。やはりこれも焚火マジックか。

進藤君も、焚火に影響されたみたいに饒舌《じょうぜつ》だ。いや、いつもか。

「さすが名物行事だね、地元メディアが総出で来るのもわかるよ。母が明日、あちこちのニュースサイトのリンクをスマホに送ってくるな、きっと。オーストラリアに行く前の思い出ができた」

「オーストラリア？　夏休みに旅行するの？」

残り火の朧《おぼろげ》気な明かりで、進藤君の顔がこわばるのが見える。彼は隣に座る小百合ちゃんをちらりと見ると、咳払いをした。

「鈴木さん。実は僕ね、ナカスイを卒業したら、オーストラリアの大学に進学するんだ。グローバルな環境で海洋水産について学びたいと思って」

私の世界から進藤君が消えていく。思わず、すがりつくように彼のＴシャツの裾《すそ》を引っ張った。

「交換留学じゃなくて、普通に進学するの？」

「うん。だから卒業したらカレッジに入って、年明けにユニバーシティー入学を目指す」

「なんだかよくわかんないけど、そうなんだ……」

進藤君が海外で水産を学ぶ。なるほどピッタリだと思う反面、心の支柱が一本無くなるような心細さも感じてしまう。

「でも、なんでオーストラリアなの」

進藤君は、ははと爽やかに笑った。

「人口密度が低いから。僕は人混み苦手だし」

「そうだったね。東大も京大もマンモス校か……」

小百合ちゃんがちょっと寂しそうに見えるのは、二年以上研究を共にした相棒が去っていくからか。彼は、ちょっと切なげな顔をしてため息をつく。

「僕が帰国するころ、ナカスイが残っているといいんだけど」

小百合ちゃんが血相を変えて身を乗り出した。

「の、残ってるよ！　わ、私が実習教員で戻ってくるんだから！」

「そうだよ、神宮寺先生だって行き先なくなっちゃうじゃん」

私が言うと、みんなで大笑いした。

「ほら、そこの三人！　もう寝なきゃダメだんべな」

フィッシュマン先生に注意されたら気が抜けてしまい、そそくさとテントに戻った。小百合ちゃんと私がテントの入口を開けると、かさねちゃんは大きな寝息を立てている。ふたりで顔を見合わせ、クスッと笑うとそれぞれの寝袋に入った。


うるさくて目が覚めた。

……雨音？　慌ててスマホを見ると朝の五時半で、残りのふたりはまだグースカピースカ寝ている。寝袋から這い出し、ちらりとテントの入口を開けてみた。

やっぱり雨！　しかも、霧雨《きりさめ》どころかザーザー降りだ。

「うそー、天気予報って曇りじゃなかったっけ」

独《ひと》り言《ご》ちる私の背中を、小百合ちゃんがポンポンと叩く。目覚めたばかりだからか、しょぼしょぼした目をこすっている。

「や、山間《やまあい》だから、局地的に降ることもあるよ」

しゃべり声で目が覚めたんだろうか、かさねちゃんは寝袋に入ったまま目を見開くと、また目をつぶった。

「雨じゃ無理だ。あたしはここでリタイアする」

私はかさねちゃんにデコピンすると、耳元で叫んだ。

「大和一族の姫がリタイアなんて、許されませんね！」

中止かと思いきや、増水するほどの危険はないと先生方が判断したらしい。そのまま決行になった。実際のところ、川に入れば結局は濡れるのだから、大きな変わりはないのだ。

おにぎり三個の朝食を食べ、再びカヌーを水に浮かべた。

「天気は回復傾向だから大事だっぺー！」

フィッシュマン先生の声援を受け、二日目の行程がスタートした。

明け方のザーザー降りから霧雨《きりさめ》になってきたけど、やっぱり気分は上がらない。

「よっしゃー、ついてこーい」

今日の先陣はアマゾン先生だ。ワイルドな風貌《ふうぼう》と漕ぎ方がマッチしていて、もしも何かあっても助けてくれそうな安心感がある。

そういえば、神宮寺先生といえば鮎だけど、アマゾン先生は何だろう。せっかく後ろについたので、訊いてみた。

「アマゾ……天園先生は、なんの魚が好きなんですか」

「ブラック・コロソマ」

「なんですかそれ」

「アマゾン川にいるんだ。ピラニアの仲間で、成長すると最大一メートルになるのに草食性なんだぞ。いいよなー、アマゾン川。あー、妻も子もいなかったら移住したかった」

アマゾンというあだ名は、もしやそっちから来たのか。やっぱりナカスイは先生もディープだなと思っていると、雨が止《や》んだ。良かった、これだけでも気分が全然違う。

アマゾン先生は振り返ると、水音に負けないくらい大声で叫んだ。

「瀬に入るぞ。右岸には大岩や隠れ岩があるから、流れが複雑になる。インコースからインコースへ抜けていくぞ。ついてこい！」

「まかせろー」

いつの間にかそばに来ていた渡辺君が、スイッと前に出た。パドル捌《さば》きが私と全然違う。さすが『河童《かっぱ》』の異名を持つだけある。

二日目ともなれば、私だって昨日より上手《うま》くなったと思う。最初は、初めて乗り込む川の流れが怖くて、流されるように頼りなく進むのが精いっぱいだった。でも今は、パドルを漕ぐリズムがわかる。川と一体になったみたいだ。

アマゾン先生のワイルドな声が響き渡った。

「もう目の前が栃木と茨城の県境だ。ここで昼飯にするぞ！」

新那珂川《しんなかがわ》橋で岸に上陸すると、すでに陸上部隊の手により昼食が用意されていた。おにぎりと、豚汁だ。すごい具沢山の豚汁で、オカズがいらないくらいだ。白菜やネギ、人参《にんじん》やシメジといった野菜の甘味が体に染みる。

「ちょっと、オヤジ！　豚汁には椎茸《しいたけ》入れてって言ったでしょ！」

豚汁をかっこみながら、かさねちゃんが怒っている。でも、なんとなくわかった。彼女なりの照れ隠しなんだ。その証拠に、おかわりまでしている。

ひとり三個用意されたおにぎりの具は、梅、塩鮭、おかか。シンプルだけど、それがいい！梅の酸味は体をかけめぐって元気の素になるし、塩鮭は汗をかいた体への塩分補給、おかかは醬《しよう》油《ゆ》と相まって、しみじみとしたおいしさがエネルギーになってくれる。

あっという間に食べ終わっていたアマゾン先生は、天を見上げた。天候状態を目視しているのだろうか。今朝とはうってかわって、どこまでも晴れ渡っている。

「よし！　出発するぞ。頑張っていくつかの危険個所を越えれば、赤いアーチの那珂川大橋が見えてくる。それを越したらキャンプ場、今日のゴールだ」

そしたら、全行程の四分の三が終わる。昨日とは気分的にも大違いだ。

「まさに青空だね。蒼穹《そうきゆう》という言葉が似合う。川と空がつながったみたいだ」

川面を見て、ブルーのカヌーを抱えた進藤君がポツリと言った。

空に漕ぎだすような爽快感は、半袖《はんそで》から覗《のぞ》く自分の腕を見て吹っ飛んだ。真っ赤だ。昨日は曇天だったとはいえ、やっぱり焼けるんだ。見てしまったらひりひりと痛み始めてきた。

試しに、川に腕を浸《ひた》してみる。魔法をかけられたように、ひんやりと気持ちいい――と思ったとき、くるりとカヌーが回転して後ろを向いてしまった。

変だ。お昼を挟んで何かのスイッチが切り替わってしまったのか。何度も何度もカヌーがくるりと回ってしまう。その度に前に向き直っても、また回転する。後ろを向くたびに、背後についている誰かが手を振ってくれるけど、こう何度もだと段々気まずくなってくる。

そして何より、自分の行く先がわからないのが嫌だ。なんか、人生みたいだ。たまには振り返るのもいいけど、やっぱり前を向かなきゃ未来はわからない。

哲学的な考えを遮《さえぎ》ったのは、アマゾン先生だった。

「間もなく、本日のゴールだぞ！」

先生方の伝令にしたがい、歓声が流れていく。

息を切らしながら岸に上がり、カヌーをひっくり返して水を抜いた。

キャンプ場に向かって歩きだそうとすると、昼食のときより足が重い。疲れてるんだ、やっぱり。でも、それはみんな同じことだった。

ゾンビみたいにヨロヨロの状態で整列した私たちに、アマゾン先生は声を張り上げた。

「今日は、肉パーティだ！　ナカスイOBの中山《なかやま》精肉店さんから、牛、豚、鶏肉、ソーセージなど大量にご提供いただいた。みんな、礼！」

四十代後半くらいに見える中山社長は、かさねちゃんのお父さんの隣に立っていた。生徒たちからの歓声を受け、両手を振って応える。

そして気付いた。テント設営やバーベキューの準備が終わっている。これもみんな、陸上部隊のみなさんがやってくださったんだ。そのみなさんにも、お疲れモードが漂《ただよ》っている。

「さくらちゃん、ほら、いっぱい食べな！」

かさねちゃんのお母さんが、紙皿に山盛りの肉をよそってくれた。いつもバッチリ決めているメイクが、疲労のせいか少し崩《くず》れている。

「あ、ありがとうございます。大変ですよね……すみません」

ケラケラ笑いながら、おばさんは手を振った。

「おばさんたちがカヌー実習したときも先輩や保護者がサポートしてくれたから、そのときの恩返し！　ナカスイはそうやって五十年以上続いてきたの。さくらちゃんが大人になってもナカスイが残っていたら、今日みたいに後輩を手伝ってあげてね！」

「も、もちろんです！」

おばさんは、苦笑いしながら頭を搔いた。

「その時の生徒は、ウチの孫かもしんないね」

「なるほど」

昨晩はみんなテントでわいわい遅くまで騒いでいたけど、さすがに今日は無理らしい。私もとっとと寝ようと寝袋に入り込むと、外にいた小百合ちゃんが入口を開けて覗き込んできた。

「ほ、星空がすごいよ。み、見ないなんてもったいない」

かさねちゃんを誘い、小百合ちゃんと一緒に敷地内にある広場まで行ってみた。

「うわあ！」

頭の上に広がる漆黒《しっこく》のベールは、無数の宝石がちりばめられたみたい。満天の星というのは、こういうのを言うのか。圧倒されて思わずつぶやいた。

「星がいっぱい過ぎて、もう星座もわからないや。もともとわからないけど」

隣に立つ小百合ちゃんを見ると、宙《そら》を眺めて感嘆のため息をついている。

「な、なんでチョウザメ座ってないんだろう。カジキ座やトビウオ座はあるのに」

かさねちゃんが、あくびをしながら伸びをした。

「星座って神話由来なんでしょ？　神話ができたころには、まだいなかったんじゃね？」

「ギリシャ神話の時代には、チョウザメはいたはずだよ。こ、古代エジプトのハトシェプスト女王の廟から発掘されたレリーフにも描かれてて、中国最古の詩篇『詩経《しきょう》』にも詠《よ》まれているのに」

話が壮大すぎてついていけない。でも、気になってしまったことがある。

「もしも、この場に神宮寺先生がいたらなんて言うだろうね」

三人で顔を見合わせて、ぷふっと笑った。

「言うまでもないでしょ！　それはもう……」

最後までかさねちゃんが言う前に、答えが出た。

「なんで鮎座がないのかしら！」

どう考えても本人の声だ。

恐る恐る振り返ると、神宮寺先生が腕を組んで立っていた。暗闇で表情はよくわからないけど、口調からして怒っていそうだ。

「若鮎さんたち、言ったでしょう。さっさと寝ないと明日はさらにキツいわよって」

「はーい」

こそこそと神宮寺先生の脇を通り、テントに戻った。さっきの満天の星が目を閉じても見える気がしたけど、寝袋に入ると同時に意識が消えた。

目を覚ましたのは、昨日の朝とはうってかわって鳥の鳴き声でだった。

「ヒ、ヒバリだ」

小百合ちゃんは、鳥の鳴き声にも詳しい。よく聴くあのにぎやかな鳴き声がヒバリなんだと、私は初めて知った。

小百合ちゃんがテントの入口を一気に開くと、陽光が満ちていく。始まったんだ、最終日の朝が。

岸辺で神宮寺先生がパドルを持ち、生徒たちに檄《げき》を飛ばした。

「ついに最終日になりました！　本日の先導は私です。若鮎さんたち、これで最後ですよ。頑張ってゴールを目指しましょう」

「おー……」

さすがに、みんな疲れている。手も高くは上げられない。

コロナ禍前のカヌー実習が一泊二日だったころ、ゴールはここ、茨城県城里町《しろさとまち》だった。河口まで目指す今回は、最終日のスタート地点となる。もっと詳しく言うと、城里町と常陸大宮《ひたちおおみや》市の境にある小場江堰《おばえぜき》から漕ぎ出すのだ。

コンクリートのタワーのような堰を指さし、神宮寺先生は授業のように説明を始める。

「ここは農業用の取水堰です。両岸に階段式魚道が設置され、稚鮎の遡上を見ることができるのです」

堰好きの進藤君は、傍《かたわ》らに立つ小百合ちゃんと何やら話しこんでいた。

「この堰は、水戸《みと》藩の藩主だった徳川頼房《とくがわよりふさ》が整備させたんだよね？」

「そ、そうだよ。ここから用水路を整備したのが、のちに那珂川と久慈《くじ》川の沿岸灌漑《かんがい》の父と呼ばれた永田茂衛門《ながたもえもん》で……」

全然話についていけない。私はひとり寂しく笑いながらカヌーを抱えて川に歩いていき、「腰が痛い」と騒ぎつつ乗り込んだ。

今日は晴天だから水がキレイに澄み、透明な世界にたくさんの石がある。

先導する神宮寺先生が、目を宝石のように輝かせて振り返った。

「ほら、小石をご覧なさいー！　鮎に磨かれてピカピカよー！」

ああ、ナカスイだなぁ。先生も生徒もナカスイだ。

声を上げて笑いながら、私は神宮寺先生の後について漕いでいく。笑うたびに、不思議なことに疲れも取れていくみたいだ。パドルを持つ手にも力が蘇《よみがえ》ってくる。

「このあたりから、瀬と淵《ふち》の間隔が長くて水量も豊富なのよ」

水の量が多いということは、カヌーは漕ぎやすい。でも、ゴオオオ……と瀬音が響いてくると、どうしても怖くなってしまう。

「大丈夫なんかな。私でも」

ひとり言のような弱音が聞こえたんだろうか、神宮寺先生は振り返って、力強い笑みを浮かべた。

「大丈夫！　強い瀬の中は流れに負けないように、パドルを力強く操ればいいだけよ」

そうだ、負けてなんかいられない。極楽タケシの顔が瀬の中に見えたような気がして、意地でも乗り切ってみせると誓った。

「おりゃー！」

雄叫《おたけ》びを上げて流れに突っ込んでいく。艇が大きく揺れるけれど、パドルを必死に操った。負けたくない、私が沈せずにゴールすればナカスイが残る……！　そう願掛けしたんだから。

すぐにカヌーは、穏やかな流れに入った。

「神宮寺先生、できた！」

「だから言ったでしょ」

振り返って親指を立てる神宮寺先生に、同じく親指を立てて応えた。

「わははー！　沈した！」

「なにやってんだよー、お前！」

振り返ると、ふたりが沈して、カヌーにつかまって大笑いしている。

沈したら岸にカヌーを上げ、水を抜いてまた川に戻ることになる。私は気を張りつめているから、沈してしまったら絶対心が折れてしまう。そのあと、続行できる自信がない。これからは瀬が多くなるらしいから、さらに気を引き締めて進まなければ。

急に、神宮寺先生がカヌーの動きを止めた。連動して、後続する生徒たちもストップした。

「瀬音が激しいのがわかるかしら？　これから先は瀬が多くて難所が多いから、全員に集合をかけて、ついてくるように指示を出します」

全員が揃《そろ》うのに、十分程度かかった。みんなの顔を見回し、神宮寺先生は叫ぶ。

「若鮎さんたち！　ここからが最後の難所だと思ってください。そして、越えた先にゴールが待っています。私は、全員一緒にその瞬間を迎えたい。また、そうなるべく導きます。私を信じてついてきてください」

「はい！」

みんなが力強く頷《うなず》いた。

神宮寺先生が漕ぎ始めると、生徒たちは一列になってついていく。

「流れの隙《すき》を、右や左に艇を回しながら攻めていきますよ！」

そんなのできるのかと思ったけど、できる！　私は自分自身に感動した。パドルとカヌー、そして自分自身と川が一体になったみたいだ。ついていける。振り返ると、私だけでなく、みんなが見事についてくる。てんでんバラバラだと思っていたカヌーの配色が色とりどりで鮮やかだ。規則正しく交互に曲がりながら走る姿は、とても映えている。

「なんか、スキーのＣＭみたいですね」

素直な感想を言ったその時。がりがりと底を擦《こす》る音が聞こえてきた。思わず「うわっ」と悲鳴を上げてしまう。

神宮寺先生は「心配ない！」というように笑みを浮かべる。

「まるで、こぶ斜面でしょ。まさにスキーだわね！」

瀬を攻めるごとに、白い波が弾けて舞う。日焼けした頬を癒してくれて心地よい！

そしてカヌーは、茨城県ひたちなか市に入った。ゴールの海門橋があり、そして那珂湊海洋高校がある場所でもある。

こんな最高の気分で旅を締めくくれるなんて。私は一度も沈しなかったし、このまま神宮寺先生についていけたら一位でゴールできるかも。完璧じゃないか。

しかし、神様は許してくれなかった。

ゴールまであと八キロを切った、勝田《かつた》橋の手前でそれは起きた。

昨日のように、私のカヌーがくるりと回り後ろを向いてしまう。パドルを操り前を向こうとしても、流れとうまく合わせられず、くるくる回ってしまうのだ。その脇を、「危ねえぞ」「気をつけろ」と避けながら、みんなが通り過ぎる。一瞬、流れが激しくなった。

「うわあ！」

私の艇が一気に流され、目の前に橋脚が来た。ダメだ、ぶつかる……！

目を閉じたけど、なんか体のバランスがおかしい。恐る恐る目を開けると、青空が見えた。なんだこりゃと顔を上げると、橋脚、そして桜色のカヌーがあった。

カヌーの底が、橋脚にぺったり貼りついている。流れが激しくて押しつけられているんだ。パドルでなんとかしようにも、どうにもならない。力を抜くと、重力に負けて背中がそれ、頭が水没してしまう。必死の思いで腹筋して上体を起こし、カヌーにしがみついた。

「先生！　せんせーい！」

伴走しているどの先生が来てくれるのかわからないけど、とにかく叫ぶ。真っ赤なカヌーが来た。神宮寺先生だ！　ほかの先生と先導を交替してくれたのか。

「…………！」

数メートル先で何か叫んでいるんだけど、水音が激しすぎて聞こえない。ということは、私の声も聞こえていないんだ。でも、こんなに流れが激しくては神宮寺先生とはいえ、このカヌーを立て直すことはできないかもしれない。

神宮寺先生は、パドルを持っていない方の手を何度もひっくり返すジェスチャーをする。

「沈しなさい」

そういうことだ。そうすれば、艇は無理でも私は助けられると。

ここで。ここまで来て……。あともう少しでゴールなのに。沈したくない。極楽タケシに負けちゃう。ナカスイが無くなっちゃう。情けなくて悔しくて、目の前がかすんできた。

でも、みんなに迷惑はかけられない。私はタグのようなグラブループに手を伸ばした。これを引っ張れば脱出できる。

「！」

思いっきり引くと艇からスプレースカートが外れ、イッキに水が入り込んできた。脱出だ。

「あれ？」

ダメだ、水圧がすごくて外に出られない。これではスプレースカートを外した意味が……。

「ないよー！」

と、思い切り底を蹴ると、外に出られた――瞬間に水に飲みこまれ、ものすごい勢いで流されていく。恐い。恐い。恐いよ。

落ち着いて。ヘルメットもライフジャケットも外れていない、沈からの脱出は授業で何度も何度もやらされた。「T」のポーズをとって、足は流れる方向に伸ばすんだ。

水面から顔が出る。思い切り息を吸い、周囲を見回した。赤いカヌーがすごい速さで近づいてくる。神宮寺先生だ！

「つかまって！」

赤い艇の後ろをつかむと、神宮寺先生は岸へ向かい始めた。

私のカヌー、流されちゃったかな。川の中でげほげほ咳《せ》き込みながら、橋脚を見る。

「かさねちゃん！　渡辺君！」

ふたりが私のカヌーに突進している。取り戻そうとしてくれてるんだ。

「やめてー！　危ないから。ふたりが沈しちゃうよ。私はもうここでリタイアするから、大丈夫。先に行って！」

声の限り叫ぶと、かさねちゃんが鬼のような形相で私を見た。

「何言ってんのよ！　人にはさんざんリタイアするなって言っておいて、自分はさっさと諦めるなんて許さないからね！」

激しい流れを、ふたりが橋脚に向かっては流されていく。何度も何度も。

渡辺君の手にカヌーが引っ掛かった。

「おい、大和はもう戻っていいぞ。このままリタイアするつもりだろ」

内心を読まれたのか「ちっ」という顔をすると、かさねちゃんは「あとはよろしくー」と列に戻っていった。

渡辺君は岸まで私のカヌーを引っ張ってきてくれて、自身もカヌーから出て岸に降り立った。

「あ、ありがとう。渡辺君」

神宮寺先生も降りてきて、私の両肩に手を置いた。

「大丈夫？　どっか痛いところない？」

さすがに、心が痛いとは言えないので「大丈夫です」と小さな声で答えた。

「良かった」

ポンポンと私の両肩を叩くと、桜色のカヌーを振り返った。渡辺君が座り込んで艇のチェックをしている。

「渡辺さん、どう？」

艇を見たまま、彼は首を横に振った。

「ダメ。中の仕切り板が壊れちまった。これはもう無理だね」

もう無理。その言葉が、頭の中をグルグル回る。やっぱり、ダメだった。極楽タケシに負けてしまった。ナカスイも……。

「……I see. How long?」

神宮寺先生がスマホで誰かと話し始めたかと思うと、私たちに視線を向けた。

「陸上部隊が遅れてるんだけど、あと十分くらいでここに着くらしいの。予備のカヌーを一艇持ってきているはずだから、それに乗っていらっしゃい」

「あ、ありがとうございます」

「でも、伴走の教員が欠けるわけにはいかないから、私はすぐ戻らなくちゃならないのよ」

「だ、大丈夫です、ひとりで待てるし、ひとりで追いつけますから」

たとえビリでも、頑張ってゴールしてみせる。これ以上、迷惑をかけるわけにはいかない。

「鈴木、俺のカヌーに乗って、神宮寺先生と一緒に戻れ」

渡部君が、岸にひっくり返してあるグリーンの艇を指さした。

「え、渡辺君は？」

「予備のカヌーを使う。十分で来るんだべ？」

「だ、ダメだよ。一位狙《ねら》うんでしょ。間に合わなく……」

「ばーか」

渡辺君は、腰に両手を置いてひゃははと笑った。

「俺のまたの名を知ってんだろ。『河童《かっぱ》』は伊達《だて》じゃねえぞ。十分の遅れくらい、余裕で取り返しちまうよ。むしろ、それくらいのハンデがなきゃつまんねえ」

「渡辺君……」

泣き出しそうな私に、「早く行けよ！　神宮寺先生が遅れちまうだろ！」と目を吊《つ》り上げる。

「あ、ありがとう。あとでなんかお礼するから！」

「いらねーよ」

彼は私がカヌーに乗り込むのを手伝いながら、パドルを手に取る神宮寺先生に目をやった。

「神宮寺先生、さっきの電話の相手って誰なの？」

「フィッシュマン先生よ」

「なんで英語なんだよ」

スプレースカートを艇にセットしながら、神宮寺先生は首を傾げた。

「なんかあの先生と日本語で話すと、調子が出ないのよね。英語の方が楽なの」

「なるほど」

渡辺君と私は顔を見合わせて頷いた。

「さ、行くわよ。若鮎さん！」

神宮寺先生がパドルを水面に入れて私を振り返る。

「はい……。渡辺君、ありがとう。私、絶対走破してみせるね」

「だから早く行けっつーの」

照れ笑いで見送る渡辺君に手を振り、神宮寺先生と一緒に再び水の上を滑りだした。

私は漕いだ。思いっきり漕いだ。両手にできた豆が痛いけど、もう、力尽きてもいい。今日ですべてが終わってしまってもいい。先頭に行くんだ。ゴールするんだ。

列の最後尾が見えてくるやいなや、神宮寺先生はぐんぐん抜いていく。

「天園先生！　お待たせしました」

「おお、神宮寺先生！　無事でよかったですな」

アマゾン先生は私たちを振り返ると、スピードを落として後列に下がっていった。

周囲の風景が変わっていく。田園風景から木が増えてきて、林が途切れてビルになる。

神宮寺先生が動きを止めて叫んだ。

「若鮎さんたち！　海門橋が見えてきたわよ。ゴールよ！」

伴走の先生の伝令と共に、生徒たちの歓声が沸《わ》きあがっていく。

大きな赤い橋が遠くに見える。背後には何もない。いや、ある。海が。

身体《からだ》を吹き抜けていく風には、潮《しお》の香《かおり》がある。海なし県の水産高校を出て約八十キロ、二泊三日で漕いできた先には海が待っていた。

海に近づくごとに、波で押し戻されていく。まだもう少し漕いでいたい。そんな気持ちを、海がわかってくれているみたいだ。

それでも、海門橋はもう目の前だ。くぐれば、海。私たちの旅は終わってしまう。

「縛りを振り払い、安住の地から漕ぎ出して、いっぱいに風を受け帆を膨らませろ。夢にも思わなかった地を探せ。そして見つけ出せ」

あの言葉が聞こえてきた――ような気がした。

そうだよ、海は終わりじゃない。また始まるんだ。新しい旅が。

「いーやほーい！」

後方から声が聞こえてきたかと思うと、ものすごい勢いで抜いていった。

「いっちばーん！」

パドルを高く掲げる渡辺君に、みんながやんやの喝采《かっさい》を送る。

右手にある砂浜のような岸辺では、フィッシュマン先生や保護者たちが両手を広げながら出迎えている。そして、ナカスイから車でやってきた先生方も。

生徒たちは泣き笑いしながら次々に岸に上がり、カヌーをひっくり返した。

「やったなあ」

「終わっちまった」

抱き合い、肩を組んでお互いを讃《たた》えている。

「あー、やだ。絶対やだ。もう一生カヌーなんか漕がない。あたしは神にかけて誓うわよ」

かさねちゃんが文句をたれながら、結んだ髪から水を絞り出していた。

「ナカスイのみなさーん！　無事到着おめでとう！　那珂湊へようこそ！」

声の方向を見ると数十メートル先の対岸で、見知った制服の集団がこちらに手を振っている。

彼らの背後に見える緑の屋根の校舎は、茨城県立那珂湊海洋高校だ。

今叫んだのは、先頭にいるマリンスポーツ部の笹崎《ささざき》先生だ。ということは……。マリンスポーツ部の面々も見える。長い黒髪を潮風になびかせ、ハンカチで目を押さえているのは野原麻里乃《のはらまりの》ちゃんだ！　そして、実習帽を高く掲げて振っているのは……関君！

着いたよ、関君。私、ここまで頑張って漕いできたんだよ。強くなったでしょう。

水産感謝祭で身に着けた技を駆使して川を走って渡り、そう報告したい。

……いや、ダメだ。みんなに助けてもらわなきゃゴールできなかった以上、落第点だもの。

そして私にはすべきことがある。振り返り、みんなに叫んだ。

「生徒全員、整列！　これから、みなさまにお礼を言います」

私はナカスイの生徒会長だ。頼りないへっぽこ会長だけど、役目を果たさなくてはならない。

生徒たちは慌てて列を作った。

「まずは先生方。計画を立て、準備をし、私たちをサポートしてくださってありがとうございました。そして保護者のみなさま。私たちが全員無事にここに立っていられるのは、みなさまのサポートのおかげです。本当に本当に、ありがとうございました。一同、礼！」

「ありがとうございました！」

「あざーす！」

生徒たちの声はバラバラだけど、みんな揃って頭を下げると大きな歓声に包まれた。

今度は対岸を指さす。

「出迎えてくださった茨城県立那珂湊海洋高校のみなさまにも、一同、礼！」

対岸から、湊海洋の先生や生徒たちの声が響き渡る。

「よくやったー！」

「おめでとう！」

讃《たた》えてくれる声援を、私が受けるわけにはいかない。沈したからには私の願掛けは失敗に終わってしまったし、ナカスイの存続の危機は変わらない。みんな、ダメな生徒会長でごめんね。

唇を嚙《か》みしめながら顔を上げると、ナカスイの先生や生徒たちの視線が注がれていた。

「鈴木さん！　よくやりました」

神宮寺先生が、目尻《めじり》を下げている。超美人なのに、真っ赤に日焼けして髪の毛は水に濡れてビシャビシャだ。目も……。

「鈴木ー！　よく沈からリカバーしたなぁ」

「いよっ！　生徒会長！」

みんなが手を叩きながら私を取り囲んだ。なんだこれ、心の準備ができていないのに。

ダメだ、もう耐えられない。私の中で糸がプチッと音を立てて切れた。

「うわあああああ」

泣かずに終わるという目標も、結局達成できなかった。

第五章
鮎のシーチキンが扉を開く

「でもまあ、無事にゴールできて良かったわ。で、進路はどうするの」

隣に座るママが、ズバリ訊《き》いてきた。もう少し労《いた》わってくれてからでもいいだろうに。

昨日までのカヌー実習の影響で、朝目が覚めたら全身筋肉痛だった。一日寝ていたかったけど、仕事で見学に来られなかったパパとママに結果報告しなきゃと帰省してあげたのだ。

ママを横目で見ると、前回会った春休みに比べてお腹回りがさらに大きくなっている。

去年の夏まで、ママは中年太りが止まらないと騒いでいた。フルタイムのパートを始めたら最初は痩《や》せたんだけど、パート先のスーパーの総菜がおいしい上に社員割引もあるので仕事帰りに買い込んでしまい、さらに太ったそうだ。「楽しく生きられれば、それでいいや」と、もう体型は気にしていないらしい。そして苦手な料理もほとんどしなくなり、献立に悩まされることもなくなったという。

帰省したときのお約束の手作りすき焼きも、半額シールつきの「オードブル盛り合わせセット」に代わった。気になるのは、ひとり娘のことだけなのだ。

オードブルのフライドポテトを指でつまみながら、ママは冷たい視線を向けてくる。

「いい？　もう『夢』じゃなくて『進路』を考える時期なのよ。こないだ言ってた、船でご飯を作る人ってのは、夢。進路はまた別の話だからね」

「進路は決めたもん」

私はオードブルのソーセージを一口で食べると、胸を張った。

「国立の東京水産船舶大学の食品加工学科に行く。そして水産食品加工の道を目指すんだ」

「国立ですって！」

ママは嬉《うれ》しそうに指を組むと、すぐに顔を曇らせた。

「さくらが国立大？　ナカスイから国立に進学する子って、上位数人じゃなかった？」

痛いところを突いてくる。でも、大丈夫。なにせ私には軍師がいるのだ。

「フィッシュマン先生が、推薦《すいせん》なら可能性はあるって言ってるし。なんせ私は実績があるもの。一年の『ご当地おいしい！甲子園』に、二年のときは百貨店の催事でしょ」

「三年は？」

今度はパパが攻めてきた。

「生徒会長になったじゃん」

パパは一瞬口をポカンと開けると、慌《あわ》てたようにまくしたてる。

「いや、生徒会長になれば推薦入試に合格できるわけじゃないだろう。世の中には、学校の数だけ生徒会長がいるんだから。生徒会長になって、何をしたかが重要なんだよ」

フィッシュマン先生と同じようなことを。やっぱり、大人から見ると私の考えは甘いんだ。

「こ、これからするよ」

「出願はいつなんだい？」

……いつだっけ。

「た、確か、十一月上旬。十一月末に面接で、十二月上旬に合格発表だったかな」

自分で言って気付いた。ということは、遅くとも十月中には何か結果を出さなくてはならないのでは。あと半年を切っているではないか。

「ヤバいかも」

思わず本音を漏らすと、ママとパパは顔を見合わせた。

「だから、ママがずーっと言ってるでしょ？　さくらは一歩先しか考えてない。二歩三歩先を考えなきゃダメなんだよって。カヌー実習しか見えてなかったでしょ」

「そのカヌー実習を頑張ったんだから、今日はうるさく言わないで！」

結局、帰省するとママとケンカになるのだ。

私は月曜日を待たず、明日の朝には帰ることにした。下宿の方が落ち着いて今後のことを考えられそうだし、日曜日だから一日下宿に籠《こも》っていられる。

ケンカしたばかりで車で送ってもらうのも癪《しゃく》なので、電車を選んだ。ＪＲ宇都宮駅なら、家から三十分も歩けば着く。

朝早いからか、ターミナル駅とはいえ構内は閑散としていた。Ｓｕｉｃａを持っていないから券売機に向かい、氏家駅までの切符を買おうとして指を止めた。宇都宮線じゃなくて烏山線にしようか。いつもと違う路線で行けば、気晴らしになるだろう。電光掲示板に視線をやったら、七時十一分発の烏山線が表示されている。十分後だ。

切符を買って烏山線が出発する九番ホームに行ったら、目を奪われるような端整な顔立ちの男子がいた。進藤君だ。

「あれ、鈴木さん。おはよう」

彼はひとりではなかった。ママと同じくらいの年だけど雰囲気が全然違うこの女性は——。

「あらぁ、さくらちゃんじゃないの」

ハイキングに行くようなカジュアルファッションは、そのすべてが高級マダム雑誌から抜け出てきたような服に靴にアクセサリー。しかも、金縁の眼鏡《めがね》はフレームに紅《あか》いルビーが輝いている。セレブな雰囲気を漂《ただよ》わせるこの人こそ、進藤君のお母さんだった。

一年生の授業参観で姿を見たとき、かさねちゃんが苦笑いして言ってたっけ。

「アニメに出てきそうだよね。絶対に語尾が『ざます』で、『栄一ちゃま、今日のデザートは山神百貨店で買ったメロンざます』とか言いそう」

さらに、ナカスイの入学式の日に私を落ち込ませた張本人でもある。校庭から八溝山地を眺めながら「これより先は、闇《やみ》ぞ」と言っていたのは、この人だから。

私は顔がひきつるのを感じながら、笑顔を作った。

「お、おはようございます。親子でお出かけですか」

「そうなの。栄ちゃんが烏山線で通学してるじゃない？　おばさん、まだ乗ったことないのよ。

車窓からの景色がどんなものなのかしらと思って」

終点まで一緒か。ちょっと気が重い。

三人揃《そろ》って乗り込むと、発車のベルが鳴った。二両編成の列車に乗客は、二両目の私たち三人と、一両目の観光客らしき若い女性の四人組だけだった。大学生だろうか。向こうの車両からこちらをチラチラ見ているのは、進藤君が目的だろう。彼のお母さんがいなかったら、絶対こちらの車両に来たはずだ。

私はベンチシートを眺めながらどこに座るべきか悩み、少し間隔を空《あ》けてお母さんの隣を選んだ。進藤君側に行くと、下手に勘繰《かんぐ》られそうだったからだ。お母さんの右手側に進藤君、左手側に私が座る。まるで初デートに親がついてきたようだ。

ゆったりと電車が動き出すと、おばさんの目が輝き始めた。

「見慣れた風景だけど、電車から眺めるのって、新鮮ね！　ＬＲＴに通じるものがあるわ」

進藤君は通学で見慣れてしまったのか、イヤホンをつけてスマホに見入っていた。身を乗り出して観ると、極彩色のスーツが目に痛いおじさんが偉そうにしゃべりまくっている。極楽タケシのユーチューブチャンネルだ！

私の怒りの視線に気付いたのか、進藤君は慌ててイヤホンを抜いた。

「ナカスイの話題じゃないよ！　今はもっぱら都知事選のこと。政治系インフルエンサーは時流を作らなきゃならないからね」

それはそれで、怒りのゲージが上がっていく。

「週刊誌みたいじゃん！　あることないこと火をつけてさ。煙が立ちあがるのを見たら、また別の場所で火をつけて人を集めるの？」

「まぁ、そんなもんでしょ」

「めっちゃ腹立つ。ナカスイの志願者だってさ、去年より減っちゃったじゃない。絶対、この人のせいだよ」

進藤君のお母さんは車窓に夢中で、私たちの話は全然耳に入っていないようだ。左隣にいる私に弾む口調で話しかけてくる。

「さくらちゃん、知ってる？　一九七九年の夏にミステリー列車『銀河鉄道999号《スリーナイン》』が上野《うえの》駅から走ってね、そのときの終点は烏山駅だったのよ」

「ミステリー列車？」

首を傾げる私に、おばさんの向こうにいる進藤君が身を乗り出して言った。

「行き先を明かさない観光列車だよ」

観光列車というものがピンとこない私に、彼は続けた。

「たとえば、群馬県の桐生《きりゅう》駅から栃木県の間藤《まとう》駅を走る『わたらせ渓谷鐵道《てつどう》』には車内がお化け屋敷になる『ゾンビトレイン』があるし、東武《とうぶ》鉄道の鬼怒川《きぬがわ》線は、ＳＬの車内と車窓がリンクするイベント列車をやってる。日光《にっこう》の時代劇テーマパークの忍者が、列車を乗っ取ろうとする悪党と戦う筋書きで、窓の外を忍者が走ってたりね」

その光景を思い浮かべ、噴き出してしまった。進藤君のお母さんは機嫌よさそうに言う。

「『銀河鉄道999号』の時、おばさんはまだ生まれてなかったのよ。もう一度やってくれないかしらね。夫にかけあってもらおうかな」

進藤君のお父さんって、IT企業だかなんだかの社長さんだっけ。さすが、偉い人との付き合いとかもあるんだ。

鮎を語る神宮寺先生のような輝く目で、おばさんは大きなバッグの中に手をつっこんだ。取り出したのは山神百貨店の紙袋で、お弁当箱が入るくらいのサイズだろうか。

「さくらちゃん、朝ご飯は食べたの？」

「いえ、まだです」

親子ゲンカしたので食べてません、とはさすがに言えなかった。

「じゃ、一緒に食べましょうよ。おばさん、サンドイッチ作ってきたの」

正直なところ、緊張していて食欲はなかったんだけど、セレブが作るサンドイッチがどのようなものか興味があった。

おばさんが紙ナプキンと共に差し出した箱には、一口サイズのツナサンドが詰《つ》まっていた。庶民的な食材だと思うんだけどセレブなツナ缶を使ったんだろうか。去年、百貨店の催事に出すにあたり缶詰の研究をしたときに、一缶五千円のツナ缶をネットで見かけたことを思い出した。

紙ナプキンで手を拭《ふ》いてから、一切れいただいて口に運ぶ。

「！」

ツナじゃない！　なんだろう。もっとさっぱりして、でも芳醇《ほうじゅん》で。よくよく見ると、ツナよりも色が濃い。未知の高級魚だろうか。

「あの、すみません。これはなんの魚ですか」

おばさんは目を丸くして私を見る。

「さくらちゃんが知らないはずはないわよ。これ、あなたが作ったんだから」

「私が？」

おばさんは缶コーヒーでサンドイッチを流し込むと、うふふと笑った。

「ナカスイの人気商品に『鮎のオイル煮』があるでしょう？」

「あ、はい。食品加工コースの生徒たちが授業で作ってます」

「オイル煮とマヨネーズを混ぜると、こうなるの。それを挟んだわけ」

「その発想はなかったです！」

さっきのは食べちゃったので、もう一切れいただく。なるほど、言われてみれば、遠くにたなびく味は鮎だ。

おばさんは、嬉しそうに箱を持ち上げた。

「名付けて、鮎のシーチキン！」

「いやー、鮎なのにシーでチキンってどうなんだって、僕は反論したんだけどねぇ」

進藤君もサンドイッチを食べながら苦笑いしている。

電車は、山間の細い隘路《あいろ》を通過した。屋根のない緑のトンネルみたいだ。抜けるといっきに空が開け、目の前に一面の田んぼが広がった。

「わー！　見てー、すごーい！」

「田舎にキターって感じー！」

先頭車両の女子大生たちが、にぎやかだ。見慣れない風景なんだろうか。

「割と失礼なことを言われてる気がする」

思わずポロッとこぼすと、進藤君は快活に笑う。

「都会の人からしたら、田園風景が新鮮なんだろ」

「緑を眺めながら食べると、さらにおいしく感じるわよね」

進藤君のお母さんは次々と鮎のシーチキンサンドを口に運んでいる。見事な食欲だ。

「まもなく『滝《たき》』。『滝』です」

次の駅のアナウンスが流れると、おばさんの目がきらりと光る。

「ってことは、滝が見えるの？」

「見えないよ」

進藤君は手をパタパタと振った。

「駅から歩いて五分くらいのところに『龍門《りゆうもん》の滝』があるけど、電車は滝の背後を走るから、滝本体は見えない。滝つぼ前の遊歩道がちょっと見えるくらいで。でも、滝の前にある観光施設からは、こっちの車両が見える。よくＳＮＳに動画が上がってるよ。滝の上を電車が走ってる光景がさ」

「その施設からこっちを撮影して、ライブ映像を車内で流してくれたら面白いのにね」

おばさんの提案にふたりで笑っていると、もう次が終点の烏山駅だった。あっという間に着いてしまった。鮎のシーチキンしか記憶にないなんて、私はやはり食いしん坊なのか。

「どうも、ご馳走様でした」

改札を出ようとすると、進藤君が慌てて私のパーカーの袖《そで》を引いた。

「鈴木さん、ちょっと待った。下宿までどうやって行くの」

「え？　進藤君たちが通学に使ってるコミュニティバスだよ」

「今日は日曜日だから休日ダイヤだよ。この電車に接続するバスは無い」

「てことは、十キロ歩くの！」

固まっていると、おばさんがニコニコ笑いながら私の肩に手を置いた。

「さくらちゃん、タクシーで送っていくわよ」

「だ、大丈夫です！」

タクシーなんてセレブな乗り物に乗らせていただくわけにはいかない。後ずさる私に、おばさんはうふふと笑みを浮かべる。

「気にしないでいいの。もともと、タクシーで那珂川町を観光する予定だったんだから」

「鈴木さん、これは本当の話だよ」

進藤君の爽やかな笑顔には嘘《うそ》がない（気がする）。金銭感覚が我が家とは違うのだろうし、考えてみれば、タクシーで送ってもらえるなんて一生に一度かもしれない。素直に頷《うなず》いた。

「それでね、すごかったの。どうせなら一緒に観光しましょうよって言われてね、あちこちの美術館やら小砂焼《こいさごやき》の窯元《かまもと》やらに連れていってくれて、お昼にはなんと、松崎亭《まつざきてい》のうな丼をご馳走してくれたの。知ってるでしょ？　めっちゃ高い鰻《うなぎ》屋さん」

「ふーん」

その夜、広間に来たかさねちゃんに事細《ことこま》やかに説明したけど、話が耳に入っていないようだ。好物の酢いかを食べながらも、目が明後日《あさって》の方を向いてる。

はす向かいに座る小百合ちゃんは、何やらスマホの画像を私に見せてくれた。

「わ、私のお母さんからも、メッセージが来たよ。ツ、ツアーで烏山線に乗りたいって。し、進藤君のお母さんがね、山あげ祭ツアーのポスター画像を送ってくれたんだって」

「ああ、このポスターね。今日、烏山駅に張ってあった」

ポスターを眺めながら進藤君が説明してくれたことによると、山あげ祭はユネスコ無形文化遺産にも登録されている「烏山の山あげ行事」のこと。町の踊り子たちが豪華絢爛《けんらん》な屋外歌舞伎《かぶき》を披露《ひろう》するのだ。演目が終わるたびに舞台の背景となる「山」を下ろし、舞台から変身した屋台と共に次の場所に移動して再び「山を」上げ、舞台を設置する勇壮な祭だ。私はまだ実際に見たことがないけど、毎年七月下旬に開催されている。県内はもとより、このポスターのように東京や大宮方面からも観光客がやってくるらしい。

「ツ、ツアーの食事がね、那須烏山市のお寿司屋さんの鮎づくし定食なんだって。お、お母さんは鮎が大好きだから、も、申し込もうかなって」

「鮎？　……小百合ちゃんのお家なら、東京の料亭で食べられるんじゃない？」

「やっぱり、ほ、本場で食べたいんだよ。と、特別列車にも乗れるし」

「そのまま『民宿やまと』に泊まるの？」

「ひ、日帰りツアーだから帰ると思う」

「忙しいんだね。今年の山あげ祭はいつだっけ」

壁に張ってあるカレンダーを見たら、かさねちゃんの心がここにあらずの理由がわかった。

「そうか！　今週の土曜日は鮎の解禁日だもんね。かさねちゃん、民宿にお客さんを迎える準備の手伝いで忙しいんだ」

那珂川の鮎の解禁日は、毎年六月一日だ。全国各地から鮎釣り愛好家が集結し、夜明けと共に釣り糸を垂らす。前泊のお客さんで「民宿やまと」も満員御礼になり、その大混雑は晩秋の鮎シーズン終了まで続くのだ。

かさねちゃんは、大げさにため息をついた。

「忙しいのは、同じ六月一日解禁でも違う方なのよね」

スマホを取り出して画面を掲げると、小説投稿サイト「小説家にナリタイ　サセタイ」が表示されていた。

「小説投稿サイトにアップを始めるのよ」

「え！　まだ始めてなかったの」

かさねちゃんは座卓に頬杖《ほおづえ》をつき、魚の苦い内臓を食べたような顔をする。

「隆君が、『急《せ》いては事を仕損じる』とか言ってさぁ。なんかね、小説投稿サイトの連載作品というものは、アップし始めたら必ず毎日続けることが読者を獲得するのに必要なんだって。今日は筆が進まないからアップしない、なんてことはできないわけよ。ってことは、ある程度書き溜めたものを、毎日少しずつアップしていくのが王道なの」

「へぇ、いろいろ戦略があるんだね」

スマホを振り回しながら、かさねちゃんは疲れたような目をして言った。

「もう第二部まで書き終わってんのよ。キリの良い六月一日から始めて、毎日一章の十分の一ずつアップするの」

小百合ちゃんは自分の部屋に続く襖《ふすま》を開けて、床を埋め尽くす本の中から単行本を持ってきた。表紙ではなく、厚い背をかさねちゃんに見せる。

「だ、第一部って、ど、どのくらいのページ数なの？」

「WEB小説はページでは考えない。文字数でカウントするの。十三万字くらい」

「文字数で言われてもわかんないじゃん」

私がポロッと漏らすと、かさねちゃんは両手で四角を作った。文庫本くらいの大きさだ。

「芳村さんが持ってるような分厚い本じゃなくて、薄めの文庫本一冊分とイメージしてもらえれば、わかりやすいんじゃね。一部につき十章仕立てになるわけ」

「ってことは文庫本二冊分くらい、隆先輩は小説を書いたってこと？」

「そうだよ」

あっけらかんとした顔で、かさねちゃんは頷いた。

私は素直に感心した。出版できるかわからないのに、そんなに書けるモチベーションってすごい。私なんて、送辞を一行書くごとに苦しんだのに……と、卒業式のトラウマが蘇《よみがえ》り、小百合ちゃんの部屋に逃げ込んで膝《ひざ》を抱えたくなった。

小百合ちゃんは酢いかを頬張ると、酸っぱさに顔を歪《ゆが》めた。

「さ、作品の内容は前に言ってたのと同じ？」

「そうだよ！」

かさねちゃんは、既に百万部突破してアニメ化が決定したかのように目を輝かせ、饒舌《じょうぜつ》に語り始めた。

「那珂川町で生まれ育った渡辺みたいな男子が、もう山はイヤだ海が見たいんだって湊海洋の海洋技術科に入学して海技士を目指すの。寮生活を送りながらイケメンな先輩や同級生に囲まれ、成長していく青春モノよ！　最終回は出港式で決まり！」

思わず、小百合ちゃんと顔を見合わせてしまった。

「渡辺君は別に海に憧《あこが》れてないよね」

「み、湊海洋に寮はないよ」

私たちの素直な感想に、かさねちゃんの目がキリキリと吊り上がっていく。

「だから、小説だっつーの！　『この物語はフィクションであり、登場する人物、および団体名は、実在するものといっさい関係ありません』なの！」

「で、タイトルは？」

私が訊くと一転、盛大なため息をついて座卓に額《ひたい》をつける。

「それが決まらなくて大変だったのよ。ついさっきまで隆君家でバトルでさ……。隆君は『昨日の僕は山に消え　明日の僕たちが海にいる』ってタイトル推《お》しなんだけどさ、わけわかんないじゃない？　『じゃあ、今日の僕はどこにいんのよ』って訊いたら、ブーブー文句たれるし。でも、やっと決まったよ。あたしの意見が通った」

かさねちゃんは顔を上げると、ニヤリと笑った。

「『カイギシ！』。カタカナ四文字でビックリマークだと、青春モノっぽくていいでしょ？　内容だってズバリわかるしさ。隆君は『カタカナ四文字にビックリマークは、もう古い』って大反対だったけどね」

「うん、いいんじゃない？　『カイギシ！』。すっと頭に入ってくる感じ」

反対意見を言うと面倒なことになりそうなので、素直に頷いた。小百合ちゃんも同じ考えらしい。ふたりのリアクションに満足したのか、かさねちゃんは大きく伸びをする。

「とりあえずこれで一段落よ。でも安心できるのは今だけだ。怖いもん、読者の反応が」

「反応ってわかるの？」

「もちろんだよ！」

かさねちゃんは「小説家にナリタイ　サセタイ」の画面をいじった。

「登録ユーザーなら、小説にコメントつけられるのよ。それに、自分のＳＮＳに作品へのリンクを貼るボタンがあるのね。すると、ＳＮＳに感想をアップしやすくなるわけ」

スマホを借りてトップページを見てみると、オススメ小説やらランキングやら、作品の感想コメントやらが出てきて、もうわけがわからない。

「ここって、何作品くらい載ってるの？」

かさねちゃんは瞬時に首を横に振った。

「謎。アップされるのだけでも、一日で千以上あるらしい。だから、読んでもらうのも大変なの。タイトルで工夫したり、ＳＮＳで宣伝したりね。投稿直後に読んでもらえなかったら、すぐに流れていっちゃうし」

さらさら言うけど、このサイトを利用したことがないので意味がわからない。

「流れる？」

「トップページの新着一覧から消えること。お気に入り登録をしてもらえない限り、もう見つけてもらえないの。だから、毎日定時に上げるのがコツなんだって。アップする時間にも工夫がいるのよ」

かさねちゃんは、壁にかかっている古い柱時計を指さした。針は、まもなく夜の十時だ。

「夜七時から九時のゴールデンタイムがいいらしいけど、考えることはみんな同じだもん。ものすごい量の作品が同時にアップされたら、あっという間に流れちゃうわよ」

「なるほど……」

小百合ちゃんと何度も何度も頷いてしまった。

「じゃあ、かさねちゃんがよく騒いでいるような、小説投稿サイトで人気になって書籍化、コミカライズ、そしてアニメ化なんて作品になるのは、すんごい大変なんだね」

「当たり前よ！　こないだのキャンプ場の夜空から、星をひとつだけ選ぶようなもんだわ」

「む、武茂川の砂金採りみたい」

小百合ちゃんが珍しく冗談を言うなんて。しかしそれがツボにはまり、私とかさねちゃんはお腹を抱えて大笑いした。

しかし、そんなのどかな時間を味わっている場合ではない。一刻も早く決めなければ。生徒会長として何をなし遂《と》げるか――。


週明けの最初の授業は、食品加工実習だった。午前中を使って食品加工室で調理し、お昼に食べるまでが授業だ。

なのに、私たちがいるのは屋外。チョウザメの雌雄判別をしたり、水産感謝祭でカレーを食べた実習場の養殖池のほとりだった。

長い髪を無造作にひとつに束ね、青いつなぎの実習着に身を包んだ神宮寺先生が叫ぶ。

「本日の食品加工実習は『鮎の塩焼き』です！　ナカスイの生徒ならば、絶対にマスターしなければならない内容ですね。これができなければ卒業できません、くらいのレベルです。しかも秋の水産感謝祭で後輩たちに技を披露するんですから、『三年生で、しかも食品加工コースでアレかよ』なんて笑われないように、キッチリと技を身につけましょう」

育児休業中でなければ、食品加工の授業は、ふわりん先生の担当だ。今どきは代替教員がなかなか見つからないそうで、神宮寺先生がピンチヒッターを務めることになったらしい。最強の四番打者だけど。

「神宮寺せんせーい！　俺が手伝うよ！」

門のところから、実習着の渡辺君が手を振っている。さすが自称「鮎の塩焼きアニキ」。鮎の塩焼きイベントがあるなら、参加せずにはいられないんだ。しかし、神宮寺先生は厳しい顔で校舎の方を指さした。

「あなたのクラスは国語の授業中でしょう。戻りなさい！」

渡辺君は血相を変えて怒鳴《どな》り返す。

「漢詩なんかやってられっかよ！　しかもフィッシュマン先生が栃木弁で読み下すんだぜ。わけわかんねえよ！」

しかし、その場にいることが許されるはずもなく、なんだかんだと文句をたれつつ渡辺君は教室に戻っていった。その姿を確認すると、神宮寺先生は四十センチくらいに切った竹を手に取り、説明を始めた。

「これは見覚えがありますね。校舎脇のプールの隣に生えている竹です。先週のうちにチェーンソーで人数分切っておきました」

今この場にいる生徒たちは、神宮寺先生がチェーンソーを振り回す姿を想像しているに違いない。でも誰も違和感を顔に出していないのは、神宮寺先生なら何でもありだとわかっているからだろう。もはや、東京湾でゴジラと戦ったことがあると言われても納得してしまう。

生徒たちの反応など気にせず、神宮寺先生はナタを手に取った。

「では、鮎を焼くのに欠かせない竹串《たけぐし》を作りますよ。まずはナタで、この竹を縦に半分に割ります」

ナチュラルに語るので聞き流しそうになるんだけど、中身はどこをとってもワイルドだ。正直、ナタを持つのは人生で初めて。地面に置いてあるナタの柄《え》をつかんで持ち上げようとすると、ずっしり重い。

みんながナタを手にしたのを確認すると、神宮寺先生は地面に座って竹を立てた。ナタの刃を竹に当て、軽く振り下ろして竹に刃を食い込ませると、竹をつけたままナタを振り上げ、地面に叩《たた》きつけた。

かっこーん。

乾いた音と共に、見事に真っ二つになった。なんて気持ちがいい。竹を割ったような、という比喩《ひゆ》はこれから来たのだ。

私も熟練工のふりをして、ナタを振り上げる。

かこん。

気持ちがいい。ストレス解消に最適ではなかろうか。

生徒の作業が終わったことを確認すると、神宮寺先生は完成品の串を十本くらい掲げた。

「今度は、串の幅に切り落とします。目安は幅七ミリから八ミリ、みなさんおなじみのサイズですね」

端から少しずつ刃を当てて何本も切り落としていく以外は、さっきと要領は同じだ。みんなが、かこんかこんと割っていく。なぜか、私のだけは切り落とすたびに幅が変わってしまった。

「最後に、小刀で先を削《けず》って終了です」

私の手元をちらりと見た神宮寺先生は、てんでんバラバラの幅に「しゃーないわね」という顔をしつつも、パンパンと手を叩いた。

「はい、みなさん『マイ串』が出来上がりましたね。それでは食品加工室に持っていき、鮎の串打ちを行います」

調理用の白い実習着に着替え、手を消毒して食品加工室に入る。去年、山神百貨店の催事で売るために、徹夜で缶詰を約二千個作り上げた場所だ。あれ以来、この部屋に入るたびに「催事に間に合うか」という焦《あせ》りを思い出して胸がバクバクしてしまう。でもまあ、あれも青春だったなと思いながら、調理台に視線を移した。

銀色のバットの上に、昨年の水産感謝祭の直前に水揚げして冷凍しておいた鮎が六十匹ほど解凍されて載っている。神宮寺先生は一匹を左手に取った。右手には先ほどの竹串がある。

「いいですか、鮎の塩焼きは形が重要です。鮎が清流を泳いでいるように体をくねらせ、串を刺しましょう。その姿から踊り串とも言います。泳ぐ幻影が見えるくらいに、若鮎の姿を蘇らせていきますよ」

そんなことができるのかと思いつつ見守る生徒たちの前で、神宮寺先生は竹串を水に濡らすと鮎の右目から挿《さ》し入れた。

「左のエラの付け根を目指し、そしたら右腹へ。縫うように竹串を進ませます。鮎の体から竹串が飛び出ないようにね」

神宮寺先生の手が優雅に動いていく。裁縫みたいだ。

「最後は鮎の尾が跳ね上がるように。以上！　じゃあ、やってみましょう」

見ればできるわけではない。それは今までの実習で身に染みてわかっていたけど、やっぱりできない。竹串が意図しない方向に進んでいってしまう。

「あ、突き抜けちゃった」

私の手にある鮎を見て、神宮寺先生は叫んだ。

「失敗を恐れずに！　今日は授業ですから、自分の手に串を刺さない限りは大丈夫よ」

「神宮寺先生、なんで竹串が突き抜けちゃいけないんですか？」

私が恨みがましい目をしていたのか、優しく微笑《ほほえ》みながら神宮寺先生は答える。

「その部分の竹串が焦《こ》げるからです」

「……なるほど」

ひとり当たりの鮎の割り当ては三匹だ。最後の鮎に串打ちをするころには、私でもそれなりの形にできるようになった。

神宮寺先生はフライパンから各テーブルの小皿に塩を分けていく。

「鮎の塩焼きに使う塩は炒《い》り、さらさらになった『炒り塩』を使います。これはダマになるのを防ぐためです。それでは、焦げの防止の飾り塩をヒレにつけましょう。塩を乗せた指先で、ヒレをギュッとつまむようにしてね」

各自が「ギュッ」と言いながらつけるのを確認し、神宮寺先生は右手を高く掲げた。

「最後！　焼魚の肝ともいえる『振り塩』です。約三十センチの高さから全体にパラパラと、まんべんなく平均的に振ります。一尺《しゃく》の高さから振るので、『尺塩』ともいいます。いいですか、絶対にこすりつけないこと」

パラパラと振れても、「平均的に」が難しい。私がやると、局所的豪雨になってしまう。最後の生徒（私だ）が終わると、神宮寺先生は外を指さした。

「それでは、炭焼きに入ります。各自の鮎を持って外に出ましょう」

窓の外をチラリと見ると、実習教員の前田先生が炭火を用意していた。直径一メートルくらいのブリキ製の金ダライに砂を敷き詰め、中央に炭を盛るのだ。

外に出ると神宮寺先生は軍手をはめ、鮎の竹串を高く掲げた。

「炭火の基本は遠火の強火です。腹側を火に向け、頭を下にして立てます」

「なんで頭が下なの」

質問ではなくつぶやきだったんだけど、神宮寺先生は耳聡《みみざと》い。私を見て、さらさらと那珂川の流れのように答える。

「理由はふたつあります。まずひとつ目。口から水分が徐々に出ていくからです。川魚ならではの水分の多さを軽減することができ、臭みも抑えられますね。ふたつ目。鮎自身の脂《あぶら》で、頭がカリッと焼きあがるからです」

私は感心して、自分の手にある鮎の竹串をしみじみと見た。人類の英知を感じる。

「いいですか、若鮎さんたち。鮎を立てたらそれで終わりではありません。焼く部位を意識して、鮎の位置を変化させていきます。最初にお腹が三十分。左腹、右腹、お腹の正面の順で焼き、残りの三十分で背中を焼き上げます。これは、昔の水産教師が確立したナカスイ流よ。部位別の火の入れ方がプロの技の見せどころですが、みなさんは初回なので『焦がさず、生ではなく』を意識しましょう。キーワードは『外パリ・中ふわ』。はい、リピート・アフター・ミー」

普段、フィッシュマン先生と英語で会話しているからなのか、なぜか英語で言われたけど、生徒たちは真面目に繰り返した。

「外パリ・中ふわ！」

みんなの鮎が焼ける香ばしい煙が、鮎が色づいていくに従い実習場に広がっていく。

一時間も焼くのは正直面倒くさいなんて思ったけど、育てるような気分だ。自分の鮎の前に座って、何度も何度も様子を見てしまう。

「だーめーだー！　それじゃ『外コゲ・中ナマ』になっちまうべよ！」

振り返ると、渡辺君が目を吊り上げて見下ろしている。

「なによ、そっちのクラスは今、数学でしょ！」

「残念でーしーたー！　もう昼休みでーす。おい、ちっと貸せ！」

渡辺君は私の串を奪い、金ダライの前に座って斜めに刺した。

「ちょっとー！　私の鮎に触んないでよ！」

「鮎の塩焼きの失敗だけは、俺が耐えられねえの！」

まるでシンデレラの継母のように、渡辺君はあっちの串がどうしたこっちの串がどうしたと指導を入れて回っている。みんな笑って許しているのは、渡辺君ゆえだろうなと眺めていると、神宮寺先生がホイッスルを鳴らした。

「もう大丈夫ね。では、今日のお昼は鮎の串焼きです。みなさん、いただきなさい」

「いっただっきまーす！」

なんという達成感。ナカスイで育った鮎を、ナカスイに生えている竹で作った串に刺して、私が焼いたんだ。思い切り頭からガブリとかじる。カリッと焼けていて香ばしい！　そして身だ。皮がパリッパリ。そして中はふんわりしっとり。鮎の香ばしさが口の中に優しく広がる。

「初めてでこんなにおいしく焼けるなんて、私、天才じゃなかろうか」

ひとりで感動してると、渡辺君が隣にしゃがんで呆《あき》れたように言う。

「なに自画自賛してんだよ、百年早《はえ》えよ」

「せんせーい、家に持って帰ってもいい？　親に食べさせたいんだ」

緑川君が鮎の塩焼きを二本持って神宮寺先生に訊《き》くと、手で大きな丸を作った。

「いいわよー。希望者は申し出なさい。包装用の新聞紙をあげるから」

私も持って帰ろう。そして、かさねちゃんと小百合ちゃんに食べてもらい、料理の腕を自慢するんだ。と思って金ダライに挿してある鮎を見たら、渡辺君が「まあまあだな」と言いながら食べているところだった――。

六月一日、鮎の解禁日を迎えた。私が那珂川町で迎える最後の解禁だし、好天の予報だし、土曜日だしということで、朝六時半に起きて行ってみることにした。と言っても、釣るわけではない。眺めるだけだ。

しっとりとした涼しい空気に包まれ自転車を漕ぐこと五キロ、神宮寺先生最愛の場所だという若鮎大橋に着いた。

大きな橋から那珂川を見下ろすと、一年生のとき見て驚いた光景が再現されていた。鮎の数とどっちが多いのかわからないくらいの釣り人が、釣り糸を垂らしている。小百合ちゃんと神宮寺先生もどこかにいるはずだけど、全然わからない。

「鈴木ー！」

振り返ると、学校のジャージ姿の渡辺君だ。彼の代名詞ともいえるピンクとブルーのツートンカラーの原付バイクが、橋のたもとに見える。

「あれ、どうしたの。釣りじゃないの」

「夜明けの解禁と同時に釣って、朝メシに炭火で焼いたんだよ。下宿に持って行ったら、大和のおばさんが『さくらちゃんは若鮎大橋に行ったわよ』って言うからさ。ほれ」

渡辺君がスーパーの袋を差し出した。中を覗《のぞ》くと、紙皿に鮎の塩焼きが十匹くらいある。袋の底が熱いということは、焼きたてほやほやなんだ。

「こないだ食っちまったから、お返し」

「え！　別にいいのに」

「根に持たれたらたまんねーし」

「失礼しちゃうな！」

と言いつつ、鮎の塩焼きアニキである渡辺君の作品だ。心が躍る。

「渡辺君は、卒業したら川漁師になるんでしょ？　毎日、あんな感じに釣り糸垂れて」

橋の上から釣り人たちを指さすと、渡辺君は眉間《みけん》に皺《しわ》を寄せた。

「いやー。母ちゃんが『よっぽどじゃないと川漁師だけじゃ飯食えないんだから、修業してからにしな！』って言うからさぁ。まずは漁協か養魚場に就職だんべな」

「渡辺君って『よっぽど』の域だと思ってたんだけど」

「俺なんかヒヨッコだんべよ。何言ってんだ」

なんてことだ。釣りとアイドルしか考えてないと思ってた渡辺君が、もう明確に自分の進路を見据えているなんて。

賑《にぎ》やかなパラリラ音を立てながら、渡辺君はバイクで去っていった。

気が付くと、お腹が空腹だと訴えている。考えてみたら朝ごはんも食べずに自転車で来たし、また五キロ漕いで帰るのもエネルギーが必要だ。渡辺君にもらった袋の中をよく見たら、アルミホイルの塊《かたまり》がふたつ入っている。触ってみると熱い。少し開いたら、どちらにも焼きおにぎりが入っていた。

よし、これで朝ごはんにしよう！

若鮎大橋のたもとから、桜並木のある緑地広場に行ってみる。そこから釣り人たちを眺めながら、鮎の塩焼きと焼おにぎりで朝ごはんだ。

まずは、塩焼きから。串は抜いてあるので、手づかみでガブリといく。

「めっちゃおいしい！」

さすが鮎の塩焼きアニキ。私の渾身の作を「まあまあだな」なんて言った理由がわかる。皮はパリッパリ、身はしっとりふんわり。あっという間に、一匹ペロリと食べてしまった。二匹目に行こうかと思ったけど、アルミホイルを手に取った。開くと、キツネ色をした平べったい焼きおにぎりが顔を覗かせた。ガブリとかじると、カリカリッとしたお焦げの下に、ほっこりしたご飯が待っている。しかも、ただのご飯じゃない。鮎飯だ！

「あ〜、幸せ」

ひとりで悶絶《もんぜつ》してしまう。しかも、目の前に鮎が暮らしていた那珂川が流れているのだ。川からしっとりした涼しい風が吹き、空はどこまでも広がっている。和歌や漢詩の世界にいるみたい。なんて満ち足りた朝ごはんなんだろう。

パパやママにも食べさせてあげたいな、なんて珍しく殊勝なことを考えてしまった。この風景を眺めながら食べたら、ふたりとも感動して涙ポロリじゃなかろうか。なんせ、鮎定食を食べるツアー列車まであるくらいだし。

そういえば、あの列車はどういう行程だったっけ。小百合ちゃんにもらったポスター画像を見てみようとスマホを開いた。

「……あれ？」

頭の中に青空が広がった。

来る。「神様の手招き」だ。

目の前に、白い雲に包まれたドアが現れた。ゆっくりと開き、光の塊が見える。渦《うず》をまくように塊が崩《くず》れ、手のような形になり、私を招く……。この先に進んで行けと。

「神様の手招き」は、物事に行きづまったとき、「今目の前で起きていることが解決のヒントだよ！」と神様が私に与えてくれるビジョンで、体験するのはこれで三回目だ。

目の前というと、鮎の塩焼き。ツアーポスターの画像。全国から集まった釣り人たち。どれだろう。――もしや全部か。全部なのか！　組み合わせると……答えが出た！

もう、いても立ってもいられない。下宿に帰ってかさねちゃんと小百合ちゃんに報告しようと、全力で自転車を漕いだ。

「え？　かさねちゃん、もう出かけたんですか」

母屋《おもや》に行くと、朝食の後片付けをしている大和のおばさんに「かさねは隆君の家に行っちゃったのよね」と言われてしまったのだ。

考えてみれば、今日の零《れい》時に隆先輩が小説投稿サイトにアップするって言ってたっけ。朝も早くから、結果の確認と対策に行ったんだろうか。

「まったく、手伝えよって言っておいたのになぁ」

おじさんはブツブツつぶやきながら広間のお皿を片付けているけど、どこか嬉しそうだ。

おかしい。「娘に悪い虫がついては困る」という理由で、男子の下宿生を受け入れないくらいなのに。

困惑する私の姿に色々察したのか、おばさんはぷぷっと笑うと私の耳元で囁《ささや》いた。

「あのねぇ。旦那は喜んでるのよ。隆君のご両親は、ナカスイの先輩なの。隆君もナカスイで、三人兄弟のいちばん下。長男君も次男君も、家の和洋菓子店で働いている。ということは？」

私も、可能な限り小さい声で答えた。

「はい、かさねちゃんとくっついても困らない。むしろ早くくっつけということですね。そして『民宿やまと』の跡取りになってくれと」

おばさんは、うきうきと片付けにいそしむおじさんを横目で見ると、何度も頷いた。

考えてみれば、かさねちゃんと隆先輩は、方向性がかなり違うとはいえ趣味が同じだ。なるほど、ちょうどいいのかも。いや、しかし。

「でも、かさねちゃんは『あたしはアニメキャラにしか興味ない』って言ってませんでしたか」

おばさんは大げさにため息をつく。

「そうなのよねぇ」

玄関の戸を盛大に開ける音が響いた。

「ただいま！」

噂《うわさ》をすればかさねちゃんだ。私たちは慌てて居住まいを正した。足音高くやってきたジャージ姿のギャルは、正座して手を振る私を見て目を丸くする。

「あら、あんたいたの。ちょうどいい、来て」

かさねちゃんに引っ張られ、下宿の広間に連れていかれた。

夜明けからの釣りを終えて布団《ふとん》に入ったばかりの小百合ちゃんも叩き起こされ、しょぼしょぼした目で座卓の前に座っている。

「じゃじゃーん、結果発表です！」

私たちの反応を無視し、かさねちゃんは万歳をしながら叫んだ。

「今日、午前零時に『カイギシ！』第一話をアップしました。午前七時現在で閲覧数が十四、いいね！が六。お気に入り登録は四です！　そしてなんとコメントが二件つきました！」

「どんな」

私が訊《き》くと、かさねちゃんはコメントを開いて嬉しそうに読み上げた。

「えーと、『僕は那珂湊海洋高校に通っているのですが、リアルで驚きました。ロープ結びの差による心理面の違いなど、これからどう話が展開するのか楽しみです』だってさ！」

そのコメントをしたの、もしや関君ではなかろうか。

「こういうコメントがつくと、やる気が出るわよねー！　これからも頑張らなきゃ」

浮かれているかさねちゃんを見て、小百合ちゃんがポツリと言った。

「も、もう一件は」

かさねちゃんはそそくさと立ち上がる。

「じゃあ、これで帰るわね。バイバーイ」

「待った」

私は自分のスマホでサイトを開いてみる。トップページに『カイギシ！』は影も形もないけれど、タイトルで検索したら出てきたので、コメント欄をクリックした。確かに二件入っているけど、もう一件は……。

「なになに、『何これ。アニメ化したい下心が透《す》けて見える』だって」

私が読み上げると、かさねちゃんは頬を真っ赤に染めて喚《わめ》きだす。

「そんなの当たり前じゃん！　アニメ化前提で書いてるんだからさ！」

「これから百万部売ろうという人が、批判的なコメント一件くらいで騒いでどうするんだよ」

痛い指摘だったのか、かさねちゃんは座り込んでガックリと首《こうべ》を垂れた。

「そうなのよね。あたしも、アニメを観る側だったときはつまらないだの、ありきたりだの文句ばかりたれてたけど、いざクリエイター側になってみたらわかったわ。心血注《そそ》いだ作品になんだかんだ言われるのって、こんなに……辛《つら》い……」

顔を両手で覆うと、かさねちゃんは座卓に伏せた。肩が震えている。やはり、いかに気が強いかさねちゃんとはいえ、自分の世界を否定された悲しみは耐え難いんだろう。彼女に文句を言われながら書いた隆先輩の方が何百倍も辛いだろうなとは思いつつ、背中を撫《な》でて慰《なぐさ》めてあげようとしたら、いきなり顔を上げた。満面の笑みになっている。

「あははー！　そんなの養分にしてやるもんね。朝イチで隆君家《ち》に行ってきて、今日アップ予定の第二話を修正させたもんね。アニメ的な演出場面を文学的表現に変えさせたもんねー」

やはり、かさねちゃんは強かった。と感心している場合ではない。ふたりに相談に乗ってもらわなければいけないんだから。

「ところで聴いてよ、かさねちゃん！」

「やだ」

「小百合ちゃん、実は今日、若鮎大橋に行ってひらめいたんだけどね」

ギャルの反応は無視し、小百合ちゃんを見つめて続けた。

「烏山線に、観光列車を走らせたいなと思ったんだよ。『ナカスイ水産列車』ってどうだろう」

「えっ」

小百合ちゃんのみならず、かさねちゃんまでもが目を見開いている。

「宇都宮駅から出発してさ、ナカスイの名物料理を食べながら車窓を楽しむの」

「あんたの発想は面白いけど、そもそもなんで走らせるの？」

正面から質問されると詰まる。しかし、このふたりには本音を明かさないとダメな気がした。

だって、ずっと一緒に過ごしてきたんだもの。

「東京水産船舶大学の推薦入試に出願するから、実績が欲しいんだよ。『ご当地おいしい！甲子園』は一年のときだし、特別賞はもらえても優勝はできなかった。山神百貨店の催事だって去年の話だし、売り上げは二位に終わっちゃったでしょ。だったら、三年生である今、そして生徒会長である自分が何をしたかっていう実績が必要なんだよ」

「なるほど」

得心したように、かさねちゃんは小百合ちゃんと顔を見合わせて頷いた……かと思うと、鋭い視線を向けてくる。

「ナカスイ名物料理って何を出すの」

まだ深く考えていなかった。慌てて、思いつくままに口に出す。

「あ、鮎のオイル煮とか鮎の塩焼きとか……」

座卓に置いてある大皿を指さした。渡辺君にもらった鮎の塩焼きが並べてあるのだ。かさねちゃんは一匹を手に取ると、バリバリとかじった。

「確かに鮎の塩焼きはおいしいけどさ。わざわざ電車に乗りながら食べようと思う？　あんた、山あげ祭ツアーを見て思いついたんだろうけど、あれはあくまでも祭がメインだよ。鮎定食を食べるツアーじゃない。値段設定をいくらにするのか知らないけど、何万円も払うんだったら、都内の料亭とかで食べた方がいいじゃん。オイル煮なんてどうすんのさ。缶詰ポンと出すの？」

「ち、違うよ！」

私はキッチンに走っていった。オイル煮缶は食品棚に置いてあるし、マヨネーズは冷蔵庫にある。おやつ用の食パンが、少し残っていたはずだ。オーブントースターで少し焼き目をつけ、オイル煮にマヨネーズを混ぜたものを乗っけた。一口サイズにカットして皿に盛り、「これ食べてみて」と座卓に出す。

「なにこれ。ツナのオープンサンド？」

顔をしかめていたかさねちゃんは、一口で頬張ると目を見開いた。

「へぇ、オシャレな味だね。なにこれ」

「鮎のシーチキン！　進藤君のお母さん直伝《じきでん》だよ！」

雑談で教えてもらっただけだけど、本人に聞いたから直伝といえるだろう。

「お、おいしいけど……な、なにかハーブ入れると、も、もっといいかも」

もぐもぐ食べる小百合ちゃんも特に否定的な感じではないし、感触はいい。

「ふうん」

お茶で飲み込むと、かさねちゃんは考え込んだ。

「……なるほど。ナカスイならではの食材や料理なら、いいかもね」

「やった！」

かさねちゃんに認めてもらえると、すべて成功した気になってくる。小百合ちゃんは、ガッツポーズした私の手首をつかんだ。

「て、手続きとかどうするの？　鉄道事業法とか食品衛生法とかは調べたの？」

さすが小百合ちゃんだ、アカデミックに攻めてくる。

「まだ全然調べてない」

小百合ちゃんとかさねちゃんは顔を見合わせた。

「あんた、いつやるつもりよ？」

「十月までにはなんとか」

「残り半年もないじゃないの！」

「だから焦ってるんだよ！」

「わかった」

かさねちゃんは立ち上がり、玄関の方を指さした。

「今から乗りに行こう。烏山線に。で、週明けには先生に企画書を出そう」

「早っ」

しかし、確かにもう時間がない。

私は慌てて立ち上がり、小百合ちゃんも眠い目をこすりながら、かさねちゃんの後について走り出した。

第六章　フレッシュ！　キャビア

「ナカスイ水産列車を走らせよう！」という視点から烏山線に乗ってみると、車窓の風景が違って感じられた。

「宇都宮駅を出てもしばらくは普通の住宅街だね。食事タイムは鬼怒川を過ぎてからの方がいいかも。三つ目の下野花岡《しもつけはなおか》駅あたりを過ぎれば、もうひたすら田園風景って感じだし」

私が外を眺めながらつぶやくと、右隣にいる島崎君は、何やらぶつぶつ言いながらスマホと車窓を見比べている。

「結構忙しいですね。宇都宮駅から終点の烏山駅まで四十八分。下野花岡駅からだと三十分切っちゃいます」

翌日の日曜日。下宿組の女子三人、そして進藤君と島崎君は十二時三十四分宇都宮発の烏山線車内にいた。昨日、かさねちゃんが「今から乗ってみよう！」と下宿を飛び出していく前に立ち止まり、「よく考えたら進藤と島崎もいた方がよくない？」という話になったのだ。

進藤君は宇都宮駅のすぐ近くに住んでるから大丈夫かもしれないけど、島崎君はわざわざ埼玉県から来てもらうのが申し訳ないと思ったら、「そんなイベント、僕がいなきゃダメじゃないですか！」と新幹線で来てくれたのだ。

男子組が宇都宮から乗るので、那珂川組はバスで氏家駅まで行き、電車で宇都宮駅へ。改札内で合流して烏山線で戻るという、ほとんど遠足状態になった。

ボックス席だと旅行気分が盛り上がるんだけど、ＡＣＣＵＭはベンチシートだけだ。みんなで二両目に乗り込むと、進藤君と島崎君を「両手に花」ならぬ「両手にブレーン」で座る私の向かいに、小百合ちゃんとかさねちゃんが並んで座った。

うーんと唸《うな》って島崎君は顎《あご》を上げる。

「そんな短時間だと、お茶とケーキくらいしか無理かもです。いっそ、スイーツ列車にしたらどうですか」

反射的に、私は首を横に振る。

「ナカスイだもの、水産列車じゃないと意味ないよ。あ、そうだ」

気の合うメンバーといるからか、我ながらすごい名案が浮かんでしまった。

「往復にしたら？　そしたら、一時間くらいとれるでしょ」

「それって可能なんですか？」

気が合うのと考えが合うのは別だ。島崎君が懐疑的な視線を向けてくる。

まあまあ、と進藤君が苦笑いした。

「実現の可否はおいておこうよ。まずはさ、自由に案を出すべきじゃないかな」

「そ、それとね。げ、現実問題として……」

私のはす向かいに座る小百合ちゃんは頰《ほお》を少し染めた。

「か、烏山線の車両ってトイレないでしょ。ト、トイレ休憩も考えた方がいいよ」

「烏山駅のトイレも少なかったと思うよ。グルメ列車は、おそらく女性の参加者が多いと思うから、駅周辺の飲食店の協力をもらって、トイレを貸してもらうことも必要だよ。なんせ鉄道旅行は時間厳守だからね」

さすがナカスイ屈指の頭脳コンビ。私が思い至らなかったことを次々に指摘してくる。

相談していると早い、もう次が終点ひとつ前の滝駅だ。そうだ、滝駅といえば思い出した。

「ねえ、島崎君！　こっちからは龍門の滝は見えないけど、あっちからは車両が見えるでしょ。車内で、通過してる列車の実況映像を流せないかなぁ」

「そりゃ簡単ですよ」

島崎君は、ぶっとい黒縁のメガネを曇り止めシートで拭《ふ》きながら淡々と続けた。

「誰かが龍門の滝でスタンバイして、列車が走る光景をナカスイ公式ユーチューブチャンネルで配信すりゃいいんです。お客さんにはスマホで見てもらうもよし、大きなタブレットを車内に飾って流すもよし」

「さすがだよ、島崎君！」

「次は烏山。終点です」

アナウンスが流れると、確かに時間は足りないと実感する。

「もう終点かぁ。やっぱり、往復の方がいいね」

「ね。あたし、いいこと思いついちゃった」

私の前に座るかさねちゃんがプププと笑いながら口を押さえている。

「烏山駅のホームでさ、渡辺が鮎の塩焼きの実演をするの。到着ちょうどに焼き上がるようにね！」

「でもですねぇ」

島崎君が腕組みして、首を傾げた。

「ただ鮎の塩焼きを食べるために、ン万円払ってグルメ列車に乗りますかね」

「じゃあ、チョウザメを出そう！」

かさねちゃんが、自信たっぷりに親指を立てた。

「前人未到のチョウザメ列車。これしかない！」

「チョウザメって、なんの料理を……」

出すの、と私が言い終える前に電車は烏山駅に着いてしまった。

この電車に接続するコミュニティバスは、日曜日にはない。一度改札外に出て切符を買い、そのまま折り返して宇都宮行きになる電車に乗り直した。那珂川町に戻らないのは、かさねちゃんが「宇都宮で行きたい場所がある」と主張したからだ。

進藤君がホームにあるスピーカーを車内から指さす。

「みんな。発車メロディをよく聴いてみて」

宇都宮駅で聴く「パラリラパンパン、パラリラパンパン、パラララ」という首都圏在来線の発車メロディと違う。

「和楽器が賑やかってことは、お囃子《はやし》？」

進藤君を見ると、大きく頷いた。

「そう、山あげ祭のね」

「これを聴きながら鮎の塩焼き食べたら、いいよね！」

嬉《うれ》しそうにスピーカーを見つめているかさねちゃんに、質問をぶつけてみた。

「チョウザメ料理って……。かさねちゃんが考えているのは、キャビア？」

「もちろん！　それもフレッシュキャビアね。長期保存のために低温殺菌処理したパスチャライズ・キャビアとは違って、本来の食感と風味を味わえるでしょ。希望者が殺到するに違いないよ」

かさねちゃんは飲んでいたカフェラテ缶を笑顔で掲げた。彼女の隣に座る進藤君が、慌《あわ》てた様子で両手を振る。

「でも、キャビアが採れるのは冬だろう。しかも、採卵の一～二週間くらい前にお腹を切開して調べて初めてわかるんだから、募集開始当初の広告には使えないよ。もしもキャビアが採れなかったら、虚偽表示になってしまう」

うーん、と全員が下を向いた。盛り上がっていた気持ちが急速にしぼんでいく。

進藤君は、スマホのメモ機能に何やら打ち込んで諭《さと》すように言った。

「論点や課題は多いな。事前調整も大変だよ。鈴木さん、相手はインフラ的大企業だからさ」

「そうか、早めにアタックするべきだよね」

車内でそんなことを話している間に、あっという間に宇都宮駅に着いてしまった。

「ねえ、みんなで話し合って、アイデアをまとめない？　駅ビルに喫茶店があるしさ」

私が提案すると、かさねちゃんは目を爛々《らんらん》と輝かせた。

「言ったでしょ。あたし行きたいところがあんの」

「アニメショップ？　宇都宮の街中にいっぱいあるもんね」

「それもそうだけどさ、駅東口に行きたい。広場があるんでしょ？　そこの大階段に座っておしゃべりするのが、宇都宮の高校生の流行《はや》りって聞いたよ！」

「私は下宿中だもん、わかんないよ」

ちらりと進藤君を見ると、あははと笑った。

「広場って、宮《みや》みらいライトヒルのことだよね。ウチのマンションからも見えるけど、壮観だよ。高校生がズラーッと」

結局、コンビニでアイスコーヒーを買って広場に行き、大階段のベンチ部分に座った。

目の前に、私が生まれ育った宇都宮とは思えない光景が広がっている。広場に隣接したコンベンションホールにおしゃれな商業ビル。足元に見える発着場から次々にＬＲＴが出入りし、プラレールみたいに広場を囲むように走っていく。そのたびに、かさねちゃんが「ＳＦアニメみたい！」と歓声を上げた。

「はい、みなさん〜。ＬＲＴをバックに写真撮りましょう！」

島崎君が自撮り棒を片手にみんなを手招きすると、歓声を上げて団子状態になった。

「いえ〜い！」

かさねちゃんの掛け声と共にピースをすると、連写のシャッター音が響く。

「あはは！　青春アニメみたい」

かさねちゃんが（アニメ以外で）こんなにはしゃぐ姿、見たことない。山や川もいいけど、こういうのもいいねと話は弾み、水産列車よりも雑談の方がメインになってしまった。

でも、これもまた青春の一ページだ。高校最後の年の思い出に、ちょっと切ない気持ちで大階段の上に広がる青空を見上げた。


翌日の放課後、先生に相談してみることにした。しかし、相談相手は水産研究部の顧問である神宮寺先生にすべきなのか、担任であるフィッシュマン先生にすべきなのかわからない。悩んだあげく、同時に相談することにした。

水産実習棟にある教員室で、私の向かいのソファに並んで座ったふたりの先生は同じ言葉を叫んだ。

「ナカスイ水産列車ぁ？」

「はい。鳥山線に特別列車を仕立てて、ナカスイの名物を使った料理を出したらどうかと」

神宮寺先生は腕を組み、目を閉じてしまった。そのまま瞑想《めいそう》に入ってしまったみたいだ。

「なんで」

フィッシュマン先生から注がれる視線が痛い。下心を言わなくてはならないのとかと、もじもじしてしまう。

「生徒会長になっただけでなく、高校生活の中で何をしたかが、大学の推薦《すいせん》入試でのアピールになるって父が……フィッシュマン先生もそんなこと言ってましたよね」

あ、そうか的な顔をするフィッシュマン先生の隣で、神宮寺先生は眉間《みけん》に皺《しわ》を寄せていた。

「ＪＲに水産列車ねぇ……。うーん、ハードルは高いわね。非常に高い」

「だんべな」

フィッシュマン先生も深く頷《うなず》く。

神宮寺先生は愛用のコーヒー缶を三つ、デスクの引き出しから取り出した。町内にある全国農機具チェーン店のプライベートブランドで、スッキリサッパリしておいしいのだ。製造地が新潟県だから、水が良いのかもしれない。ただ、私が二年のときまでは一缶三十円だったんだけど、今は五十円に値上がりしてしまった。しかし、神宮寺先生が取り出した缶には「二十円値下げ」のシールが貼ってある。賞味期限が近いのかもしれない。フィッシュマン先生に一本、私にも一本くれたので見てみると、賞味期限は今日だった。

ぷしゅりと勢いよく開けて、神宮寺先生は一口飲む。

「内容が内容だしね。あなた個人であれこれやっても、相手にしてもらえないわよ」

「じゃ、じゃあ……私、生徒会長だし、生徒会主催のイベントにしたらどうですか」

「そうねぇ」

コーヒー缶を頬に当て、神宮寺先生はフィッシュマン先生と視線を合わせる。

「生徒会発案で、ナカスイの生徒の総意による要望という形にすれば……まぁ、ワンチャンスあるかしら。O.K., Mr. Fishman?」

フィッシュマン先生は、空になったコーヒー缶をもてあそびながら首を傾げた。

「んー。まずは関係各所の調整が必要だんべな」

「鈴木さん。正直に言って、実現の可能性は低いと思う。正直、ゼロに近いんじゃないかしら。なのに、三年のこの大切な時期に、労力をそこに割《さ》いていいのかという疑問を持つわね。私は鈴木さんの担任ではないけども。How about you, Mr. Fishman?」

「俺も同じ疑問はあるなぁ」

「やっぱりそうですか」

私はガックリ頭を垂れた。どうせ無理なら同じく可能性が低くても、一般試験の勉強に時間を費やした方が効率的かもしれない。

そのとき、フィッシュマン先生の言葉が脳裏に響いてきた……ような気がした。

――二十年後に何を悔いる。『しなければよかった』ではなく『しておけばよかった』と。

三十八歳の自分なんて想像もできない。正直、他人みたいなもんだ。でも、今チャレンジするかしないかで、絶対に私の未来は違っているはず。

私は顔を上げた。

「フィッシュマン先生、自分で言ったじゃないですか！　縛りを振り払い、安住の地から漕ぎ出して、いっぱいに風を受け帆を膨らませろ。夢にも思わなかった地を探せ。そして見つけ出せって」

「あ、あれは受験に関してだんべな」

フィッシュマン先生の眼差《まなざ》しは「否定」だ。しかし、私は負けたくなかった。

「だって、マーク・トウェインは、受験に関して言ったんじゃないでしょ！」

「そりゃまあ、そうだけんどよ」

立ち上がり拳《こぶし》を握りしめ、私はふたりの先生を見つめた。

「私はやります。諦めたくない。ダメならダメで、完全にダメになるまでやりたいんです」

神宮寺先生は目を開いた。そのままじっと私を見つめると、クスリと笑った。

「そうねぇ。去年の百貨店の催事もそんなこと言ってたわね、あなたは。一昨年の甲子園のときもかな？　毎年毎年、何かにチャンレンジしてる。よく飽きないこと」

「だって……だって青春したいんだもの」

「本気でやるのね？　真剣にナカスイ水産列車を走らせたいのね？　その場のノリや冗談じゃないわね？」

「もちろんです！」

私は自分の両手を握り締め、言葉が湧《わ》いてくるまま口から出した。

「きっと、全国的に話題になるもの。日本中に伝えたいんです、『ナカスイここにあり！』って。そしたら極楽タケシだって見返せるし、ナカスイの志願者だって増えます。これからもずっとナカスイが残るように頑張りたいんです。だって、私はみんなを代表する生徒会長だもの」

自分で言っていて気付いた。そうか、推薦入試よりもナカスイの存続が頭にあったから、ナカスイ水産列車を思いついたんだ。なんていじらしいんだろうと自分で自分に惚《ほ》れ惚《ぼ》れしてたら、フィッシュマン先生は厳しい視線を向けてきた。

「烏山線を選ぶ理由は？　『ほかの地域の私鉄だってできるんじゃないですか』『むしろバスっていう手も』って言われたら、なんて答えんだ？」

想定外に手厳しい。でも私の中にビジョンはできている。迷いなく答えた。

「烏山線とナカスイは、姿が重なるからです。栃木の東の端で、一生懸命に存続の危機と立ち向かっている。進藤君が教えてくれたんですけど、ＡＣＣＵＭのＥＶ-Ｅ３０１系が走るのは、烏山線が全国唯一なんですよ！　オンリーワンの海なし県の水産高校のナカスイと、ナイスコンビネーションだと思いませんか？」

「なるほどな」

フィッシュマン先生は笑っているけど、神宮寺先生はニコリともしない。

「じゃあ、鈴木さん。今の内容を踏まえて企画書を作りなさい。立案理由、基本コンセプト、費用、集客予定人数、参加費、行程、想定メニューなど。長いと読んでもらえないからね。Ａ４で五枚にまとめなさい。一ページ二十字×二十行、総文字数でいうと二千文字よ」

「そんなに書くんですか！」

正直なところ、書類作りなんて全然考えていなかった。私は文書作成が苦手なのだ。

心を見透《みす》かしたように、神宮寺先生はジロリと睨《にら》む。

「ナカスイで前人未到の挑戦をしようっていうんですから、それくらいは当たり前でしょう」

難しい。でも、やり遂げてみせる。だって私は、強くなるんだから。

「はい！　頑張って企画書を作ります」

神宮寺先生の表情が、一瞬訝《いぶか》しげになった。

「料理の中には、鮎は入るんでしょうね？」

「も、もちろんです！」

「なら、私も本気を出して頑張るわ。Of course, you too?」

神宮寺先生が隣にいるハリウッドスターを見ると、「俺も頑張っぺ」と頷いた。


その日から、私は企画書作成に打ち込んだ。

生徒会室には備品でノートパソコンが一台ある。「ナカスイ水産列車」の企画は生徒会発議という形だから、企画書作成に利用しても（ついでに下宿に持って帰っても）問題はないと、生徒会担当のフィッシュマン先生に許可を得た。

放課後になるとすぐ下宿に帰りノートパソコンに電源を入れる。そのまま広間で、夜遅くまで画面と向き合うのだ。

「ねぇ、読み上げるから意見くれない？　かさねちゃん、小百合ちゃん」

と、顔を上げても誰もいない。

かさねちゃんは『カイギシ！』の打ち合わせで隆先輩の家に行きっ放しで、夜遅くに帰ってくる。小百合ちゃんも個人研究が忙しく（研究のテーマは聞いたけど覚えられなかった）、寝に帰ってくるとき以外は水産実習場に入り浸っている。

「ご当地おいしい!甲子園」も百貨店のフェアも、ふたりは一緒に考えてくれたけど、もう……ひとりでやらなければならないんだ。

「寂しいなぁ」

目の奥がツンとしてくる。手の甲で目頭を拭《ぬぐ》い、気合いを入れるように両頬《りようほお》を叩《たた》いた。

「そんなこと言ってられるか。やるぞ！」

考えなければならないことが多すぎる。立案理由や基本コンセプトは自分で考えられるけれど、費用や集客予定人数、参加費や想定メニューなんかどうすればいいんだろう。

「車両定員はネットで調べればいいのか」

とアクセスしてみたら、二両編成のＡＣＣＵＭは編成定員が二六六人、車両定員が一三三人と出てきた。

「なにこれ、定員がふたつある。……あ、一両の定員の二倍が二両編成の定員か。いや、その前に座席に座れる人数がナカスイ水産列車の定員だよね。立ち食いなんて無理だし」

さらに調べたら、着席できるのは九十六人だとわかった。それが今回の定員になる。

次なる問題は、ひとりあたりの参加費用だ。

実際に走っているグルメ列車の情報を調べてみようとすると、気がつけば全然関係のないウィキペディアのページや、ユーチューブを見てしまう。

「なぜ私はこんな動画を観ているんだ」

ふと「日本一のデカ盛りチャーハン」動画を観ていた自分に気付き、頭を抱える。

画面を閉じる前にユーチューブのトップページに戻ると、「うげっ」と声が出てしまった。

「極楽タケシが切る！　都知事選直前スペシャル」

なんてのがオススメ動画に上がっているではないか。

「オススメしないでよー！　こっちは都民じゃなくて栃木県民なんだからさー！」

×ボタンを押してユーチューブを閉じた。髪をぐしゃぐしゃかき回しながら独《ひと》り言《ご》ちる。

「参加費用か……いくらがいいのかなぁ」

検索してみると、グルメ列車といってもピンキリだった。島崎君が言ってたようなスイーツ列車は数千円。フルコースが出るようなグルメ列車は、それこそン万円だ。

「往復で一時間も乗ってもらうんだし、数千円じゃ安いよ。いや、高いのかな。悩む」

そんなときに限って、ママから「次はいつ帰省するのよ」と電話がかかってきた。

「水産列車の企画で忙しい？　ちょっと、順番が違うんじゃない。まずは受験勉強でしょうに」

「私は推薦組だから、実績も必要なの！　パパだってそう言ってたでしょ？」

「そりゃそうだけど……。水産列車って、どういう内容なの？」

「だから、それを今ここで考えてるんじゃない。コンセプトやメニュー、参加費用……」

「費用って、いくらなのよ」

「まだ決めてないけど、ひとり一万とか」

「庶民はそんなに払ってられないわよー！」

「進藤君のお母さんみたいな人や、マニアがターゲットだから強気価格でもいいの！」

と、ケンカになって電話を切る。

そんな日々が過ぎていき、六月中旬になった。

やっと出来上がった企画書を二部用意し、神宮寺先生とフィッシュマン先生に提出しにいく。

校舎の職員室でフィッシュマン先生と並んで座り、パラパラと企画書をめくった神宮寺先生は、
ポツリと言った。

「新潟を走る『日本酒列車』にひとりで乗ったことがあるのよ。海釣りに行ったついでに」

「神宮寺先生がひとりで日本酒ですか」

まったく違和感がない。むしろ似合い過ぎている。

「食事をできる区間が決まっていてね。海を眺めながら一献《いっこん》、と思っていたのに、その区間で海は見えなかったの。住宅街を眺めながら飲んでもね……。ちょっと寂しかったわ」

「だから、この企画書では、食事タイムは鬼怒川を越してからにしました。一万円いただくわけなので、やはり風景を楽しみながら食事できた方がいいだろうと」

「一万円もするんけ」

フィッシュマン先生が企画書を片手にじっと私を見つめている。セリフがなければ、ハリウッドスター主演の刑事映画で取調べを受けるシーンみたいだ。ドキドキしながらも、真面目に答え

た。

「だ、だからキャビアを出すことを考えてるんです。ナカスイ製品のフレッシュキャビアって、去年はひと瓶《びん》七千円じゃないですか」

神宮寺先生は頷きながら企画書をデスクに置いた。

「確かにフレッシュキャビアが食べられるなら、人気は出るでしょう。採れればだけどね。ただ、確実に出せない限りは募集広告には使えないわよ。それは覚えておいてね。とりあえず、この企画書は預かるわ。あとは私たちで内容を検討し、適宜修正します」

「お願いします！」

とりあえずの合格点に私は浮かれ、下宿まで鼻歌を歌いながら帰った。


しかし、先生たちから何も返事がないまま日々が過ぎていく。じりじりしている間に七月に入り、七夕の都知事選も終わって、夏休みになってしまった。

ナカスイ水産列車が実現しなければ、推薦入試合格は望みが薄い。すると、一般入試にかけるしかないのだけれど、教科書を見ても過去問を見ても無理としか思えない。入学してから青春しすぎてしまった。もう少し、学問にも励んでおけば良かった。

下宿で泣く泣く勉強する私とは裏腹に、周囲は青春していた。

進藤君は事前準備ということで夏休みはオーストラリアで過ごし、島崎君は専門学校推薦入試用の動画を制作するために家に引きこもっている。渡辺君は釣り三昧《ざんまい》（これはいつもと変わらず）、小百合ちゃんはナカスイで研究に没頭できるラストチャンスということで水産実習場に行ったきり。かさねちゃんは——。

夏休みの終わりが見えてきたころ、勉強に疲れてもう寝ようとしたら、げっそりしたかさねちゃんが広間に遊びに来た。

「あー、くたびれたわよ、まったく」

気配を察したのか、小百合ちゃんも目をこすりつつ自分の部屋から出てくる。久々に三人揃《そろ》うのが嬉しくて、私はいそいそと冷蔵庫にコーラを取りに行った。

「小説のプロデュースが大変なの？」

「それと就職活動のダブルでね」

かさねちゃんはペットボトルの蓋《ふた》をぷしゅりと開けて、イッキに口に含んだ。

「どっちもどうなってんの、今」

「『カイギシ！』の方はね、一話あたりの一日平均閲覧数が百を超えるようになった。お気に入り登録も同じくらい」

「へえ、すごいじゃん」

素直に賞賛のつもりで言ったのだけど、かさねちゃんは自虐《じぎゃく》的な笑《え》みを浮かべた。

「どこが。全然すごくないわよ。お気に入り登録が何万レベルにならないと、書籍化オファーなんか来ないもん」

「うわー。厳しい」

「でも、面白い作品だと思うんだよねぇ。何かのきっかけでバズれば、跳ねると思うんだけどな。そのきっかけがね、なかなか」

「で、就職の方は」

「んー」

かさねちゃんは頬杖をついて目を瞑《つぶ》った。

「最初は宇都宮がいいなと思ったんだけど、車で通勤したら片道一時間以上じゃん？　時間がもったいなくて。自宅住まいだし、趣味に使う分だけ稼《かせ》げればいいわけだから、近いところがいいかなと思い始めたんだ。小説のプロデュースに全力投球したいから、定時で上がれるところがいいの。自分のスキルを活かすなら水産関係でしょ。結果として、割と絞《しぼ》られちゃうのよね」

なんとなく、かさねちゃんの未来が見えてきた気がしていると電話のベルが鳴った。スマホではなく、広間にある電話機の内線だ。出ると、かさねちゃんのお母さんだった。

「さくらちゃん？　神宮先生から電話よ。回すわね」

こんな遅くに？　何か緊急事態だろうか。それとも……。私はドキドキする胸を押さえながら「はい」と答えた。

「鈴木さん？　夜分遅くにごめんなさいね」

鮎以外の話題では常に冷静沈着な神宮寺先生の声が昂《たかぶ》っている。これは、もしや。

「……はい、わかりました。では、詳しくはまた明日ということで。おやすみなさい」

受話器を置き、ふたりを振り返ると不安そうな眼差しだ。私はポーカーフェイスに努めた。

「聞いてよ。小百合ちゃん、かさねちゃん……」

両手で思いっきりVサインを作る。

「企画が通ったってー！　ナカスイ水産列車。ついさっき、鉄道会社からＯＫのメールが来たって。十二月第一土曜日の七日に……実施が決まったって！」

「やったじゃん！」

私たちは悲鳴のような歓声を上げて抱き合った。ポーカーフェイスはどこへやら、堪《こら》え切れず涙が溢《あふ》れてくる。

「うわあああ」

泣き出した私を「全然強くなってないでしょ！」と、かさねちゃんは優しく引っぱたいた。


次の日、朝イチで自転車を漕いでナカスイに行くと、職員室で神宮寺先生とフィッシュマン先生が喜びの表情で出迎えてくれた。

「おめでとう。鈴木さんの企画書が力を発揮したわよ」

「鈴木、良かったなぁ」

私はペコリと頭を下げた。

「ありがとうございます。昨日、かさねちゃんにさんざん言われました。『こんなに時間がかかっても決まったってことは、先生たちがきっと関係各所に一生懸命働きかけてくれたんだ。二泊三日のカヌー実習を実現するとき、神宮寺先生が尽力していた話を思い出しな』って。小百合ちゃんは『きっと、何度もダメだと言われたんだろうけど、神宮寺先生だから諦めずに手を替え品を替え、アタックしてくれたはずだよ』と」

ふたりの先生は目を合わせて、ふふっと笑う。フィッシュマン先生は、親指で神宮寺先生を指さした。

「よくわかったなぁ。神宮寺先生があっちこっち掛け合ったんだぞ。それこそ、脅《おど》したり圧力かけたり……」

「What?」

咳払いすると、神宮寺先生は私に向き直った。

「ここから先は、鉄道会社の意向で旅行代理店におまかせすることになりました。広報や受付事務、当日の設営など実務と運営のすべてに関してね。私はむしろプロにまかせるべきだと思います。もちろん企画を進める途中途中で、鈴木さんを交えての打ち合せなどはあるでしょうけどね。既にあなただけの企画ではなくなったということで理解してください」

フィッシュマン先生も、私に厳しい視線を送る。

「生徒会行事だから、当日は全生徒が参加する形になるし、全教師が要所要所の配置に就く。それだけの一大事であることを、理解しとけな」

「もちろんです！　よろしくお願いします！」

私は立ち上がり、深々と頭を下げた。

嬉しくて、帰り道は若鮎大橋までサイクリングしてしまった。橋のたもとに自転車を置き、若草色の欄干《らんかん》に手を置いて川の流れを眺める。この水のように、私は大海へ向かっている。帆に風を受け、漕ぎ出したのだ。

「やったー！」

心の底から叫び、飛び上がる。何度も何度も飛び跳ねる。釣り人が訝しげに川から見上げたけど、私は気にしなかった。

「あれ？」

ひとつ、引っ掛かる。神宮寺先生が教えてくれた実施日だ。

「十二月第一土曜日の七日」

もう推薦入試は終わっている！　間に合わない。いや、大丈夫。実施が決まったからには、それだけで実績になるはず。

「うん？　実施が決まる？」

企画書を作りながら、あちらこちらのツアーを調べていたときに目にした「最低催行人数」。ある程度の人数が集まらなければ、そもそも催行ができないのだ。集まるんだろうか。

「……大丈夫、キャビアが採れれば」

そうだ、フレッシュキャビアが食べられるとなれば、すぐにでも埋まるに違いない。

「でも、充分な量のキャビアが採れなかったらどうしよう」

いや、ダメだ。ネガティブなことを考えたら、ネガティブな結果になってしまう。希望を捨てず、信じよう。絶対うまくいく。

橋から積乱雲を眺めながら、モコモコ膨らんでいくのは不安じゃなくて希望なんだと、必死に思い込もうとしていた。

高校生活最後の日々はあっという間に過ぎていく。企画は旅行代理店に全てまかせ、私は一般入試を早々に諦めて推薦入試だけに絞《しぼ》り、小論文対策をしている間に夏休みが終わった。

いつしか、空に浮かぶのは秋を告げるうろこ雲になった。

水産実習場で一年生が鮎を水揚げする光景を目にしたと思ったら、もう水産感謝祭だ。

後輩たちに鮎の塩焼きを作るべく、実習場の片隅で串打《くしう》ちをしていた私はつぶやいた。

「一年経《た》つのなんて、あっという間だなぁ」

「……の割に、串打ち全然上達してねえな！」

顔を上げると、渡辺君が不機嫌そうに立っている。また背が伸びたような。いつの間にか、彼と話すときは見上げるようになっていた。

「はいはい、プロには敵《かな》いませんよ」

彼には地元の漁協から内定が出た。鮎の塩焼き販売も事業にあるから、天職だろう。

「渡辺、あっちで炭火チェックしててよ」

かさねちゃんがうざそうに手でしっしと追い払うと、彼はぶつぶつ言いながら素直に従った。

その姿を見送り、ギャルは手早く串を打ち始める。

「あたしはこれからの人生で、何本串打ちをする運命なんだろう」

「やっぱり、かさねちゃんの職場でも鮎の塩焼きやるの？」

「もちろん。鮎の塩焼き売り場があるし、鮎のつかみ取りイベントをやるときには、お客さんの鮎を焼いてあげるからさ」

彼女は、隣の大田原市にある淡水魚専門水族館の非常勤嘱託員になることが決まったのだ。

「いいかー、カレーの出汁《だし》は昆布こそ至高だかんな！」

カレー班の方から、フィッシュマン先生の声が響いてきた。大鍋から水を吸った昆布を次々に箸《はし》で引き上げている。ハリウッドスターと昆布の組み合わせは、なかなか味がある光景だ。

「今年のカレー担当はフィッシュマン先生か。そのときの担当教師の味になるから面白いよね」

かさねちゃんの隣にいる進藤君が、ははは と笑いながら串打ちをしている。夏にオーストラリアの大学事情を視察してきた彼は、海洋水産学で有名な大学に狙いを定めたらしい。卒業式の翌日には、語学留学のためオーストラリアに出発する予定だそうだ。

「なんか、海を舞台にしたヘミングウェイ作品の映像化みたいですね。絵になるな」

島崎君が、フィッシュマン先生がカレーを調理する姿を熱心にスマホで撮っている。彼は新宿にある映像制作専門学校に推薦合格が決まったばかりだ。

「大宮から新宿まで、埼京線《さいきょう》で一本でしょ。通学時間が今までの二時間半から四十分に減っちゃうんですよ。身体《からだ》がなまりそうです」

と毎日ブツブツ言ってるけど、やっぱり嬉しそうだ。

「け、煙で目がしょぼしょぼする」

飯盒《はんごう》係の小百合ちゃんが、目をぱちぱちさせながら私のところに一時避難してきた。

私と小百合ちゃんは国内大学進学組だから、まだ進路が確定していない。でも間もなく推薦出願だから、ここからが私たちの本番なのだ。

「串打ち終わったかー！　ほら、焼き始めるぞー！」

渡辺君の声が響く。

「なんでお前が号令かけんだよ」

「もう引退しろやー！」

煙や香りと共に、同級生たちの笑い声が水産実習場を満たした。

一時間後、焼きあがった鮎の塩焼きは格別だった。三年目にして初めてゆっくり味わえた気がする。昆布出汁カレーとの相性もバッチリだ。野菜しか入っていないけど、炭火焼きした豚肉を後乗せするタイプで、そのワイルドさに生徒たちは大喜びだった。

食事が終わると、恒例の競技が始まった。

「結菜、優勝目指します！」

生徒会長を目指すという結菜ちゃんは次々に勝ち進み、押し相撲では今年、国民体育大会から名称が変わった国民スポーツ大会で入賞したレスリング部の日野君を池に突き落として優勝してしまった。

みんなが大笑いして、彼女の健闘を讃《たた》えている。

しかし、日が経つにつれ、私の気分は重くなっていった。

翌週行われた生徒会長選挙で結菜ちゃんが信任されて次の生徒会長に決まり、追い出されるような気分になったからではない。

理由は別のところにある。非常に気がかりなことだ。

十一月になると、私は毎日のように水産教員室に行った。そのたびに、神宮寺先生がノートパソコンの画面を睨みつけている。百合の花がトゲのあるアザミに変身したみたいだ。

今日もまた、私は同じことを言ってしまう。

「まだ定員に達しないんですか？」

そのたびに、神宮寺先生は「気が早いわね」と笑うのだ。作り笑顔で。

「やっぱり、キャビアが出るって決まらないとダメなんでしょうかね」

私は神宮寺先生の隣にパイプ椅子《いす》を持ってきて、うなだれて座った。

ナカスイ水産列車の定員が、全然埋まらないのだ。毎日正午に旅行代理店から申し込み状況がメールで届くんだけれど、九十六人の定員のうちまだ三割しか埋まっていない。

フレッシュキャビアを宣伝文句に使えばすぐにでも埋まるというのはわかっていても、もしもキャビアが採れなかったら虚偽広告になってしまうから、まだ使えないのだ。

最低催行人数は五十人。あと二十人申し込んでくれなければ、私の推薦合格は黄信号になる。

神宮寺先生は、私の肩をポンと叩いて優しく言った。

「チョウザメを信じて待ちましょう。もうすぐわかるんだから」

「はい……」

十一月二十日に、養殖技術コースがチョウザメの抱卵個体の確認を行う。抱卵が確認できれば泥抜きを行い、一週間後に締めてキャビアを採取する。ただ、ナカスイ水産列車で使用するだけの量が採れるかどうか。それが私の気がかりだった。

「鈴木さんが心配すればキャビアが採れるわけじゃないんだから、まずは自分のことを考えなさい。来週出願でしょう」

「はい……」

そう、東京水産船舶大学への推薦入試出願は、もう間もなくだった。今月下旬には試験があり、そして合格発表はよりによって、ナカスイ水産列車が走る前日だった。

週明けに出願を終えた私は、やはりチョウザメが気になっていた。私が見ても抱卵状態がわからないとはいえ、放課後になると養殖池へ足が向いてしまう。

眺めるのは、生まれて四年目の四年魚のいる雌のチョウザメの養殖池だ。その名の通り、サメのような体をした一メートルくらいの魚たちが、悠々と泳いでいる。そのお腹に、キャビアはあるのかないのか。

きっと、誰もやったことがないだろう「水産高校のレストラン列車」を走らせることができれば、推薦合格の可能性が出てくる。

でも試験日には列車はまだ走っていないから、せめて「催行は決定しました」くらいの結果は出していなくては。

お願い、チョウザメ。抱卵していて……！　私は毎日毎日、養殖池に行って祈り続けた。そして連日夢を見た。私がメスでチョウザメのお腹を開けるけど、そこにはなにもない。真《ま》っ暗闇《くらやみ》だ。

そして、悲鳴を上げて目が覚める。

推薦受験の科目にある小論文と面接対策は、悪夢の影響による睡眠不足とナカスイ水産列車の申込者が増えないことの焦燥感《しょうそうかん》で、身が入らなかった。

そして十一月二十日を迎えた。

この日こそ、養殖技術コースによる実習が行われるのだ。四年魚のメスに麻酔をかけ、開腹して抱卵状態を確認する。果たして、ナカスイ水産列車で使用する分のキャビアが採れるのか。

抱卵確認の日は、朝から気もそぞろだった。お願い、チョウザメ。抱卵していて……と祈るばかりだ。

しかしその同じ日、私はチョウザメではなく、自分のことでも祈らなければならなかった。よりによって、推薦入試日と重なってしまったのだ。

会場は東京水産船舶大学なので、宇都宮の自宅に前泊して新幹線で向かった。新幹線なんて滅《めっ》多《た》に乗らないから、落ち着かない。

道中、かさねちゃんから何度もLINEが来た。

『チョウザメはあたしたちにまかせて、落ち着いてやってきな』

しかし、緊張のあまり車内に私の鼓動が鳴り響きそうだった。

品川《しながわ》にある広大なキャンパスに着いたら、これまた広い待機室に百人くらいの受験生がいる。

周りの人が全部、私より頭がよく見えて仕方ない。実際そうだろうけど。でも大丈夫、落ち着いて。きっと、みんな同じように緊張しているんだから、と何度も何度も胸をさすった。

日程は午前中が小論文、午後が面接だ。午前十時に試験開始となり、緊張に震える手で小論文の問題用紙をめくると、手が止まった。

「あなたが一番おいしいと思う魚について二千文字以内で自由に論ぜよ」

なにこれ。想定外だ。フィッシュマン先生にもらった過去問と全然傾向が違う。去年は「過去十年間にわたる日本のマグロ漁獲高推移グラフから回転寿司の未来を論ぜよ」。その前は「過去十年間の鯖の缶詰の消費量推移グラフから日本人の健康課題について論ぜよ」だったのに。

それでも原稿用紙は埋めなければ。私は必死に考え、書き進めた。

「時間です。鉛筆を置いてください」

試験官の冷徹な声が響くと、絶望感に襲われた。手応《てごた》えが全然ない。フィッシュマン先生に「原稿用紙の九割は絶対に埋めろ」と言われていたから、改行を駆使して最終行までは書いたけど、空白ばかりでスカスカだ。私の頭の中みたい。

いや、落ち込んではいられない。午後は面接なんだから。そっちで挽回《ばんかい》できる。事前に面接シートを提出してあるから、その通りに進められるはずだ。

私は受験者用控室で、コンビニで買ったあんぱんを頬張《ほおば》りながらひたすらスマホを眺めていた。午前中のチョウザメ抱卵確認実習の結果を絶対に連絡して、とかさねちゃんにお願いしていたからだ。

まだか、まだか……。

壁にある時計の針が、午後一時に近づいていく。

ダメだ、間に合わない。五分後には面接待機室に移動しなくてはならないのだ。待機室ではスマホの電源を切るように言われている。結果がわかるラストチャンスは、今しか残されていない。

ぴろりん、と通知が鳴った。かさねちゃんからのＬＩＮＥだ。

「きたー！」

慌てて画面を開くと『二匹抱卵してたよん。お客さんに出せる可能性大』と書いてあった。

ということは、フレッシュキャビアをナカスイ水産列車で提供できるということだ。

「ありがとう！　かさねちゃん、チョウザメ！」

半泣きでスマホを抱きしめていると、係員が控室に入ってきた。

「鈴木さくらさん、待機室に移動してください」

ギリセーフ！

「では、鈴木さくらさん。どうぞ」

隣接する面接室に入ると、四人の男性が正面に並んでいた。どこか厳《いか》めしい雰囲気なのは、教授だからだろうか。私は左から、東先生・西先生・南先生・北先生と仮名をつけた。

手元の紙を見ながら、最初に質問を投げてきたのは白髪に髭《ひげ》の北先生だ。

「鈴木さくらさん。本学を志願した理由は？」

このあたりは、フィッシュマン先生と練習した。大丈夫。

「はい、食品加工に興味があるからです」

間髪《かんはつ》を入れず、西先生が質問してきた。

「卒業後の将来設計について、どのように思い描いていますか。十年後、二十年後はどのように」

畳みかけてくる。もう少し余韻があってもいいんじゃなかろうか。慌てたあまり、練習したことが吹っ飛んだ。

「は、はい。茨城の水産加工会社に就職する予定です。そして十年後は水産加工で日本を代表する会社に、二十年後は世界一の会社にする予定です」

沈黙。西先生は吐息《といき》混じりに私を見た。

「……もう少し具体的に」

具体的？　具体的に言ったつもりなんだけど。

慌てたあまり、酢いかは成長産業ですとかアフリカ産のタコで未来を変えたいとか、わけのわからないことを口走ってしまう。まずい、なんとか立て直さないと。

くりくりパーマの南先生が、重い空気を変えるように明るい声で言う。

「ほう、水産列車を企画したと。申し込み状況はどうですか」

来た！　この質問を待ってました。俄然《がぜん》、気力が湧いてくる。

「現在はまだ定員の三割です。しかし、本日チョウザメの抱卵を確認しました。近々、キャビアの採取を行ったら、新しい内容で改めて広報しますので、おそらくすぐ定員に達するものと思われます。なんせ、フレッシュキャビアですから」

「そうだねえ！　フレッシュキャビアが食べられる水産列車なんてすごいもんねぇ」

「僕も乗ってみたいですよ！」

「こっそり申し込んだりして。ははは」

東西南北の四先生は、顔を見合わせ和《なご》やかな雰囲気だ。

やった、手応《てごた》えあり！　ここから私のペースに……と思いきや、それが最後の質問になってしまった。面接時間の十分なんてあっという間だ。でも、持ち直した感じで終われて良かった。そしてなにより、これで推薦入試は終わったんだ。心の重荷がひとつ下ろせる！

下宿に帰り、広間で大の字になっていると、襖《ふすま》が開いて小百合ちゃんが顔を覗かせた。

「しょ、食品加工学科の小論文はなんだった？」

やはり生粋の水産女子、試験内容に興味があるんだろう。私は寝っ転がったまま苦笑いした。

「『一番おいしいと思う魚について自由に論ぜよ』だよ。困るよねぇ、そんなアバウトな」

「な、なんの魚にしたの？」

「エビ」

そう、私は大のエビ好きなのだ。しかし、小百合ちゃんは無表情で目を丸くした。

「オニテナガエビとかホンホッコクアカエビとかジュンタツヒメセミエビとか、具体的に書かなかったの？」

「うん。エビだけ」

小百合ちゃんは、そっと襖を閉めてしまった。

そして一週間後の十一月二十七日。

泥抜きが済んだ個体から、キャビアの採取を行う。これは食品加工室で行うので、担当するのは私たち食品加工コースの生徒だ。

選ばれた二匹のチョウザメは、採卵後は縫合《ほうごう》せず魚肉加工することになっている。もちろん、ナカスイ水産列車で料理としてふるまうのだ。

私たちは白い帽子にマスク、白衣に身を包んでいた。これは食品加工用の実習着、つまりはこれから食材に触れることを意味するのだ。みんなで包丁や調理台を消毒し、声がかかるのを待った。

「締めたよー！」

外からかさねちゃんの声が聞こえてきた。二匹を水揚げし、「神経締め」したのだ。

窓を開けると、かさねちゃんと渡辺君がそれぞれチョウザメを抱いている。もう動いてない魚体は、どちらも一メートルは余裕でありそうだ。

かさねちゃんは、大切そうにチョウザメを差しだした。

「よろしく頼むわ。あたしたち養殖技術コースが心血注《そそ》いで育ててきたチョウザメなんだからね。無駄にしたら許さないよ」

「まかせて」

窓越しに、がっしりと受け取った。重い。でも、これが、みんなの思いを受け継いだ命の重さなんだ。そして、天然のチョウザメを守るために生まれた人工体の、運命の重みでもある。

調理台に載せて、作業開始だ。

「鈴木、デカすぎて大変だろう。俺が代わる」

緑川君が調理台に横たわるチョウザメを指さすけれど、私は首を横に振った。

「ううん、私がやる。私がやらなきゃ」

「……でもさ、最初に重さを量るんだよ」

「秤《はかり》に載せればいいんでしょ」

少し言いにくそうに、緑川君は言葉をつないだ。

「いや、チョウザメが重すぎて秤に載せられないから、抱えて体重計に乗るの。で、そこから自分の体重を引くわけ。みんなに体重見られるけど、それでいいなら」

「……すみません、そこだけお願いします」

緑川君が抱えて量ると、一匹目は八キロ、二匹目は十二キロあった。これに占める卵の割合はどれほどになるのだろうか。

「じゃあ、捌《さば》きます。まず一匹目」

私は出刃《でば》包丁を手に取った。卵巣を傷つけないようにお腹に差し入れ、ゆっくり開いていく。

ふと、去年の雌雄判別実習を思い出した。あのときは、悲鳴を上げながらメスを入れてたっけ。

私も成長したもんだ。

「あった！」

黒い宝石がギュッと詰まっている。ヴェールのような卵膜に包まれて。

大切に取り出し、傍《かたわ》らに置いてあるボウルに移した。直《ただ》ちに別の生徒により隣の食品加工室に移され、加工が始まる。

残された魚体を下ろすのは後回しにし、すぐにもう一匹も開腹した。キャビア採取がすべてにおいて優先するのだ。

私は隣の部屋に声をかけた。

「卵の計測結果をお願いします」

「八キロの個体からは約一キロ、十二キロの個体からは約一・五キロ採取できました！」

緑川君の爽やかな声が返ってくる。

良かった。これから選別によるロス分を引いても、定員分は余裕で用意できそうだ。

隣の加工室では優しく卵巣を濾《こ》し、さらにキャビアをほぐしてミネラルウォーターで洗浄する。そして、一粒一粒ピンセットで選別していく。

神宮寺先生は、作業する生徒たちのそばで目を光らせていた。

「少しでも色がおかしかったり、血がついている卵は迷いなく弾きなさい！」

その声は厳しい。なんせ、高級品だ。

キャビア加工は彼らにまかせ、私はチョウザメを捌いていった。柵《さく》にした身は、真空パックにして冷凍庫にしまう。ナカスイ水産列車の料理を作る日まで、冷凍しておくのだ。

調理台には、まだ軟骨などのアラが残っている。チョウザメには硬骨がなく軟骨だけだから、骨まで食べられ、残すところがない。私は台を指さしながら級友たちを振り返った。

「みんな、どうやって食べたい？」

口々に、同じ答えが返ってくる。

「揚げたのがいい！」

やはり、男子高校生は揚げ物に弱いんだ。

「了解！」

私は軟骨をカットし、ビニール袋に入れて醬油《しょうゆ》と摺《す》り下ろしたニンニクとショウガなどを加えて揉《も》み込んだ。部屋の隅《すみ》にあるガス台に中華鍋を載せ、油をたっぷり入れて火を点《つ》ける。ビニール袋の中身に小麦粉をまぶして、次々に揚げ始めた。

「チョウザメの軟骨の竜田揚《たつたあ》げ」だ。

みんなは、選別作業を終えたらしい。神宮寺先生が岩塩の袋を片手に生徒たちを見回す。

「これから岩塩を加えていきますよ。塩分は九パーセント程度加えるのが一般的ですが、ナカスイは三パーセントです。非加熱・低塩分のフレッシュキャビアとして製品にしますからね！」

塩漬けされた黒い宝石は、最後に生徒たちの手によって冷凍庫へと収納された。

「終わったー！」

「やったね！」

「ばんざーい」

食品加工室で、みんなが万歳三唱する。外からも楽しそうな声が聞こえてくるのは、養殖技術コースだ。なんという一体感だろう。

私は歓声を聴きながら、チョウザメの軟骨揚げをステンレス製のバットに文字通り山のように載せていった。調味料と油の香ばしい香りが充満して、もうたまらない。これが私たち食品加工コースと、かさねちゃんたち養殖技術コースのお昼ご飯になるのだ。

「みんな、竜田揚げだけでいいの？」

見回すと、男子たちが次々に言う。

「足りるわけねー！」

「炭水化物よこせー！」

私は大笑いした。

「じゃあ、パスタも茹《ゆ》でよう！　チョウザメの残りの身でソース作るね。何がいい？」

油モノ好きの男子高校生たちが答えることは、ひとつだった。

「ペペロンチーノ！」

私は隣の食品貯蔵庫から、大量の乾燥パスタを抱えて来た。業務用の大鍋にお湯を沸かし、イツキに放り込む。

その日、みんなで食べたお昼ご飯は「チョウザメの竜田揚げとペペロンチーノ」。入学以来運命を共にしてきたチョウザメのおいしさが口の中に広がる、脂と塩分たっぷりの「青春の味」だった。

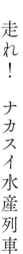

第七章

走れ！　ナカスイ水産列車

十二月六日、「ナカスイ水産列車」実施の前日。

ナカスイの食品加工室は食材や調味料の香りが立ち込め、白い実習服の生徒たちが忙しく動き回っていた。

「魚醤《ぎょしょう》取ってー！」

「足りねえよ、オイル煮！」

声の主《ぬし》は、私たち食品加工コースの三年生だ。もちろん明日仕上げる料理もあるけれど、今日の段階から仕込んでおかねばならないメニューも多い。

忙しさの反面、充実感にも包まれていた。なにせ、ナカスイ五十年の歴史で初めて「水産列車」を運行するのだ。

定員が埋まらずやきもきしていたけど、「フレッシュキャビアをご用意できます」の告知を出した瞬間にＳＮＳなどで広まり、あっという間に定員に達した。旅行代理店の話によると、告知開始から一時間もかからず埋《う》まったらしい。

参加費用は一万円。お客さんたちは、この料理を食べてどう判断するんだろうか。高すぎると思うのか、安いと思うのか。あれこれ考えると料理の手が止まってしまうし、味が決まらない。ありったけの思いをこめて作るしかない。

ふと時計を見たら、間もなく午後四時だ。でも、まだまだ作業は終わらない。明日は朝六時から調理が始まるけれど、私は列車でアテンドするから料理には携《たずさ》われないのだ。今日、できることすべてをしなくては。でも、もうひとつ気がかりなことがあった。非常に重要なことだ。

「鈴木さん」

神宮寺先生の声だ。姿を探すと部屋の隅《すみ》で私を手招きしている。そばに行くと、そっと耳打ちしてきた。

「職員室にいるフィッシュマン先生のところに行ってらっしゃい。推薦《すいせん》入試の合格発表、四時でしょう」

ついに！　心臓が跳ねる。

更衣室でジャージに着替え、校舎へ歩きながら「小百合ちゃんに続けますように」と、今さら遅いかもしれないけど祈る。

同じ大学でも海洋生物学科を受けた小百合ちゃんは、一足先に昨日結果が出ていた。もちろん合格。昨晩は下宿でお祝いパーティをやったのだ。

そういえば、関君も航海科を目指しているはずだ。でも、推薦受験なのか一般受験なのかそれすらもわからない。最後に電話をしたのは、ロープの結び方を聞きそびれた時だ。私を挟むとかなりのタイムラグがあることにイライラしたのか、かさねちゃんはその後自分で直接電話することにしたので、私は関君に連絡をしていない。関君からもない。もしかして、もう彼女ができていたりして。

そんなことを考えてしまうのも、現実逃避なのかもしれない。フィッシュマン先生を前にしたら現実が戻ってきて、緊張のあまり吐きそうになってしまい、口を押さえる。

「よし、時間だ」

フィッシュマン先生がデスクの上のデジタル時計を見て告げた。私はスマホで大学の合否結果のページにアクセスする。受験番号を入力し、パスワードは誕生日だ。「次へ」ボタンを押せば、結果が出る。

「……落ちました」

太陽が消えて、目の前が真っ暗になる。続いて、地面が崩《くず》れ落ちる感覚が襲ってきた。そのまま、瓦礫《がれき》と一緒に奈落へ落ちていきそう。

考えてみれば、私が受験に落ちるって初めての経験なんだ。どうしていいかわからない。混乱の中で、私は感情のまま叫んでしまった。

「先生の嘘《うそ》つき！　言ったじゃない、私の活動実績なら受かるかもしれないって」

八つ当たりはいけない。それはわかっている。でも、言わなきゃ収まらない。フィッシュマン先生は眉《まゆ》を下げ、唇を嚙《か》みしめて私を見つめている。

「だから私、ここまで一生懸命頑張ったのに。ナカスイ水産列車を実現させようと……」

もう無理だ。職員室から飛び出して廊下を走り、階段を駆け上がって校舎の屋上に出た。夕陽の色にコンクリの床が染め上げられている。私は膝《ひざ》を抱えて座り、紅《あか》い世界でわあわあ泣いた。

終わった。

推薦入試にすべてをかけていたから、大学入学共通テストには出願していなかった。親に浪人は認められないと宣告されている以上、一般入試であろうと来年の再チャレンジは許されない。

夢見ていたのに。大学に入って、食品開発の勉強をして。そして、将来は……。

頑張ったのに。推薦に合格するため、ナカスイ水産列車を走らせて……。

いや、まだ走ってないか。明日走るんだ。

私が泣いているこの瞬間でさえ、ナカスイ水産列車のために動いてくれている人がたくさんいる。直接関わっていないから私にはわからないけど、鉄道会社の人もいろいろ調整してくれたはずだ。もちろん、間に入ってくれた旅行代理店の人も。そして今、水産実習棟では同級生のみんながてんてこまいになって調理してくれている。他コースの子も、一年生も二年生も食材を用意してくれたり、パンフレットや記念品の準備を手伝ってくれたり……。

そもそも発案者は誰だっけ？　それは私、生徒会長である私だ。べそなんてかいてる場合じゃない。

でも、体が動かない。誰も来ないでと思いつつ、誰か助けに来てと思ってしまう。

「あははは」

自分自身に呆《あき》れ、情けなくて笑ってしまう。結局私は、成長していないんだ。入学してから全然変わらない。

——これじゃ、推薦に落ちるのも当たり前だ。

私、なんでナカスイ水産列車を走らせようと思ったんだっけ。推薦入試の実績作りだっけか。いや、その前に一段階ある。極楽タケシに腹が立ったからだ。ナカスイ廃止論なんか許せないと、ナカスイの魅力をアピールしたかったからだ。そしてナカスイ水産列車を実現できたとき、私は強くなっているに違いないと信じていたから。

そうだ、自分で決めたんじゃないか、強くなるって。こんなめそめそ泣いていたら、関君は遠い存在のままだ。

強くなれ、私。そのために、ナカスイ水産列車を走らせなければならない。その先に何があるのかはわからないけど、きっと見えてくるものがあるはずだ。

「やらなきゃ」

フェンスの金網にしがみつくように、よろよろと立ち上がった。制服のポケットからティッシュを出して、洟《はな》をかむ。

空を見上げると、山の方からもう夕闇《ゆうやみ》が迫《せま》っている。弱い自分なんて、闇に消されてしまえ。

「行かなきゃ」

戻るんだ、水産実習棟へ。そしてナカスイ水産列車を成功させるんだ。もう私自身のためだけじゃない。実現しようとサポートしてくれた先生たち、仲間たち、私の見えないところで支えてくれている人たちのために。そして、ナカスイの存続のために。

ハンカチで涙を拭《ふ》くと、水産実習棟へと戻った。

十二月七日。ナカスイ水産列車参加者の集合時刻は午前十時だ。

ＪＲ宇都宮駅の九番ホームは、列車を前に賑わっている。これからナカスイ水産列車に乗ろうというお客さんや、そして、写真に撮ろうといういわゆる「撮り鉄」たちだ。

二両仕立ての「ＡＣＣＵＭ」は既に到着していて、旅行代理店のスタッフさんたちが、無駄のない動きで料理ケースの運び入れやテーブルの設営をしている。さすが、プロフェッショナルだ。

「間に旅行代理店を入れるように」と鉄道会社から指示があった理由がわかる。列車は定時運行がマストだ。このようなプロの動きでないと、運行に支障を来す。烏山線は単線のうえ、今回の「ナカスイ水産列車」は臨時運行なので、前後の定期列車の時刻が動かされている。それを実現するにも、きっとたくさんの人の努力と協力があったのだろう。

旅行代理店の担当は、湯沢《ゆざわ》さんという三十代前半の女性だ。長い髪をきっちりアップにまとめ、黒いパンツスーツに身を包み、キビキビとした口調が心地よい。私が参加した打ち合わせのときも、先日行われたリハーサルも、私を高校生だと軽んじることなく、対等のビジネス相手として扱ってくれる気持ちの良い人だ。

彼女の姿を探すと、スーツ姿のフィッシュマン先生に気が付いた。列車には、先生もひとり同乗することになったのだ。ただし座席はないので、車両の隅に立つことになる。

昨日の不合格で私が八つ当たりしたこともあるのか、目立ってはいけないと思っているのか、柱の陰からそっと見つめていた。

「鈴木さん！」

湯沢さんが腕時計をちらりと眺めながら、早足で近寄ってきた。

「ただいま十時十五分です。まだお見えでない方はおふたりいらっしゃいますが、十時三十二分発ですから、もうご案内された方が良いと思います」

「わかりました」

さあ、本番だ。切り裂くように寒い冬の空気を、思い切り吸った。

「『ナカスイ水産列車』にお申し込みくださったみなさま、おはようございます。本日はご参加くださいまして、ありがとうございます」

ペコリと頭を下げると、拍手が起きた。感慨に浸《ひた》っている余裕はない。文字通り分刻みのスケジュールなのだ。予行練習通り進めていかなくては。

顔を上げ、車両ドアを指し示した。

「車両は二両編成です。一両目と二両目、それぞれのドアからご乗車いただき、受付番号の札がある席にお座りください。受付番号一番から四十八番のお客様は先頭車両、四十九番から九十六番までのお客様は二両目となります」

受付名簿は湯沢さんが持っていて、受付業務もスタッフさんたちが迅速かつ丁寧にやってくださる。

ぷしゅー、という音と共に、車両のドアが開いた。

生徒会長の私は、ドアで「ようこそいらっしゃいました！」とお辞儀しながら、お客さんをお出迎えする。みんな乗りこみながら会釈《えしゃく》したり、声をかけてくれる。

「頑張ってね、さくらちゃん！」

艶《あで》やかなセーターにパンツルックは、進藤君のお母さんだ。一緒にいるナイスミドルのオーラが眩《まぶ》しい男性は、きっと進藤君のお父さんだろう。なんかの会社の社長だっけ。

そのあとに気品溢《あふ》れる女性が続いた。小百合ちゃんのお母さんだ。

「さくらちゃん、今日はよろしくね。小百合もしっかり支えるのよ」

「う、うん！」

私の隣に立つ小百合ちゃんは、まだスイッチの入っていないWEBカメラを持ちながら何度も頷《うなず》いた。今日の様子は、ナカスイ公式ユーチューブチャンネルで生配信する。彼女はカメラ係だった。なんで島崎君ではないのかというと、彼には重要な責務があるのだ。

「あの、すみません、あなたが責任者ですか」

受付を済ませたお客さんが、ドア脇に立つ私のところに近づいてきた。どこにでもいそうな三十歳くらいの男性だ。

「は、はい。そうですが」

「僕、ユーチューバーなんですが、生配信してもいいですか？　後日編集してからの配信でもいいんですけど」

ユーチューバー！　極楽タケシの件で、私が持つ印象は最悪だ。でも、断って逆ギレされても困ってしまう。考えた答えは……。

「生配信はできればご遠慮ください。後日の配信でしたら、周囲のお客様が映らないようにご配慮いただければ大丈夫です。撮影は車窓と料理のみでお願いします。それでよろしければですけど……」

「うん。いいよ！　ありがとう」

よ、良かった。胸をなでおろす。世の中にはこういう善意あるユーチューバーもいるんだ。機嫌良く乗り込んでいく後ろ姿を見ながら気付いた。あの人、どこかで見たような気が。誰だっけと考えていると、また声を掛けられた。

「鈴木さくらさん、今日はよろしくお願いいたしますね」

振り向いた先にいるふたりは――。

「パパ、ママ！」

見知った顔が手を振っているではないか。

ママは「これは勝負服として買った。半額セールだけど」と前に言っていた花柄のセットアップを身にまとい、口に手を添えてホホと笑っている。

「たまの贅沢《ぜいたく》で参加させていただきました」

「申し込んでたの！　そんなこと一言も言ってなかったじゃない！」

「だって、知ってたら『取り下げろ』ってどうせ言うでしょ」

「まぁ……ね」

「今日はお客様なんですから。きっちり実力のほどを拝見させていただきます」

ママとパパは、受付番号票を提示して車内に消えて行った。

我が家の経済状況から二万円を捻出《ねんしゅつ》してくれたなんて。しかも受付番号が一番と二番だった。定員が埋まらないから参加してくれたんじゃなくて、いの一番に申し込んでくれてたんだ。涙ぐんでる場合ではない。私は受付済みのお客さんが全員乗り込むのを確認すると、ホームで受付簿を持ちキョロキョロしている湯沢さんのところへ行った。

「あと五分で発車ですけど、全員お揃《そろ》いですか？」

「まだ、おふたり残ってます。受付番号九十五番と九十六番の東京からご参加のお客様で、接続する新幹線や在来線はもう到着しているんですが……キャンセルのご連絡はいただいておりません。私はギリギリまで待ちますから、どうぞご準備の方を」

「ありがとうございます」

欠席でも返金はできないから金銭的な損失は生じないんだけど、やっぱり満席で運行したい。私は焦る気持ちを落ちつかせ、先頭車両に乗り込んだ。

中に入ると、見知った車内の光景ではなくなっていた。そう、「レストラン列車」に姿を変えているのだ。

ベンチシートの長さに合わせたテーブルが通路に設置され、その上に今朝ナカスイから業者さんが運んできた紙のお弁当箱が並べてある。添えてあるペットボトルは、地元の「那珂川茶園」の人気商品「那珂川のおいしい和紅茶」だ。

今日の食事は、往路と復路でそれぞれに出す。往路は、オードブルセット。到着した烏山駅で焼き立ての鮎の塩焼きが供されて、復路はテイクアウト仕様だ。これは、「烏山駅に着いたら、そのまま観光に出かけたいと申し出た方がいる」という理由で、参加記念品も入っている紙袋は烏山駅に着いてから渡す予定になっていた。

発車三分前。

空席がまだふたつある。できれば満席で行きたい。お願い、早く来て。泣きそうになりながらホームに目をやっても、カメラを構えた鉄道マニアや見送りの人、報道陣ばかりだ。

発車一分前。ダメだ間に合わない……と諦めかけたところへ、女性ふたりが駆け込んできた。

「すみません、車で来たんですけど渋滞に巻き込まれちゃって！」

ふたりとも、太い黒縁の眼鏡《めがね》に大きいマスクをしているから顔はわからないけど、声から判断するにかなり若い女性だ。東京から車で電車に乗りに来るって、なかなかすごい。まあ、世の中にはいろんな人がいるのだろう。

なんて感心している場合ではない、出発の号令をかけなくては。

生徒会行事なので、車内アナウンスなどは生徒会長の私が行う。運転席に入ると運転士さんが車内マイクを貸してくれた。使用の特別許可を得ているので、運転席のマイクを使用できるのだ。

「ナカスイ水産列車、出発いたします！」

お客さんたちの期待に満ちたざわめきに、発車ベルが重なった。運転席から客席には直接行けないので、私は一度ホームに出てから一両目に乗る。

「行ってらっしゃい！」

ホームにいる一年生たちと先生方が「祝！　ナカスイ水産列車運行」の横断幕を掲《かか》げ、列車に手を振った。

「行ってきまーす！」

参加のお客さんたちが手を振り返すなか、列車はゆっくりと進みだした。しばらくは住宅街が続くので、この間に挨拶《あいさつ》や説明などを行う。

運転中にマイクは借りられないので、声を張り上げることになる。でも、小百合ちゃんが撮影する映像がナカスイ公式ユーチューブチャンネルで生配信されるから、車両にいくつも設置した大型のモニターで観ることもできるし、お客様のスマホで観ていただいても構わない。

二両目にはかさねちゃんとフィッシュマン先生、そして湯沢さんもいるから、やり方がわからないお客さんにもサポートができるのだ。

宇都宮駅を出て、隣の岡本駅を過ぎるまでは普通の住宅街が続く。この区間で挨拶や案内をしようと決めていた。スピードが一定したあたりで、私は声を張り上げる。

「みなさま、こんにちは！　改めまして、ご挨拶させていただきます。わたくし、『ナカスイ』こと栃木県立那珂川水産高校生徒会長の鈴木さくらでございます。本日は『ナカスイ水産列車』にご参加くださいまして、ありがとうございます。この列車は、全国唯一海なし県の水産高校であるナカスイの生徒が、自分たちで育てたり、獲ったりした魚をおいしく食べていただこうと、そしてまた、ナカスイの存在を知っていただこうと企画した列車です。往路四十八分、烏山駅での滞在は十七分、そして復路四十八分という短い時間ですが、水産列車の旅をお楽しみいただけますと幸いです」

お客さんたちの拍手を聴きながら、私は手元のスケジュール表に目をやった。同じものは各席の前に置いてあるけど、あらためて説明することから始める。

「それでは、本日のスケジュールについてご説明いたします」

私は腕時計をちらりと見た。既に三分経過している。思いのほか早い。発車から約九分後、鬼怒川を渡り始めるときにお弁当の箱の蓋《ふた》を開けてもらうようにしなければ。

「往路、烏山駅、復路の三部構成となっております。まず、往路のお食事について説明いたします。テーブルの上に、ナカスイ・オードブルセットをご用意いたしました。烏山駅に到着するまで、こちらをご堪能いただければと思います」

乗客の視線が一斉に、私やモニターから箱に移った。

画面には私の顔がドアップになっている。小百合ちゃん、もうちょっと「引き」で撮影してくれないだろうか。しかし、すぐに箱の内容にカメラを移してくれた。

「では、メニューのご説明をさせていただきます。箱に添えてあるメニュー表をご覧ください。まず一品目、シジミのマリネです。西洋ネギやニンジンなど、冬野菜と共にマリネにいたしました。シジミはナカスイ近くの水路で獲ったものです」

おおおー！　と歓声が上がる。そう、この意外性こそがナカスイ水産列車なんだ。

「宍道湖《しんじ》のような汽水湖《きすい》にいる大和《やまと》シジミとは違う種類で、マシジミという淡水に棲《す》むシジミです。大和シジミに比べますと味は薄めですが、那珂川の水に生息しているため、清らかな味がします。なお、本日お出しするお野菜は、ほぼすべてナカスイの河川環境コースの生徒が栽培したものです」

画面が、私の顔からナカスイの畑に切り替わった。実習着姿の生徒たちが、大根やニンジンを片手に手を振っている。

「二品目は、鮎《あゆ》の一口シーチキンサンドです」

笑いとどよめきが起きる。やっぱり、こういう反応になるのか。

「と言いましても、材料は鮎です。ナカスイ人気商品の鮎のオイル煮をマヨネーズと和《あ》えるとシーチキン風味になると、オイル煮ファンの方が教えてくださいました」

「はーい、それは私でーす」

シートに座ったまま進藤君のお母さんが手を振ると、お客さんたちから歓声が沸《わ》きあがった。

「それを、ハーブと一緒にサンドいたしました。使用したハーブはアクアポニクス……簡単に言えば、魚を育てる水を循環させて栽培したものです」

「こちらのお嬢さんが、三年間ずーっと頑張って育ててるのよ。ひとりで」

進藤君のお母さんが、私の隣でカメラを構える小百合ちゃんに右手を向けると、車内から感嘆のようなどよめきが起こった。小百合ちゃんは頬《ほお》を染め、お辞儀をする。カメラを持っていることを忘れているのだろうか、モニターの映像がブレブレだ。

ふと小百合ちゃんのお母さんを見ると、シートに座ったまま何度も何度も頭を下げながら目頭を指で拭《ぬぐ》っている。私もつられそうになったけど、スケジュール通りに進めなければならない。手元の紙に視線を落とした。

「三品目はウナギのゼリー寄せです。ウナギは、マシジミと同じ場所で獲った天然ものです」

さすが『天然ウナギ』はパワーワードだ。お客さんたちの目が輝きだしている。

「四品目はサワガニの甘辛煮です。ナカスイの裏山を流れる川で捕獲したものですが、そのへんの畑をのんびり歩いているサワガニもいます」

クスクス笑いが起きる。良かった、車内の雰囲気が和やかだ。

「五品目、ドジョウの南蛮漬《なんばんづ》けです。こちらも天然もので、マシジミやウナギと同じ場所で獲りました、運命共同体ですね。そして六品目は先週採れたばかりの……フレッシュキャビアです！」

「おおおー！」

さすが今日の主役。お客さんたちは喜色満面《きしょくまんめん》の笑みだ。この瞬間だけで、私の苦労が報われた気がする。まだ早いけど。

「七品目のクラッカーにお好みで乗せてお召し上がりください。地粉《じごな》を使い、手焼きしました」

私はちらりと車窓を見た。地方都市的な住宅街を抜け、間もなく……鬼怒川を渡る。ここからが本番だ。

「では、どうぞお召し上がりくださいませ」

一斉に紙の蓋を開ける。七つの仕切りのあるオードブル容器が現れ、料理の香りと参加者のどよめきが車内に満ちていく。

「すごい、宝石箱みたい！」

「おいしそう！」

口々に感想を言うお客さんの様子に目を走らせた。少なくとも、がっかりしている人はいなさそう。うん、大丈夫だ。

「ご存じのように、キャビアはとても繊細な食べ物です。金属のスプーンで食べると、その金属臭が感じられるほどです。そのため、古くからキャビアを食べるときは貝殻を削《けず》り出して作ったキャビア専用のシェルスプーンや、木や金《きん》などで作られたものが使われてきました。本日は、武茂川で採れる砂金でコーティングしたスプーンをお出ししたかったのですが、肝心の砂金が一か月に一粒採れれば良い方でして、百年経っても無理かと……」

車内が爆笑に包まれた。良かった、ここは「笑いポイント」だったのだ。私はホッとして、ポケットから現物を出して掲げた。

「本日お使いいただくこちらのシェルスプーンは、那珂川に生息するカラスガイを加工したものです。養殖技術コースの三年生が製作いたしました」

中心となって作ってくれたのは、渡辺君だ。彼は今、食品加工コースの三年生と一緒に烏山駅で鮎の塩焼きにいそしんでいるはずだ。

「それでは、車窓の景色と共に、どうぞご堪能くださいませ」

話題の主である、透明な蓋つきプラスチック容器に入ったキャビアが鎮座しているのは、七区画の真ん中だ。眺めていると、やっぱり最初にキャビアに手が伸びる方が多い。

「塩味、ちょうどいいわね」

進藤君のお母さんがスプーンを口に運び、開口一番に褒《ほ》めてくれた。

「さすがフレッシュキャビアだわ。魚卵のまろやかさが、パスチャライズ・キャビアより強く感じられる！　素晴らしくクリーミーだわ」

「これって、タラコや数の子と同じテンションで食べちゃダメなんですよね？」

ママが、隣にいる進藤君のお母さんに訊いている。当たり前だよ、なに言ってるんだよ！　と怒鳴《どな》りたくなったけど我慢した。なんせ、アテンド中だ。進藤君のお母さんが、ほほほと笑う。

「お好きなように食べればよろしいのよ。それがいちばんおいしいから」

「そ、そうなんですね」

パパと顔を見合わせ、ママはスプーンにキャビアを乗せて一口含む。目が瞬時に輝き、手で口元を押さえた。

「おいしい！　イクラというか、タコの卵に近いですね、食感が」

タコの卵なんて家のご飯に出たことあったっけ。パートしているスーパーの総菜にあるんだろうか。

「プチプチっていうか、トロンって感じなんだな」

パパの顔も、トロンととろけそうだ。こんな表情のパパを見るのは初めてだ。嬉《うれ》しくて、もぞもぞしてしまう。

「香りも良くて、塩味も控えめね。余韻だけで『追いクラッカー』したくなるわ」

優しい笑みを浮かべながら感想を言ってくださったのは、小百合ちゃんのお母さんだ。

「鮎のシーチキンサンド、おいしー」

ママが、ホッとしたように食べている。やはり、庶民的な味は落ち着くのだろうか。さすがのママも緊張しているんだ。

「ウナギのゼリー寄せ、いろんな野菜も入っててカラフルでいいね。華やかだ」

「ドジョウは全然癖がない。匂いが苦手だったんだけど、南蛮漬けってのが良いんだな」

「まさか、シジミが栃木県に生息していると思わなかった。食べるの、これが一生に一度の気がするけど」

お客様の感想に耳をそばだてる。今のところネガティブなものはなさそうだ。ホッとして腕時計を見て驚いた。十一時十五分。もうそんなになるんだ！　時間が過ぎるのがすごく速い。私は声を張り上げた。

「次の滝駅を過ぎましたところで、画面にご注目ください」

緊張で息が荒くなる。島崎君、頑張って。

そして映像が切り替わった。滝だ。那珂川に注ぐ江《え》川にかかる、高さ約二十メートル幅約六十五メートルの大滝、龍門の滝が冬の青空をバックに映っている。ミニサイズの「ナイアガラの滝」のような真上を……。

「うわあああ！」

お客さんたちが嬉しそうに、外に視線を移した。

画面には、龍門の滝の真上を走るまさにこの車両――ナカスイ水産列車――が映っていたのだ。画面が引きになると、滝を間近で見られる遊歩道に「ようこそナカスイ水産列車へ！」の横断幕を持ったナカスイ二年生たちが、列車に向けて手を振っていた。車内のお客さんたちも自然とモニターに振り返す。これで、生徒との一体感を感じていただけただろうか。

目頭が熱くなる。でも、まだ早い……と思ったら、本当に早かった。往路終点の烏山駅を目前に、それは起きた。

体に強い制動が来て、甲高《かんだか》い音が鳴り響く。急ブレーキだ。

吹っ飛ばされそうになり、私は慌てて手すりにしがみついた。自分自身よりもお客さんと容器が気になったけど、みなさん座ったままだし、料理も飲み物もこぼれたり飛んでいったりはしてないようだ。

運転席を見ると、運転士さんがマイクを手に取ったところだった。

「ただいま、烏山駅の手前で線路内に人が立ち入ったとの情報が入りました。安全確認が取れるまで、しばらくお待ちください」

「うげっ」

しばらくってどのくらい。渡辺君たちが、ベストな時間に出来上がるように鮎の塩焼きを調整しているのに。どうしよう、どうしよう、どうしよう。

「落ち着きな」

二両目にいたかさねちゃんが素早くやって来て、私の耳元で囁《ささや》いた。

「あんたが焦《あせ》ったら、お客様にも伝播《でんぱ》する。渡辺にはあたしが電話するから、あんたは場をつなぎな」

そんな、いきなり言われても。芸能人じゃないんだし。

「つなぐってどうやって」

「それくらい自分で考えなよ！」

さっさと、かさねちゃんは二両目に戻ってしまった。どうしよう。かさねちゃんが残っていれば漫才でもやったのに。不満の声が上がり始めたら、私はどうしたらいいのか。

一秒が一分にも感じる。どうしよう、どうしよう、どうしよう。

ほほほ、と甲高い笑い声が起きた。進藤君のお母さんだ。

「あらぁ、キャビアの余韻に浸りたかったのよね。ちょうど良かったわ」

それが連鎖したように「気にすんな！」「待ってるから大丈夫！」「頑張れー！」と車内から声援が起きた。

「あ、ありがとうございます」

何度も何度も頭を下げていると、二両目にいた男性客が歩いてきた。

「はい！　みなさん、こんにちはー。ユーチューバーのマサルでーす！」

「うそー、マサルー！」

「超ラッキー！」

お客さんたちの目が、一斉に輝きだす。

どこかで見たことがあると思っていたけど、ようやく思い出した。ディープなご当地グルメ紹介番組で有名な、あのマサルだ！　私が一年のとき、当時三年の安藤元部長の「ナマズの内臓せんべい」を自分のユーチューブ番組で紹介してくれてナカスイに注目が集まり、「ご当地！おいしい甲子園」でナカスイが敗者復活するキッカケを作ってくれたのだ。

マサルは車窓を背景に、自撮りしていた。このアングルだとお客さんは映らない。さすが超一流だ。

「今日はね、鉄ワールドで話題の『ナカスイ水産列車』に乗ってまーす。お客さんたちで映り込みたくないって人、手を挙げてくれる？」

誰も手を挙げない……と思ったら、いた。二両目最後尾にいるマスク姿の女子ふたり組だ。

「じゃあ、あなたたちは映さないから安心して。逆に映ってもいいって人は？」

「はーい！」

残りの全員が手を挙げた。

マサルはニッコリ笑い、カメラを持つ手をゆっくり車内に回した。

「じゃあ、緊急生配信しちゃうよ！　まず、往路の料理の内容ね。なんと聞いて驚け、キャビアだったんだよー。しかもフレッシュでさぁ」

まさに立て板に水。カリスマユーチューバーは往路のレポを始めた。

そうか、空白時間をカバーしてくださっているんだ。ありがたい……と拝《おが》んでしまいそうになっていると、十分くらい経《た》っただろうか。アナウンスが流れた。

「線路内に立ち入ったお客様の安全が確認されましたので、間もなく発車いたします」

ホッとして、倒れそうになる。私は手すりにしがみついた。

マサルはカメラを車窓に向けたまま、優しく微笑んだ。

「生徒会長さん、良かったねー！　みなさーん、努力を讃《たた》えてあげましょう！」

車内が手を叩く音で満ち溢れる。私は「ありがとうございます」と何度も何度も頭を下げた。

二両目の奥にいるかさねちゃんが、電話を片手に親指を立てた。渡辺君にＧＯサインを出したのだろう。

ゆったりと列車が動き出す振動が足に伝わってくる。安堵《あんど》のあまり床に座り込みそうだ。しかし、そんな場合ではない、お客さんへの説明を続けなければ。

私は旅行代理店から事前にもらった緊急事態対応集を開いて確かめた。トラブル等があり到着が遅れた場合は、その分復路の発車が遅れると言われていた。烏山駅の滞在時間に変更はない。

「間もなく、往路終点の烏山駅でございます。現地では、ナカスイで養殖した鮎の塩焼きを用意しております。停車時間は十七分ですので、どうぞ焼き立てをお召し上がりください。お申し出いただければ、お持ち帰り用に容器をお渡しいたします」

もうひとつ重要なことが。マップを片手に叫んだ。

「お手洗い等のご休憩《きゅうけい》もぜひどうぞ。お手元の駅前マップに丸印がついてるお店は、トイレのご利用ができます」

特に女性のお客様が嬉しそうに顔を見合わせている。

「助かるわ、混雑しそうだもの」

「嬉しいわね」

喜びの声が聞こえてきて、私も嬉しい。そして、ここからだ。

「復路のお食事は、鮎の炊き込みご飯とモクズガニの炊き込みご飯の二種類のおにぎり、そしてチョウザメの竜田揚げ、鮎の魚醤を使ったルタバガのたまり漬けのお弁当です。ルタバガとはスウェーデンの蕪《かぶ》で、ナカスイの農場で育てたものです。竹皮に包み、テイクアウト仕様となっております。今回、途中下車をご希望のお客様は烏山駅でお別れとなりますので、どうぞお持ち帰りください」

途中下車の方がいることに加え、往路で満腹になってしまう方もいるかもということで、復路はテイクアウト仕様にしたのだ。

さらに、まだある。

「ご乗車記念に、汽車土瓶をご用意いたしました。こちらです」

かさねちゃんが隣に来て、現物を掲げた。小さな黄土色の土瓶に持ち手と蓋がついている。蓋は、ひっくり返すと湯のみになる作りだ。

「汽車土瓶とは、明治から昭和にかけて駅弁のお茶入れとして用いられていた土瓶です。ポリ容器に取って代わられ、今はペットボトルになりました」

「うわー、懐かしいー！」

「覚えてるよ！」

シニア層のお客さんから、歓声が上がる。

土瓶には跳ねる鮎が描かれていて、ひとつひとつ筆致が異なる。掛け軸かと思うような素晴らしい絵もあれば、アニメチックな鮎の絵もあった。

「このナカスイ水産列車のために、生徒たちが那珂川町名産である小砂焼《こいさご》きの窯元《かまもと》に行き、ひとつひとつ手作りいたしました。本日の日付と、『ナカスイ水産列車ご乗車記念』の刻印が入っています。本日の記念となれば幸いです」

速度を落とし、列車がしずしずと烏山駅に入っていく。

ホームでは、出迎えの人たちが手を振っていた。報道陣に鉄道マニア、そしてご近所さんと思《おぼ》しき方々。見知った顔はナカスイの在校生と先生たちだ。「ナカスイ水産列車往路ゴール！」の横断幕を掲げ、笑顔で待ち構えている。

そして、ドアが開き飛び込んできたかぐわしい香りは、鮎の塩焼きだ。

実習着姿に軍手をはめた渡辺君と食品加工コースの三年生たちが、改札の先にある広場で、炭火の前に立っていた。渡辺君は、列車から降りた私と目が合うと、ニカッと笑って親指を立てた。

やっぱり、渡辺君は鮎の塩焼きアニキだ！

残念ながらホームでは火を使った料理の許可が下りなかったので、駅前の広場で焼くことになったのだ。

私は安堵のため息をつくと、改札の向こうを指し示した。

「それでは、どうぞ鮎をお召し上がりください！」

殺到するお客さんに、生徒たちが手際よく渡していく。一口頬張るやいなや「焼き加減最高！」「おいしい！」と褒めてくださるので心弾む。

さあ、今だ。

「みなさま、ＡＣＣＵＭをご覧ください」

お客さんは鮎を頬張りながら、私が指し示す方を見つめる。車両のパンタグラフが上がっているのがわかるはずだ。

「こちら終点の烏山駅には『充電ゾーン』があり、ＡＣＣＵＭが架線から充電している姿をご覧になれます」

「電車も、みなさまと一緒にお食事中というわけでーす」

かさねちゃんがあっけらかんと言うと、お客さんたちは大笑いだ。

私はかさねちゃんと顔を見合わせ、ホッとした。ここも、「お笑い」ポイントだったのだ。外さなくて良かった。

さて、十七分の間に復路の準備に取りかかる。たかが十七分、されど十七分だ。

肝心のお弁当は、旅行代理店のスタッフさんたちが専用ブースで紙袋をひとつひとつ手渡している。テキパキしていて、見とれてしまうくらいだ。

遅刻してきたマスク女子ふたり組は紙袋を受け取ると私のところに小走りで来て、快活に手を振った。

「私たちはここで失礼します」

「おいしかったでーす」

そのまま走って行く先には、黒塗りの高級車が待っていた。ナンバーは品川だ。あのふたりは、どこの誰なんだろう。個人情報うんぬんで、旅行代理店に参加者名簿を見せてもらえないから名前がわからない。でもなんか記憶にある、あの声。ひとりは鼻にかかったちょっとハスキーな、もうひとりは甲高い……。

ハッとなり、腕時計を見たら出発五分前だった。記憶をたどっている場合ではない。私は慌てて声を張り上げた。

「まもなく復路の出発です！　引き続きご乗車の方は、車内にお戻りくださいませ」

お客さんたちは、竹串を臨時ごみ箱に捨てながら車内に戻っていく。

ドア脇で名簿を確認する湯沢さんが、私に笑顔を見せた。

「先ほどのおふた方以外は、すべてお乗りになりました」

「わぁ。みなさん、最後までおつき合いくださるんですね」

フィッシュマン先生とハイタッチした神宮寺先生が二両目に乗り込む姿が見えた。同乗する先生は交替になるのだ。

透き通る青い空に、山あげ祭のお囃子《はやし》が響き渡る。発車メロディだ。

そうだ、私も乗らなくては。慌てて車内に戻るとドアは閉まった。自身も食事を終えたACCUMは、宇都宮駅に向けて元気よく走り出す。

ホームを見るとナカスイの生徒たちが「また来てくださいね」とぴょんぴょん飛び上がり、元気に手を振っていた。

車内には、九十四人のお客さんたちが次々に開封するお弁当の香りで満ち始めていた。醬油、生姜《しょうが》、そしてチョウザメだ。

「チョウザメの竜田揚げっておいしい！　白身魚みたい」

ママが目を爛々《らんらん》と輝かせて、次々に口に運んでいる。隣にいる進藤君のお母さんも、フレッシュキャビアの時とはまた違う味わいを楽しんでいるようだ。

「むしろ、昔は身が主役だったそうですよ。古代中国では、チョウザメの浮袋《うきぶくろ》や唇は絶品と言われていたんですって」

「あらぁ。スーパーのお総菜コーナーで売ればいいのに」

私は腕時計を見た。もうすぐ滝駅だ。もう一度、龍門の滝でネット中継があるはず。

「みなさま、もう一度モニターにご注目ください」

画面には、滝の前の遊歩道でナカスイの二年生たちが……いない！　なんだ、どこに行ったんだ。島崎君、どうしちゃったんだよ。

と思ったら、女の子ふたりがカメラの前に現れた。それぞれ顔の隣に掲げる紙袋は、さっき烏山駅で渡したものだ。とすると、途中下車したふたり。しかし、どちらもマスクは着けず、眼鏡も外している。それでわかった。憎らしいくらいに可愛《かわい》いこのふたりは、同じ事務所に所属するアイドルだ。

『小松原茜です！　ナカスイ水産列車、おいしかったー！』

『皇海梨音《すかいりおん》です！　フレッシュキャビアも何もかも、最高でした！』

画面のふたりが手を振りながら叫んでいる。

「あかぴょんじゃないの！」「りょんりょんだ！」「なんだ、サイン欲しかったー！」車内の歓声とどよめきがすさまじい。

かさねちゃんが私の隣に来て、呆《あき》れたようにモニターを見つめた。

「あんた気付いてた？」

「いや、全然」

ふたりで顔を見合わせて苦笑いしてしまう。

「渡辺、今ごろ悔《くや》しがってるね。小松原茜は元推《お》し、皇海梨音は推し真っ最中だもんねぇ」

小松原茜は、「ご当地おいしい！甲子園」で特別審査員賞を私たちにくれたし、皇海梨音は、MHKの番組でナカスイに取材に来てくれたという浅からぬ関係がある。なるほど、プライベートで参加してくれたんだ。

私は、カメラを構える小百合ちゃんをチラリと見た。小百合ちゃんは小学五年から中学までずっと不登校で、その原因は同級生だった小松原茜の暴言だったのだ。

私の視線に気付いたのか、小百合ちゃんは顔を上げると笑顔を作った。

「だ、大丈夫だよ。ま、前に言ったでしょ。もう昔のことは忘れちゃったって。だ、だってナカスイが楽しすぎるから」

「そっかぁ」

今の言葉は、小百合ちゃんのお母さんの耳にも入ったはずだ。さりげなく見てみると、お母さんは目を閉じて小さく頷いていた。

「おにぎり、おいしいねぇ」

「鮎の魚醬のたまり漬け最高〜」

「烏山線の素朴な車両とマッチするよね」

「里山風景ともね」

お客さんたちの賞賛の声が車内を満たす。なるほど、復路のメニューの方が「烏山線の車窓」にぴったりなのかもしれない。

列車は宝積寺駅を過ぎ、そろそろ鬼怒川に差し掛かる。旅の終わりが近づいてきた。

さあ、ここからだ。私は咳払いして、声を張り上げる。

「みなさま。お名残《など》り惜しいですが、お別れが近づいてきました。最後に、もうすぐナカスイを巣立つ三年生からの一言メッセージをお送りします。五十八人の生徒がひとり五秒ずつ画面に登場しますので、どうぞおつき合いください」

私はモニターを指した。「青春メッセージ」の字幕と共に、最初にかさねちゃんが登場した。手のひらを上に向けて前へ突き出す、いわゆるギャルピースで叫ぶ。

『生徒会副会長、大和かさね！　アニメ化目指して投稿小説『カイギシ！』をプロデュースしてます！　アニメこそ青春！』

画面の隣に本物のかさねちゃんが立ち、映像に合わせるようにギャルピースをすると車内は爆笑の渦《うず》になった。

次は、見た目は小学生男子……ではなく、高校生男子になった渡辺君だ。

『養殖技術コース、渡辺丈！　鮎の塩焼きアニキです！　父ちゃんの後釜目指して、いつか川漁師になるぜ！』

そしてナカスイ屈指のイケメンが現れると、車内から悲鳴や歓声が起きる。

『河川環境コース、進藤栄一！　水産官僚を十年勤めたら、栃木県知事になります！』

待ってるぞーと掛け声が飛んだ。進藤君のお父さんだ。

そして、ショートカットの小柄女子が登場した。

『せ、生徒会書記、芳村小百合……です。ナ、ナカスイが大好きなので、いつか実習教員になって必ず戻ってきます』

かさねちゃんが、本物の小百合ちゃんを画面の横に立たせると、車内が万雷《ばんらい》の拍手に包まれる。彼女のお母さんは目を真っ赤にし、ハンカチで口を押さえていた。

ナカスイの三年生が次々に画面に現れていく。

『河川環境コース、島崎守！　映像作家修業中です。いつかナカスイを舞台にしたドキュメンタリーを撮ります！』

喝采《かっさい》や笑い、声援が起きるなか、終わりが近づいてくる。ラストは私だけど、録画映像ではない。私は画面の前に立った。

「最後に、生徒会長の鈴木さくらです。みなさま、今日はお越しいただき、ありがとうございました。ナカスイ水産列車は初めての試みで、実現できるかどうか本当に心配でした。そして、お客さまに来ていただけるかどうかということも。本当にありがとうございました」

お辞儀をしたけど、ここで終わりではない。絶対に言おうと思っていたことがある。

「往路でフレッシュキャビアをお召し上がりいただきました。養殖のチョウザメが卵を抱くまでに最低で三年かかります。天然のチョウザメの場合は、もっともっとかかります。どうか、結論を急がないでください。私たちは、今はまだ、何もできない若鮎かもしれない。だけど、いつか宝石となって輝きたいとみんな願っています。卵から孵《かえ》って海に出る稚鮎たちは、大きくなって帰って来ます。これからも、若鮎たちが次々に帰ってこられるよう、ナカスイがずっと存続できるように……見守って、応援してください。それが、私たち全員の願いです」

言い終わると同時に、列車は宇都宮駅に到着した。

深く深くお辞儀をし、顔を上げた。

拍手、拍手、拍手……みんなが、力の限り手を叩いてくれている。

ママは顔を両手で覆い、肩を震わせていた。パパは唇を噛みしめて天井を見上げ、何かを必死に我慢している。

進藤君のご両親と小百合ちゃんのお母さんが立った。いや、みんながベンチシートから立ちあがる。拍手は止《や》まない。スタンディングオベーションだ。

「ナカスイ水産列車！　最高でした！　みなさん、お手を拝借ー！」

マサルの音頭で三本締めが始まる。終わると、マサルのカメラに向かってお客さんたちが「最高！」「よかった！」と次々に叫んだ。

終わった。

まだホームで待っていた一年生、かさねちゃんや小百合ちゃん、神宮寺先生や湯沢さんと共に、私はドアから降りるお客さんひとりひとりにお辞儀をしてお見送りした。

――本当に終わっちゃったんだ。

気付くと、代理店のスタッフさんたちがもう車内の片付けを始めている。この車両は「ナカスイ水産列車」から「通常のＡＣＣＵＭ」に戻るんだ。

私も戻ろう。生徒会長から、パパとママの娘に。


「ママとパパも、来るんだったら来るって言ってよねぇ」

その夜、家の夕飯は久々にママの手作りすき焼きだった。広げずボール状に固まりになっている牛肉、切れずにつながっているネギ、もともとは直方体なのにカットした大きさがマチマチの焼き豆腐。でも、これがいいんだ。

ママは鼻で笑いながら、牛肉の塊《かたまり》を一口で食べた。

「だって、行くって言ったらイヤがるじゃん、さくら」

「まぁね」

そうだ、言わなきゃならないことがある。私は箸を置いた。シュンとなり、頭を下げる。

「あの……ごめんなさい。まだ言ってませんでしたが、昨日落ちました。推薦入試に」

ママとパパは顔を見合わせると、あははと笑った。

「知ってるよ。昨日、発表見たもん。ご縁がなかった、それだけのことよ。ねえ、パパ」

「だよなぁ、ママ」

知ってたんだ。そして、そっとしておいてくれたんだ。へんに慰《なぐさ》められるよりは良かったけど、「また来年頑張りなさい」の言葉はないんだなと思った。

でも、いい。私も、今日の列車でよくわかったことがある。

「それで、私の進路なんだけどね」

ママは私の取り皿に牛肉ボールを次々に放り込む。

「さくら、食品加工を学びたいんでしょ？　きっとほかにも大学あるよ。私立なら、まだ間に合うところもあるよね？　埼玉とか東京あたりの通える距離なら、お母さんがパートをもう少し頑張ればなんとか行かせてあげられると思う。さすがに下宿は無理だけどさ。ママの友達で、宇都宮から東京まで新幹線じゃなくて在来線で四年間通学した人いるからね。大丈夫、大丈夫」

私は首を横に振った。

「ううん、違う。ナカスイ水産列車をやってよくわかった。私、こういうのが好きなんだよ。ハラハラドキドキしながら、それでもピンチをくぐりぬけて、みんなに笑顔になってもらっていうのが」

ママは目を見開き、箸を置いた。

「え。どこかのアトラクションにでも勤めるの？　時代劇村とか」

「違うよ。私はやっぱり、なりたいんだ」

胸を張り、両手を握りしめる。

「司厨《しちゅう》部員に！　港から漕ぎ出して、帆に風を受けて旅に出て、乗組員のみんなとハラハラドキドキしたい。みんなにご飯を作って、おいしいって言ってもらいたいの」

パパとママは困惑の顔で目を合わせる。

「そりゃ、危ないって心配するのはわかるよ。ずっとじゃなくていい、とりあえず三年とかでもいいから。お願い、許してください」

私は、食卓にぶつかる勢いで頭を下げた。


代休明けの火曜日は、烏山線で登校してみた。

いつもの風景だった。車両も駅も、ホームも。ナカスイ水産列車をやったなんて嘘みたい。

「鈴木さん、おはよう！」

乗車口に立つ超イケメンは、進藤君だ。私は手を振って走り寄った。

「おはよう、未来の知事！」

あははと笑いながら、進藤君は人差し指を立てる。

「夢ってのはね、口に出さないと叶わないんだよ。言霊《ことだま》ってやつだね」

「おはようございます〜」

進藤君の陰から、ボサボサ髪の元ユーチューバー志望も現れた。

「あれ。島崎君、どうしたの」

「僕も一度くらいは通学に烏山線を使ってみたいですから。せっかくなんで、進藤君の家に泊まらせてもらいました。宇都宮の高級マンションに宿泊する機会なんて、そうそうないですからね。ところで、鈴木さん！」

私に喜色満面で近づいてくる。

「な、なに」

「ネットで超話題になりましたね！　ナカスイ水産列車」

「へー、そうなんだ。私、休みはずっと寝てたから、全然スマホをいじってないんだよね」

それと、エゴサーチするのが怖かったというのもある。

島崎君は興奮した様子で、鼻息荒く語り続けた。

「マサルパワーはすごいですよ、やっぱり。小松原茜と皇海梨音が来てたってのも、アイドルファンの間で話題になりましたし。僕が編集したメッセージ動画も、めっちゃ評判でした！」

「そうか、そりゃよかった。島崎君もお疲れさまでした」

すっかり燃え尽きてしまった私は、感想を聞いても頭に響いてこない。

ピロリンとスマホが鳴る。かさねちゃんからＬＩＮＥだ。

『聞いてー！　あたしのメッセージ動画がキッカケらしくって、『カイギシ！』の閲覧数がすごいことになった！　第一話は、日曜日だけでも一万アクセス超えたよ！』

「へえ！」

『すごい！』というスタンプで返した。

「やったねえ。これで書籍化オファー来るかな」

と島崎君にメッセージを見せたら、彼は渋い顔で首を傾《かし》げた。

「一話だけが一度バズるだけじゃダメですね。そこから継続して読まれないと」

「そうか、でも大丈夫じゃない？　二話以降も面白いって、かさねちゃんが胸を張ってたし」

島崎君は目を丸くした。

「鈴木さん、もしかして読んだことないんですか？」

「ないよ。友達の作品を読むのって、なんか気恥ずかしくない？　ふたりは読んだの？」

「読んでないです」

「僕もない」

三人で顔を見合わせ、「だよね」と苦笑いした。

コミュニティバスでナカスイに到着し、教室に入るとみんなが立ち上がって出迎えてくれた。

「鈴木、お疲れ様！」

「いよっ！　生徒会長」

両手を振って応えるけど、やはりあまり感慨はない。余韻に浸る間もなく、私のなかで『ナカスイ水産列車』はもう終わってしまったのだ。

昼休み、フィッシュマン先生に呼び出されたので職員室に行ってみた。私を前に座らせ、しみじみとした表情で何度も首を縦に振る。

「鈴木、良かったなぁ。よく頑張った」

「ありがとうございます。先生方のお蔭《かげ》で、無事終わりました」

フィッシュマン先生の声が一転、硬くなる。

「それでな、受験のことなんだが。俺も、あちこち調べてみたんだよ。食品加工学科のある私立大学で授業料がそれほど高くなくて、今からでも準備が間に合いそうな……」

「あ、いいんです。もう」

「もう？」

ハリウッドスターは、きょとんとした顔になった。

「私、本来の夢を思い出したんです。司厨部員になるっていう」

「司厨部員！」

想定外だったのか、めずらしく慌てている。

「だから、海あり県にある調理師専門学校に行きたいです。ただ授業料がすごく高くて。一年か二年働いて、学費と生活費を貯めてからにしようかなと。同級生より年上になっちゃうけど。あはは」

「場所は、どのあたりを想定してんだ？」

「東京ですけど」

「ちと待てや」

　フィッシュマン先生はデスクで山になっている書類を漁《あさ》ると、青いパンフレットを手に取った。

　渡された冊子の表紙には、初めて知る学校名が書いてある。

「海上技術短期大学校？」

「そうだ。船のスペシャリストを育てる国立の短期大学校だ。全国に六か所あんだぞ」

「でも私……海技士ではなく、司厨部員になりたいわけでして」

「宮城にある海上技術短期大学校に、全国唯一の司厨科がある。全寮制で、司厨科に関しては一年制だ」

「国立！　しかも司厨科で全寮制！」

　全然知らなかった。東京しか考えていなかったからか。

「かつては千葉の海上技術短期大学校に司厨科があったんだけど、十年以上前に廃止になったんだよ。だけど、司厨部員の不足が叫ばれて、宮城県の海技短大に復活したらしい。今回が二期目だな」

　宮城県。頭の中で地図を思い浮かべる。栃木県から見て、北隣が福島県でそのまた上だから、二県隣だ。そんなに遠くはない。

「出願はまだ間に合うんですか？」

フィッシュマン先生は右指で「三」を作った。

「試験は三回あって、三回目ならギリセーフだ」

「推薦ですか？」

「それはもう間に合わね。一般入試だ」

「あの……私の学力的にはどうなんですか」

「……学力試験は国語と数Ⅰ。二科目だけだ。頑張れ！」

パンフレットを開いてみると、三回目の日程は十二月十八日から出願受付開始で、一月二十五日試験、二月六日合格発表となっている。しかも試験会場は何か所も設定されていて、東京もあった。

学力試験まで、約一か月半ある。国語と数学だけに全力を注げばいいんだ。

「やります！　私、やります。出願します」

「まず両親に訊《き》いてみてからにしろや」

「大丈夫です。説得してみせます」

私はパンフレットを抱きしめた。人生の扉が開く！

考えてみれば、フィッシュマン先生には申し訳ないことをしてしまった。おずおずと端整な顔を見る。

「フィッシュマン先生、すみませんでした。八つ当たりまでしちゃって」

「気にすんな。俺も悪かったなぁ。指導不足で」

「そういえば、フィッシュマン先生の分が無かったですよね。ナカスイ水産列車に出した料理。ごめんなさい」

「気にすんな。俺、ベジタリアンなんだ」

「え」

水産感謝祭の昆布出汁カレーを思い出した。弾ける笑顔で鍋から昆布を引き揚げていたっけ。考えてみれば、肉類は入っていなくて、バーベキューで焼いた豚肉を後乗せしたんだった。

「なんでナカスイに異動になったんですか」

「それを知りたいのは、俺の方だんべな」

私を導くために、神様が派遣してくれたんですね。と心の中でつぶやいた。


私はその日、下宿ではなく実家に帰り、パンフレット片手に今後の進路を力説した。パパやママは宮城県は遠いと難色を示したけど、国立ということと全寮制ということで、最後は納得してくれた。

次はいちばんの問題だ。解決できるのは——彼しかいない。

私は連絡を取るべく、スマホを手に取った。

最終章

出航《セイル・アウェイ》せよ！

「僕が鈴木さんの家庭教師に？」

進藤君は目を見開いた。夜八時という遅い時間に駅ビルのカフェに呼び出されたにも拘《かか》わらず、嫌な顔ひとつせずに話を聞いてくれるなんて、さすがだ。

私はテーブルに額《ひたい》をこすりつける勢いで頭を下げ続けた。

「そう、入試まで一か月チョイというシビアな状況で、学力を引き上げなければならないの。神童の進藤君におすがりするしか、もはや道はございませぬ」

「入試科目は？」

「面接と学力試験。科目は国語と数Iだけ。されど二科目なのです。進藤大先生、なにとぞお力添えを」

顔を上げると、進藤君は眉《まゆ》を下げて腕を組んでいた。

「教えるのは全く構わないんだけど……ひとつ問題があるんだ」

「もしかして謝礼？　い、今は無理だけど、卒業式が終わったらアルバイトしてお支払いします。あ、もしや、女子とマンツーマンってのが進藤君のお母さん的に許されないとか」

爽《さわ》やかな笑顔を作り、神童はマグカップに手を伸ばした。

「謝礼はいらないよ。卒業までの暇つぶしにちょうどいいしね。母も、教える相手が鈴木さんならむしろ喜ぶんじゃないかな。ナカスイ水産列車ですごく気に入ったみたいだから」

「よ、良かった。じゃあ、問題って？」

進藤君はカフェラテを一口すると、吐息《といき》混じりに言う。

「僕ね、『勉強がわからない』っていうのが理解できないんだ。そんな僕に、人を教える資格があるのだろうか」

神童には神童ゆえの悩みがあるんだ。しかし、残された頼みの綱は彼しかない。ひたすら頭を下げる。

「資格なんていらない。お願い！　助けてください」

「わかった。引き受けるよ」

「ありがとう！」

半泣きになって顔を上げると、進藤君はワクワクした様子で頰杖《ほおづえ》をついた。

「どんな強度でやる？　ジェントル、普通、スパルタから選んで」

「スパルタ！　ぜひスパルタでやっちゃってください」

「あとね、僕の方もお願いがある」

その笑顔は、まるで夢の国のゲートをくぐる小学生のようだった――。

「違うー！」

進藤君が持つハリセンが、広間の畳に炸裂《さくれつ》した。

「この数式を応用するだけ。なんで違う数式に当てはめようとするんだっ」

「わからないんだよ、そもそも数式が」

座卓に突《つ》っ伏《ぷ》すと、進藤君はハリセンを何度も何度も畳に叩《たた》きつけた。

「理解しようと思うな、疑問を持つな。あるがままを受け入れろ」

やはり、天上界の存在に教えを乞《こ》うのは無謀だったかと思っていると、広間の襖《ふすま》が開いた。かさねちゃんのお母さんだ。お盆に湯のみを三つ載せ、艶《あで》やかな笑みを浮かべている。

「大変ねぇ。一休みしたら？」

私は手をパタパタ振った。

「今までずっと休んで生きてきたから、そんな場合ではないんです」

と言いつつ、お茶を一口ずずっと飲んだ。

「進藤君、お夜食のリクエストある？」

おばさんがニコニコ笑いながら訊くと、彼は万歳した。

「嬉《うれ》しいなあ、下宿の夜食って憧《あこが》れてたんです！　お茶漬けをリクエストできますか」

進藤君は受験が終わるまで、「民宿やまと」に泊まりこんで教えてくれることになったのだ。

「ずっと下宿してみたかったんだよ。母は『現地に彼女ができたら困る』って許してくれなかったからさ。最後に願いが叶って良かった！」とご満悦だ。

さすがに私と小百合ちゃんがいる離れには泊まらないけど、母屋《おもや》の客室を一室、卒業式まで借りたらしい。「ちょうど閑散期だし助かる！」とかさねちゃんのご両親も喜んでくれて、かなりのサービス価格にしてくれたそうだ。

「あ、僕は鍋焼きうどんをお願いします」

私のはす向かいに座っていた島崎君も右手を挙げる。なぜか彼も「僕も卒業記念に下宿したいです」と言い始め、進藤君とルームシェアの形で卒業式まで過ごすことになったのだ。

家庭教師はキリリとした表情で私を見た。

「さぁ、ティーブレイクが終わったら国語だ。学科は違うとはいえ、海技短大の過去問は手に入れてるんだよね？」

「う、うん。フィッシュマン先生が十年分かき集めてくれた」

分厚い封筒を彼に渡すと、中の紙をペラペラめくりながら立て板に水でしゃべり続ける。

「鈴木さん、いいかい？　問題を作るのが人間である限り、設問には人間性が入り込む。言い換えれば『癖』があるんだ。その癖をつかめば、新たな問題を出されても、解答は自然と頭に浮かんでくる。それが『傾向と対策』というものだ」

「へー。そうなんだ」

やっぱりわからないけど、そういうもんだと信じてやっていかないと間に合わない。

進藤君は中の一枚を選ぶと、私の前にバシッと置いた。

「よし、平成二十六年度の問題だ。第一問。この小説を読み、傍線部分の登場人物の心理として適当なものを選べ」

「そんなの、登場人物じゃなきゃわかるわけないじゃん」

「考えるな、感じろ！」

そしてハリセンが畳に炸裂する。私は「はい」と頷《うなず》き、感じようと努力した――。

学校でも、昼休みは進藤君の特訓タイムが待っている。「面接対策」だ。

水産研究部の部室で私の向かいに座った彼は、長い脚を組み、机に片ひじをついた。

「まずは鉄板の質問。『本校を選んだ理由は？』」

「司厨《しちゅう》科はここにしかないから」

「そんな消去法じゃダメだー！」

進藤君はハリセンを机の上に叩きつけた。

「いいかい？　入試における面接なんて『キツネとタヌキの化かし合い』なんだからね。盛り盛り上等、もっとアピールしなきゃ」

「例えば？」

口真似《くちまね》も上手らしい進藤君は、私をイメージしたのか甲高《かんだか》い声を出す。

「歴史と実績のある海上技術短期大学校で教育を受けることにより、私の秘められた調理の能力を開花させることができると思ったからです！」

「あはは！　いっそのこと試験会場に進藤を連れていって、背後で吹き替えしてもらいなよ」

私の隣で眺めていたかさねちゃんが、お腹《なか》を抱えて笑っている。彼女はもう就職が決まっていて学校生活は消化試合だから、私の特訓がエンタメになっているに違いない。頭に来て追い出そうとしたら、がらりとドアが開いた。栃木弁のハリウッドスターが顔を覗かせる。

「鈴木、東京のテレビ局から取材依頼が来てんぞ」

「また？」

「ナカスイ水産列車」はローカル以外でも話題になり、全国ネットのテレビや雑誌、新聞社から取材依頼がひっきりなしに来ていた。以前の私なら喜んだだろうけど、今は受験勉強が忙しく、それどころではないのだ。

「ＺＯＯＭ出演でいいとさ」

私はギャルを見た。

「代わりに生徒会副会長、お願いします」

「まかせて！」

かさねちゃんは足取り軽くフィッシュマン先生と出ていった。ナカスイ水産列車の取材対応は、すべて彼女に代わってもらっている。私より見栄《みば》えもするし、キャラクター的にもメディア受けするから、ナカスイにとっては良いことばかりだ。かさねちゃんも隙《すき》あらば『カイギシ！』のＰＲを狙《ねら》っているので、むしろ大歓迎らしい。

ボケッと見送っていると、進藤君のハリセンが炸裂した。

「次の質問ー！『入学したらなにがしたいか』！」

「はい！」

私は慌《あわ》てて姿勢を正した。

三年生の三学期が過ぎるのは、お盆過ぎの夏休みが過ぎゆく速度と同じくらい、いやそれ以上に速い気がする。あっという間に、試験の日を迎えた。

東京の試験会場は、よりによって東京水産船舶大学だった。「海」つながりかもしれないけれど、キャンパスを一歩歩くごとに落ちた時のショックが蘇《よみがえ》り、涙が滲《にじ》んでくる。

しかし、洟《はな》をかみながら思い直した。海技短大に合格することで黒歴史を上書きできるかもしれない。トラウマを克服するチャンスだ。

冷たい潮風を受け、寒さと決意で拳《こぶし》を握りしめながらキャンパスを抜けていった。海とビル群の雰囲気が都会的だ。このあたりで映画やドラマの撮影をしていても不思議ではない。この素敵な場所で、小百合ちゃんは新しい青春を謳歌《おうか》するんだ。

そういえば、関君は推薦と一般入試のどっちにしたんだろう。いずれにせよ合格間違いなしだろうけど。

――小百合ちゃん、羨《うらや》ましいな。

心の奥底ではまだ諦めきれていない。やっぱり、ここでキャンパスライフを送りたかった。

「ダメだ、ダメ」

首を横に振る。そんな考えにとらわれてはいけない。私は司厨部員を目指すと決めたんだ。自分で選んだ道なんだから、ひとりで強く歩んで行かなくては。

宮城海上技術短期大学司厨科の定員は三十名で、推薦枠十五人と一般受験十五人の枠がある。一般入試は今回で三回目の試験で、既に十人が決まっている。すると、今回は五人分しか席は無いのだ。

前回は「待機室」として使われた試験会場の教室を見回した。ぐっと人数は少なくて、十人くらいだろうか。しかし安心してはいけない。全部で八会場あるし、たぶん宮城会場を選択した人がいちばん多いんだろうから。

「それでは、国語の試験を始めます」

試験官の声が響いた。緊張に手を震わせながら、問題用紙をめくる。

――あれ、問題がさらさらと目に入ってくる。

これが、成長というものか！

今までの試験が嘘《うそ》のように、自信を持って取り組める。次の科目の数Ｉもすらすらと解ける。やはり、あの進藤君に毎日特訓を受けたというのは血肉になっていたのだ。もしや、一年から頑張っていたら、東京水産船舶大学の一般入試も合格できたのでは。今更だけど。

――これなら、面接も大丈夫。

お昼休憩を挟み、面接が始まった。

「鈴木さん、どうぞお入りください」

面接室から声が響き、廊下にあった待機用の椅子《いす》に座っていた私は、慌てて立ち上がる。

「鈴木さくらです、失礼します！」

一礼して入ると、正面に三人の男性試験官が横並びで座っている。とりあえず左からグー、チョキ、パーと仮名をつけた。みんな、アマゾン先生の年齢くらいだろうか。

チョキ試験官が、空の椅子を指さした。

「どうぞ、お座りください」

「はい！」

心を落ち着かせようと、制服のポケットを触る。ここには、進藤君のハリセンを切って折った千羽鶴が入っているのだ。これ以上のお守りはない。

「鈴木さんは、栃木県立那珂川水産高校なんですね」

面接シートを見ながら、グー試験官が微笑《ほほえ》んでいる。

「はい！　全国唯一の海なし県の水産高校です」

「なぜ進学したんですか？」

「は、はい。私はとても普通で……中学時代の担任の先生には『歩く平均値』とまで言われたくらいでした。オンリーワンの高校に行ったら、なにか変われるかと思いまして、入学しました。魚のことなんて全然知らなかったんですけど……」

「ほぉ。さぞかし苦労したでしょう」

「そりゃあ、もう！」

握りこぶしを作って絞《しぼ》り出すように言うと、三人の試験官は爆笑した。別に笑わせようと思ってなかったのだけど。

パー試験官は、食い入るように面接シートを見つめている。

「どうでしたか？　実際に三年間を過ごして」

「最初は……正直、なんで入学しちゃったのかと後悔しました。でも、先生やクラスメートたちに支えられて過ごした日々は一生の宝物です。今は、ナカスイ……那珂川水産高校に入って良かったと、心の底から思っています」

「そうですか」

グー試験官の顔が一転、厳しくなる。

「で、鈴木さんは、なぜ本校の司厨科を希望したんですか？」

来た。この質問は進藤君と相談して、さんざん回答を練《ね》っている。自信を持って、練習した内容を言えば大丈夫——。

「私、出航したいんです」

違う。それは練習した内容じゃない。もっと盛った内容を作り上げたのに。理性がストップをかけようとしても、心の奥から言葉が湧《わ》き出て止められない。

「私は川から海に出て、知らない世界に旅立ちたいんです。でも海技士の知識はないから、ご飯を作るしかできないと思います。だけど、船員のみなさんとワクワクドキドキしながら、航海をしたいんです。仲間と一緒にご飯を食べて、冒険したいんです。だから私は、司厨部員になりたいんです」

「そうですか。素直《そっちょく》ですね」

三人の試験官たちは、頷きながら笑った。

しまった。ただの食いしん坊としか思われなかったかも。次の質問でリベンジしなくては。身を乗り出すと、先生方はシートを机に置いた。

「質問は以上です」

「は……はい。ありがとうございました」

学力試験のときの手応《てごた》えが、消えてしまった。

「ダメか……」

落ち込む頰《ほお》に当たる都会の潮風は、来た時にも増して冷たく感じた。


合格発表日の二月六日は木曜日だった。その翌日の金曜日を最後に、三年生は自宅等での学習が許可される特別学習期間となる。つまりは、学校生活も残り二日だ。

食品加工コースの最後の実習は、記念料理を作って他のコースの生徒や下級生たちにふるまうことになっている。神宮寺先生は今年のメニューを黒板に書き、私たちを振り返った。

「記念すべき最後の料理は、栃木の誇る郷土料理、『しもつかれ』です！」

生徒たちの反応は真っ二つに分かれた。ブーイングか歓声。そのどちらかだ。

しもつかれとは大根とニンジンを「鬼おろし」という竹製のおろし器で粗《あら》く擂《す》り下ろし、油揚げや大豆、細かく切ったサケの頭と共に、酒粕《さけかす》、出汁《だし》汁で煮込んだ料理だ。見た目も味も独特なので、得意か苦手か、食べられるか食べられないかが分かれ、中間層がいないんじゃないかと言われるくらいだ。

私はどちらも後者――つまりは「苦手」で「食べられない」組だった。

「鈴木さん、今の時期ってスーパーにサケの頭がいっぱい並ぶじゃん？」

隣に座る緑川君が私をちらと見る。

「うん。あれを見ると冬だなと思うよね。ああ、しもつかれの時期なんだなと」

「他県民からすると、異様な光景らしいよ」

「へー。普通なのにね」

おしゃべりする私たちをジロリと睨《にら》み、神宮寺先生はレーザーポインターで黒板を指した。

「しもつかれは二月最初の午《うま》の日に作る縁起物とされていますが、まさに今日は初午です！　家庭ごとにレシピや味がありますから、多様性に富んだソウルフードとも言えるでしょう。みなさんはここで技を学び、歴史ある伝統食を後世に引き継いでいくのです。さぁ、頑張って大根とニンジンを擂り下ろしましょう！　今日のお昼に、先生方や生徒たちにふるまいますよ！」

私はちらりと調理台を見た。白と橙《だいだい》色のピラミッドがふたつ出来ているのは、大根とニンジンだ。この量を擦り下ろすと考えるだけで倒れそうになる。

「鈴木さん、もうメゲてどうするの！」

すごい、マスクで目しか出ていないのに、神宮寺先生に見抜かれてしまった。

「今年は二種類作りますからね。メゲている暇なんてありません」

二種類？　と生徒たちが首を傾げていると、緑川君が納得したように言う。

「わかった、鮎だ。神宮寺先生だし」

「違うわね。なんと、チョウザメよ！　ナカスイ水産列車の残りがあるのです」

えー！　と、どよめきが起きる。

「歴史ある伝統食ってさっき言ったばかりなのに、いいんですか、チョウザメ使っちゃって」

私の反論に、神宮寺先生は腕を組んで胸を張った。

「いいんです。だってここはナカスイですから」

「そっか、なんでもありですよね。ナカスイなら」

私がつぶやくと、みんなが爆笑した。

さっそく調理器具棚にある鬼おろしを取りに行く。逆三角形のテニスのラケットみたいで、サメの歯状のギザギザが一面についてるから、ホラー映画に出てきそうな器具だ。

神宮寺先生の声が響き渡る。

「鬼おろしを使うときは、必ず軍手をはめること。まずは大きなボウルに立てて、縦に擂り下ろしていきます」

大根を通じて手に伝わる感触が粗くて怖い。手も擂ってしまいそうだ。出汁《だし》班にしてもらえばよかった。

その出汁班はというと、サケの頭を適当な大きさに切り分けて網で焼き、熱湯で湯がいていく。鍋にサケがひたひたになるくらいの水を入れ、煮立ったらサケと酒を入れて、骨が柔らかくなるまでよく煮る。そこに、私たちが頑張って擂り下ろした大根やニンジン、戻した大豆と細かく切った油揚げを加え弱火で煮るのだ。

焦げつかないように大きくかき混ぜながら酒粕を加えて煮続け、水分が無くなったら最後に塩と醬油《しょうゆ》で味を調える。以上が基本のレシピで、要は根気とガス代がかかる料理だった。

チョウザメのしもつかれは、缶詰製品として作る。頭などの「ガラ」を粉々に砕き、基本のしもつかれの材料と一緒に少し煮込んだら、缶に詰め圧力釜に入れて加圧して終了。隠し味に、ナカスイ人気製品の「サケの魚醬《ぎょしょう》」を使うのがポイントだそうだ。

みんなが怒濤《どとう》の量を絶え間なくかき混ぜている。交替制だからやっていけるけど、ひとりでやったら力尽きそうだなと思っていると、神宮寺先生が時計をちらりと見て私に囁《ささや》いた。

「フィッシュマン先生のところに行ってらっしゃい。校舎の職員室にいらっしゃいます」

「は、はい！」

そういえばもうすぐ午前十時、合格発表の時間だ。私の最後のチャンスの結果が出る。呼吸を落ち着かせながらジャージに着替え、高鳴る胸を押さえつつ校舎へ向かった。

ダメだったときの進路設計は既にできている。宇都宮の自宅に戻り、何年か働いてお金を貯める。そして海あり県の調理師学校に入るんだ。ひとり暮らしを満喫しながら調理師の勉強をして、「司厨部員を目指せばいい。ちょっと回り道になるだけだ。人生は長いんだし、大丈夫。

「失礼します」

職員室に入ってフィッシュマン先生の姿を探すと、デスク前で足を組み天井を見上げている。私に気付くと、デスクの上のノートパソコンを指さした。

「もうすぐ発表だぞ。自分のスマホで見るか？」

「……いえ、先生と一緒に見ます」

私は両手を握りしめ、その時を待つ。この「タメ」が長い。十分にも一時間にも感じられてしまう。フィッシュマン先生は更新キーを押した。ダメだ、目を瞑《つぶ》ってしまう。

「……あっぺな、鈴木の番号」

「まじ？」

目を開くと、ハリウッドスターは画面を指さしている。そこには確かに、私の受験番号「三十二」があった。

「よく頑張ったな、おめでとう」

「やったあああ！　フィッシュマン先生、ありがとう！」

ぴょんぴょん飛び跳ね、廊下に出て走り出した。他のクラスは休み時間だし、いの一番に教えなければならない人がいる。三年二組のドアを開けると、進藤君が小百合ちゃんと水産の教科書を見ながらおしゃべりしていた。私は両方の手でVサインをする。

「受かったよ、進藤君のおかげで！」

「やったー！　おめでとう」

彼の発声で、万歳三唱が教室にいた全員で行われた。お礼を言って、すぐに三年一組に走っていく。

かさねちゃんが机に突っ伏していびきをかいていた。その体を揺り動かし、耳元で叫ぶ。

「起きてよ、かさねちゃん」

「やだ。あたしは眠いんだよ。『カイギシ！』の最終話の打ち合わせが夜中まで……」

「受かったんだよ！　私……わあああ」

感極まって泣きだすと、かさねちゃんは真っ赤に染まった額《ひたい》をこすりながら顔を上げ、眠そうな目で何度も瞬きした。

「どこに」

「宮城海上技術短期大学校！」

「え」

その時のかさねちゃんの表情は、意外なほど真面目だった。いや、寂しそうというか。

「じゃあ、あんたは卒業したら、宮城県に行くんだ」

「そうだよ！」

「ふうん……」

ちょっと沈黙したかと思うと、私の背中をバシッと叩く。

「司厨科に行くのはいいけどさ、船乗りたちを食中毒にするんじゃないわよ！　海の上じゃ命にかかわるからね」

「失礼な！」

「まぁ、全国オンリーワンの変わった学科に行くんなら助かるわ。もうすぐ『カイギシ！』が終わっちゃうからさ、次に『シチュウカ！』の連載が始められるもんね」

「私のこと、ネタとしてしか考えてないでしょ」

かさねちゃんは腕を組み、鼻で笑った。

「当たり前だよ。ほかに存在理由ないもん」

「なにそれ」

どつき合っていると始業のベルが鳴った。そうだ、実習途中だったっけ。戻らなくては。

再び実習着姿になって食品加工室に入ると、巨大な鍋の中身の水分量はかなり減っていた。鍋の隣で指導している神宮寺先生のところに行って、両手で大きな丸を作る。

神宮寺先生は目尻を下げ、同じく丸を作ってくれた。

換気扇を全開にしても、酒粕やサケといった「しもつかれ」の調理臭が充満している。でもこの時間と香りが私の「合格」の記憶と結びついていく。きっと、これからは好物になるはずだ。


「それではみなさま、グラスをお持ちください。さくらちゃんの合格を祝してー、乾杯！」

かさねちゃんのお父さんの発声で、私たちはジュースの入ったグラスを掲げた。

合格の夜、母屋の広間で「合格おめでとう会」が開かれた。参加者はかさねちゃん、小百合ちゃん、そして渡辺君。さらに、「臨時下宿生活」を満喫している進藤君と島崎君だ。

座卓の上も豪華だ。鮎の塩焼き、鮎の釜めし、モズクガニの味噌《みそ》汁、イノシシの焼肉、そして今日の実習で作った二種のしもつかれが、ドドンと盛られてある。私の割り当て分だけど、食べずに持ち帰ってしまったのだ。そのうちの「普通のしもつかれ」を小鉢によそい、スプーンでかっこむように食べながら渡辺君が首をひねった。

「まあまあだな。俺ん家《ち》の母ちゃんの方がウマいけど」

ちらちらと横目で見ながら、かさねちゃんが表情を歪《ゆが》めた。

「しもつかれねー。あたしは無理だな」

「わ、私……初めて食べるんだよ、しもつかれ。お、おいしいね！」

「イケますよね。クセになりそう」

「普通のしもつかれ」を小百合ちゃんと島崎君が小皿にとり分け、パクパクと食べている。

進藤君もあははと笑いながら、小さな器《うつわ》に盛った。

「意外に県外の人の方が、心理的ハードルが低いのかもしれないね。鈴木さんも食べてみなよ。せっかく自分たちで作ったんだから」

白い歯を輝かせながら、向かいに座る私に器を差し出す。正直、お気持ちだけでとも思ったけれど、家庭教師の恩もあるから器を受け取った。

「いただきます……」

酒粕とサケと大根の風味が口に広がる。自分で作ったからか拒絶感はない。でも……。

「うん、これはしもつかれの味だね」

「チョウザメの方は？」

彼は別の小皿を差し出してきた。一口含んで、答えは同じだった。

「結局のところ、しもつかれの味がする」

そのまま無言で咀嚼《そしやく》していると、スマホの着信音が鳴った。畳に置いてあるピンクのラメがまぶしいケースは、かさねちゃんのスマホだ。

「隆君だ。なんだろ、電話なんて珍しい。いつもＬＩＮＥなのに」

彼女が電話に出ると、大和のおじさんとおばさんが目配《めくば》せしながらニヤリと笑った。「大和家の婿《むこ》がねプロジェクト」は日々進行中なのかもしれない。

かさねちゃんは「まじ！」と大声を上げて立ち上がり、バタバタと足踏みした。なんだ、何事だ。みんなが呆《あき》れて見ていると、私たちを見回してぴょんぴょん飛び跳ねた。

「聞いてー！　省電《しようでん》社から『カイギシ！』書籍化オファーの連絡が来たんだって。その出版社ってラノベの超大手で、アニメ化になった作品もいっぱいあるところだよ！」

「ほんと？　すごい！」

みんなの喝采《かつさい》を浴び、かさねちゃんは万歳ポーズをしたまま座りこんだ。

「やったやったやった……。努力が実ったよ。ナカスイ水産列車の取材を受けるたびに、『趣味はなんですか』って訊《き》かれるからさぁ。いつもだったらアニメ鑑賞って答えるのに、『小説プロデュースです！　小説投稿サイトを『カイギシ！』で検索してね』ってアピールしたもん」

「プロデュースったって、書いてんのはお前じゃなくて隆先輩だろうがよ」

鮎の塩焼きを頬張り、渡辺君が冷たい目で見る。かさねちゃんは負けじと彼に向き直った。

「なに言ってんの。場面構成や各シーンのキャラの目線や動作やセリフ、衣装まで全部あたしがチェックしてんのよ」

「作家のプライドっつーもんがあるだろ。隆先輩が可哀《かわい》そうじゃねえか」

「ただ書いて自己満足に終わるなら、いちいち口出ししないわよ。でも、これは書籍化、コミカライズ、そしてアニメ化を目指してるの。それも全世界的な覇権アニメよ！　今、扉は開いた。その向こうに見えるのよ、あっちの世界に続く道が。今まで摂取したアニメのすべてが血肉になったんだ。あたしの人生に間違いはなかったのよ」

拳を握りしめて熱く語りつづける娘に、大和のお父さんも冷たい視線を投げつけた。

「お前、そこに至るまでいくら費やしてきたんだよ」

かさねちゃんは眉を吊り上げる。

「そんなの、書籍化されたらあっという間に取り返せるわよ！」

「書籍化されたら、アニメ化されるの？」

私が訊くと、かさねちゃんはブンブンと頭を横に振った。

「まだまだ道のりは遠いわね。まずはシリーズ化を目指さないと。そもそも、一巻がある程度売れないと続刊が出せないのよ」

「うわー、シビアだね」

書店に並ぶ本の背後にそんなドラマがあったとは。

「で、印税はどうやって分けんだよ。大和はプロデュースだけなんだから、せいぜい一割だろ」

かさねちゃんはジロリと渡辺君を見ると、フンと鼻を鳴らした。

「あとで相談するわよ。だけど、お金で揉《も》めるのイヤだなぁ。いっそ結婚でもしちゃった方がいいのかな」

「えっ」

全員の視線を浴び、かさねちゃんは両手で座卓を何度も叩いた。

『『でも』よ、『でも』』

かさねちゃんのお父さんが、両手が弾け飛ぶんじゃないかと心配になるくらい大きな拍手をすると、ものすごい勢いで立ち上がった。

「よし、今からお父さんが日村家にお願いに行ってくる！」

「だから、『でも』だって言ってんでしょ！」

走り出すお父さんにかさねちゃんがタックルすると、みんなが大笑いした。


宴会が終わって下宿の広間に私と小百合ちゃんが戻ってくると、なぜかついて来たかさねちゃんはコタツに突っ伏した。

「あー、疲れた。ヘタなこと口走るもんじゃないわね」

「いいじゃん、本当に結婚しちゃえば？　どうせアニメキャラにしか興味ないなら、趣味を理解してくれる人がいちばんなんじゃない？」

「人のこと言ってる場合じゃないでしょ」

顔を上げたかさねちゃんが、ジロリと睨んでくる。

「あんたはどうなのよ、あんたは。御曹司の件は」

どきっとして、お茶を注いでいた急須を落としそうになった。

「な、なんで関君が」

「だって、強くなったら御曹司に連絡するんでしょ？　もう来月には卒業だよ」

小百合ちゃんの湯のみにお茶をコポコポ入れながら、私は答えた。

「まだ強くなってないもん」

小百合ちゃんは、おずおずと私を見ながらお茶をすする。

「す、水産列車は成功したし、海上技術短期大学校も合格したでしょ？　も、もう充分だよ」

あはは、と力なく笑い、私は頬を掻《か》いた。

「どっちも泣いちゃったから不合格だよ。それに、生徒会長として最後の役割があるもん」

「生徒会長？　まだ何かやることあったっけ」

かさねちゃんが首を傾げて私を見る。

「いちばん大きな役割が残ってるでしょ。卒業式で答辞を読むっていう」

「そうか！　もう書いたの？　あんた文章書くの苦手じゃなかったっけ」

痛いところを突かれた。受験が終わってから、毎日原稿用紙に向かってひーひー騒ぎながら書いたり消したりししているのだ。正直なところ、ナカスイ水産列車の台本は湯沢さんがかなり手伝ってくれていた。

「それこそ、隆君に代筆してもらったら？」

「頑張って仕上げるよ！　自分の役割だもん。そして、本番で泣かずに読み終わったら……私自身は合格と判定し、連絡する」

「卒業式か。終わりなんだね、ナカスイの生活も……あんたたちがここにいるのも」

かさねちゃんがポツリと言うと、広間が沈黙に包まれた。そのまま、三人で見つめあう。そうか、お別れなんだ。私たち。

「ナ、ナカスイに来て、す、鈴木さんと大和さんに会えて良かった、私……」

コタツに置いた小百合ちゃんの手に私の手を重ねると、かさねちゃんもそっと手を乗せてくる。しばらくそのままでいて、もう残り少ない「ナカスイ生徒」の時間を噛《か》みしめた。


三月一日、栃木県の県立高校は一斉に卒業式を迎える。

全国唯一の「海なし県の水産高校」である那珂川水産高校も例外ではない。年季の入った体育館には卒業生と在校生、そして来賓《らいひん》と保護者が座っていた。入学式はコロナ禍《か》真っ最中だったから、在校生は教室でオンライン参加だったし、校歌も録音だった。

でも、今年度は国歌も校歌もお別れの歌も、全部実際に歌うことになっている。

ブラックフォーマルスーツ姿の教頭先生が、マイクの前に立った。

「送辞。在校生代表、松原結菜」

「はい！」

さすがアイドル志望だ。去年「ロボット歩き」になってしまった私と違い、自信満々といった様子で歩き、ステージに上がる。

「送辞！」

　奉書紙を両手で持ち、結菜ちゃん……いや、松原新生徒会長は堂々と読み始める。

「本日、この良き日に先輩たちを送ることができ……でき……。うわああ、行っちゃやだあ」

　そのままわあわあ泣きだしてしまい、私は頭を抱えた。

「去年の私の方がまだマシじゃん。あれじゃあ、来年の答辞はどうなるんだよ」

　それでも新生徒会長はしゃくりあげながらなんとか最後まで読みきり、拍手に包まれて降壇していった。

　教頭先生が、気を取り直した様子でマイクに向かった。

「答辞。卒業生代表、鈴木さくら」

「はい！」

　すっくと立ちあがり、ロボット歩きにならないように慎重に歩いていく。ステージに上がり、礼をした。

　この場にいるみんなが私だけを見ている。先生方、来賓の方々、在校生、保護者、卒業生一同、そしてパパとママも。

　終わってしまう。

　これで最後なんだ。生徒会長としても、ナカスイの生徒としても。

　私は深く息を吐き、封筒を開いて奉書紙を出した――。

第五十回卒業証書授与式　答辞

那珂川を流れる清らかな水の冷たさにも、かすかに春の和《やわ》らぎが感じられます。まもなく、海で育った稚鮎が故郷の那珂川を目指して遡上《そじょう》してくることでしょう。私たち三年生五十八人の若鮎は、卒業の日を迎えました。本日、お忙しいなか、私たちのためにご臨席くださいましたみなさまに、心より御礼申し上げます。ありがとうございます。

「普通」であることしか取り柄《とりえ》のなかった私が「全国唯一の海なし県の水産高校」という特色に惹《ひ》かれ、魚に興味がないのに那珂川水産高校の門をくぐったのは三年前のことでした。入学時にはすでに魚の専門家であった同級生たちに洗礼を受け、私は情けないことに入学後すぐに「転校したい」と泣きながら担任の先生に相談しました。しかし、先生は私を特別会議室に招き入れ、ある額を見せてくださいました。そこには、アメリカの詩人サムエル・ウルマンの詩「青春」が書かれていました。

――青春とは人生のある時期ではなく、キミの心が決めるものだ
若々しい頬、赤い唇、柔軟な肉体のことではない
強い意志、優《すぐ》れた創造力、溢《あふ》れ出る感情、これが青春だ
青春とは人生の深く清らかな泉なのだ

青春とは臆病な気持ちを振り払おうとする勇気、たやすいことに逃げず困難を乗り越えてゆく冒険だ――

この詩を知ったとき、正直なところ反感を抱きました。青春ど真ん中にいる私たちに嫉妬《しっと》した老人が説教しているような、そんな気持ちになったのです。しかし、先生は養殖池にいる鮎を指さし、教えてくださいました。「ふ化した赤ちゃん鮎は海で育ち、今の時期に若鮎となって川を遡ってくる」と。私は「逃げずに、もう少しだけ頑張ってみよう」と、同級生たちが待っている深く清らかな泉に飛び込んでみました。そして彼らは、快く受け入れてくれたのです。

入学して一か月が経ったころ、学校の裏山でサワガニを獲る実習がありました。同級生たちはサワガニの存在を知っていましたが、私には「海なし県にカニがいる」ということすら驚きでした。そして、先生はおっしゃいました。「こんな低い裏山だけど、自然があります。この小さな世界にも、様々な生物が確かに生きていて、私たち人間の生活や活動にうまく順応しながら代を重ねていることを知ってちょうだいね。そして、ナカスイの生徒たちには、普通の人が見過ごしてしまうような自然や生き物に目を向けられる人でいてほしい」と。その言葉を聞いた瞬間、私は見過ごしてしまう「普通の人」ではなくなりました。ウナギ、ドジョウ、ウグイなど、それまで「魚」として一括《ひとくく》りにしていた生き物は、それぞれに名前があり個性がある存在として、私の仲間となってくれたのです。

コロナ禍という全世界的な悲劇を乗り越え、制限されていた学校活動も徐々に行われるようになり、那珂川町の外にも実習に行くことができるようになりました。日光市では中禅寺《ちゅうぜんじ》湖でヒメマスの採卵実習を、茨城県の那珂湊ではカッターボート漕ぎや潜水などの海洋実習を体験することができ、私たちの世界はますます広がっていきました。

中でも忘れられないのは、三年生の恒例行事である「カヌー実習」です。コロナ禍前は一泊二日で行われていた訓練が三年前からは日帰りとなってしまいましたが、制限が外された今年度は特別な二泊三日コースとなりました。先生方や保護者のみなさま、卒業生の方々のサポートと共に実習場前の武茂川からスタートし、那珂川に入って約八十キロを下り、那珂湊へ到着しました。あまりの辛さに涙を流し、手を豆だらけにしながらも、仲間や先生方に助けられて海が見えたあの瞬間は、生涯忘れえぬものです。そのとき気付いたのは、海はゴールではなく、スタートであるということ。私たちは、ここから新たな世界にそれぞれ旅立っていくのだということです。

サムエル・ウルマンの詩「青春」は、次のように結ばれています。

――アンテナを高く掲げ、明るい未来のメッセージを受信している限り、
キミは八十歳でも青春を謳歌《おうか》しているだろう――

私たち卒業生の心には、それぞれに「特別会議室」があり、この額が飾られています。この先の航路で辛《つら》いこと、悲しいことがあったら、心の特別会議室に行ってこの詩を見ることでしょう。そして、またパドルを手にして海へ漕ぎ出していくのです。

最後になりましたが、本日まで私たちを支えてくださった地域のみなさま、ときには厳しく、ときには優しく導いてくださった先生方、これまで育ててくださった父と母に心より感謝申し上げます。私たち若鮎は、今、海に向けて旅立ちます。海の底に竜宮城があるように、深く清らかな泉の中に那珂川水産高校があります。後にするのはとても寂しいですが、きらめく水滴のような思い出の数々は、いつまでも私たちの記憶を彩ってくれるでしょう。本当にありがとうございました。

来年度の新入生の志願倍率が一倍を超えたと知り、私たちは安心して学び舎《や》を去っていけます。那珂川水産高校のますますのご発展を心より祈念して、答辞といたします。

令和七年三月一日　卒業生代表　鈴木さくら

式が終わり卒業生全員で校庭に出ても、かさねちゃんはわあわあ声を上げて泣いていた。答辞の途中からずっとだから、目も鼻もぐしゃぐしゃだ。

「考えてみれば、かさねちゃんの泣き顔を見るのって、初めてだ」

かさねちゃんはハンカチで洟を盛大にかみながら、眉を吊り上げ私を見る。

「なんであんたは平気なのよ！　年がら年中わーわー泣いてたくせに！」

「だって、強くなったもん」

へへと笑い、胸を張った。

「卒業生、集合ー！」

まだ咲いてない桜の木の前に、三年生の三人の担任の先生が立っていた。左から、神宮寺先生、フィッシュマン先生、アマゾン先生だ。

目を真っ赤にした神宮寺先生が、声を張り上げた。

「最後に、私たち三年の担任があなたがたにエールを送ります。これをもって、私たちも担任を卒業となります！」

わあ！　と声を上げ、卒業生たちが集まってくる。

ハリウッドスターの容姿ながらも、栃木弁で生徒たちを和ませてくれたフィッシュマン先生が背中で手を組んだ。

「Twenty years from now, you will be more disappointed by the things you didn't do than by the ones you did」

怖いイメージしかなったけど、実は陰で私たちをしっかり支えてくれていたアマゾン先生がフィッシュマン先生の英語に続ける。

「二十年後の君たちに告ぐ。そのとき君たちが悔《く》いるのは『やったこと』よりも『やらなかったこと』。だから今、みんなに伝えよう」

フィッシュマン先生は優しい笑顔で私たちを見回した。

「So throw off the bowlines. Sail away from the safe harbor. Catch the trade winds in your sails」

鮎のことしか考えてないと言いつつ、実は生徒たちを第一に考えてくれていた神宮寺先生が声を限りに叫ぶ。

「昨日の自分は、もういない。旅立ちの時は、今。ここではない何処《どこ》かへと。翼を広げて、風に乗りなさい！」

フィッシュマン先生が、大きく口を開いた。

「Explore. Dream. Discover. 道なき道を突き進め。夢を見るなら覚めない夢を。行けばわかるさ、わかるさ行けば！」

そして、三人の先生は声を揃《そろ》えて手を振った。

「漕ぎ出して《セイル・アウェイ》いきなさい！」

「行ってきます！」

私たちも手を振り返し……そして、旅立っていった。それぞれの航路へ。

卒業式が終わった午後。最後の思い出にということで、かさねちゃんや小百合ちゃんと一緒に若鮎大橋まで自転車を漕いでいった。

「こんなことも、もうないよね」

橋に着き、自転車から降りながら私がしみじみとつぶやくと、かさねちゃんも感慨深そうに自転車のハンドルを撫でた。

「あたしは免許取ったし車も買ってもらったから、人生でチャリを漕ぐのってこれが最後だな」

馬の銅像の脇に自転車を置き、橋の上まで歩いて上る。若草色の欄干《らんかん》を吹き抜ける風はまだ冷たいけれど、どこか春めいた香りが混じっていた。

「三人でここから那珂川を眺めるのも、これで最後だよね」

隣に立つ小百合ちゃんを見ると、愛おしさと切なさが混じった目で川の流れを眺めている。

「もう、小百合ちゃんは行っちゃうんでしょ？」

本が溢れていた下宿の彼女の部屋は、今朝見たらキレイサッパリ片付けられていた。飛ぶ鳥跡を濁《にご》さずというけれど、見事なまでに何も残されていない。

「う、うん。こ、これから最後にお母さんと、実習場にいる神宮寺先生とお魚たちにお別れの挨《あい》拶《さつ》をしにいく。そ、そのままお母さんの車で東京に帰る」

小百合ちゃんはスッキリした顔をしていた。泣いたり、もっとしんみりするかと思ってたけど、心はもう東京水産船舶大学に行っているのだろう。

「あっさりいなくなっちゃうんだね」

小百合ちゃんの向こうに立つかさねちゃんは、つまらなそうな顔でこちらを見た。

「で、あんたは？」

「あんたじゃなくて、鈴木さくら！」

結局、最後までかさねちゃんは私の名前を呼んでくれなかったな。

「これからママとパパが大和のおじさんとおばさんにご挨拶して、そのまま下宿の荷物を車に積んで自宅に持って帰るってさ。私は最後の記念に今日は下宿に泊まる。で、明日になったら宇都宮に帰ります」

かさねちゃんは眉をひそめた。

「宇都宮まではどうやって行くのよ。烏山線で？」

「それは……」

笑みがこぼれるのを必死に抑えようとしたのだけど、さすがにバレバレだったみたいだ。

ニヤリと笑い、かさねちゃんは欄干に頬杖をついた。

「なるほど。御曹司が車で来て、送ってくれるのか」

「へへへ。大学に推薦合格済みだから、先月のうちに免許取ったんだって」

「いつ電話したの？」

「さっき。卒業式終わって、すぐ」

「なるほど。まあ、強くなったもんね、あんた」

かさねちゃんは、笑顔で大きく伸びをした。その手の先には、どこまでも広がる蒼《あお》い空がある。アンテナを高く掲げて未来のメッセージを受信しているみたいだ。

「せ、関君は同じ大学だから、しゃ、写真とか撮って送ってあげるね」

小百合ちゃんがスマホを手にガッツポーズをしていた。張り切っている顔が可愛らしいけど、どこかもう大学生の雰囲気を漂《ただよ》わせていた。

ふと表情を曇らせ、かさねちゃんは首を傾げる。

「でも大変だねぇ。東京と宮城じゃ遠いよ」

私は首を横に振った。

「一年なんてすぐだよ。だって、ここで過ごした三年ですら、あっという間だったじゃない？」

ため息をついて、かさねちゃんは橋の下に視線を落とした。

「そうだね。ホント、青春なんて短いんだな」

「違うよ。青春とは、心のありようなのです！」

私たちは笑い声を上げながら、那珂川に見入った。

深く清らかな水が流れゆく先には、新しい世界に続く海がある。私たちは今、それぞれの航路に漕ぎ出したばかり。でもいつか必ず、成長した姿で戻ってこよう。

そしてまた、新しい旅が始まるのだ。

謝辞

本書の執筆にあたりましては、次の方々に多大なるご協力をいただきました。
ここに厚くお礼を申し上げます。

・栃木県立馬頭高等学校　様（栃木県那須郡那珂川町／水産監修）
・同校平成二十九年度卒業生　生井美沙季　様
・茨城県立海洋高等学校　様（茨城県ひたちなか市）
・東日本旅客鉄道株式会社　様
・宇都宮ライトレール株式会社　様

※巻頭や本文で引用した名言については、マーク・トウェインではないという説もあります。

本書は実在の高校をモデルにしておりますが、内容はまったくのフィクションです。
また、文責はすべて筆者にあります。

参考文献

『私はチョウザメが食べたかった。』末広陽子著　河出書房新社　二〇〇三年
『中華料理秘話　泥鰌地獄と龍虎鳳』南條竹則著　筑摩書房　二〇一三年
『キャビアの歴史』ニコラ・フレッチャー著　大久保庸子訳　原書房　二〇一七年
『珍饌会　露伴の食』幸田露伴著　南條竹則編　講談社　二〇一九年
「水産科創設30周年記念誌」栃木県立馬頭高等学校水産科編　二〇〇二年
「川で流されてしまった時の姿勢」日本赤十字社東京都支部ユーチューブチャンネル

また、次の研究内容については、各年度の「栃木県立馬頭高等学校　生徒研究集録」を参考にさせていただきました(学年については同生徒研究集録発行当時)。

・「**チョウザメの研究**」
水産科二年(平成二十六年度)　助川朋香さん、相馬亜弓さん、野土谷悠里さん
・「**チョウザメ**」
水産科三年(平成二十九年度)　石﨑光輝さん、金子周平さん、生井美沙季さん、増渕果駆さん、水産科二年(同)石﨑怜さん、岡島佑樹さん、野村天叶さん、藤田陸斗さん
・「**鮎のシーチキン**」
水産科三年(令和四年度)　小川幸宏さん、佐藤雫さん、古澤玲央さん
・「**堆積土除去工事後の武茂川のアユ漁場評価**」
水産科二年(令和四年年度)　齋藤心聖さん、遠山夏雄さん、廣田晃さん

この物語はフィクションであり、登場する人物、および団体名は、実在するものといっさい関係ありません。なお、本書は書下ろし作品です。

——編集部

切りとり線

あなたにお願い

この本をお読みになって、どんな感想をお持ちでしょうか。次ページの「100字書評」を編集部までいただけたらありがたく存じます。個人名を識別できない形で処理したうえで、今後の企画の参考にさせていただくほか、作者に提供することがあります。

あなたの「100字書評」は新聞・雑誌などを通じて紹介させていただくことがあります。採用の場合は、特製図書カードを差し上げます。

次ページの原稿用紙（コピーしたものでもかまいません）に書評をお書きのうえ、このページを切り取り、左記へお送りください。祥伝社ホームページからも、書き込めます。

〒一〇一―八七〇一　東京都千代田区神田神保町三―三
祥伝社　文芸出版部　文芸編集　編集長　金野裕子
電話〇三（三二六五）二〇八〇　www.shodensha.co.jp/bookreview

◎本書の購買動機（新聞、雑誌名を記入するか、○をつけてください）

＿＿＿新聞・誌の広告を見て	＿＿＿新聞・誌の書評を見て	好きな作家だから	カバーに惹かれて	タイトルに惹かれて	知人のすすめで

◎最近、印象に残った作品や作家をお書きください

◎その他この本についてご意見がありましたらお書きください

100字書評

ナカスイ！　海なし県の水産列車

住所

なまえ

年齢

職業

村崎なぎこ（むらさきなぎこ）
1971年、栃木県生まれ。21年、『百年厨房』で第3回日本おいしい小説大賞を受賞し、デビュー。執筆の傍ら、トマト農家の夫を手伝う。ローカルな食文化や食材をこよなく愛す。本書は『ナカスイ！　海なし県の水産高校』『ナカスイ！　海なし県の海洋実習』に続く完結編。

ナカスイ！　海《うみ》なし県《けん》の水産列車《すいさんれっしゃ》

令和6年11月20日　初版第1刷発行

著者――村崎《むらさき》なぎこ
発行者――辻　浩明
発行所――祥伝社《しょうでんしゃ》
〒101-8701 東京都千代田区神田神保町3-3
電話 03-3265-2081（販売） 03-3265-2080（編集）
03-3265-3622（製作）
印刷――堀内印刷
製本――ナショナル製本

ISBN978-4-396-63671-5　C0093
祥伝社のホームページ・www.shodensha.co.jp